核桃花鼓

王林斌 著

陕西新华出版
陕西旅游出版社
·西安·

图书在版编目 (CIP) 数据

核桃花鼓 / 王林斌著. — 西安：陕西旅游出版社，
2018.12（2025.3重印）
ISBN 978-7-5418-3181-2

Ⅰ. ①核… Ⅱ. ①王… Ⅲ. ①长篇小说-中国-当代
Ⅳ. ①I247.5

中国版本图书馆 CIP 数据核字 (2018) 第 230129 号

HETAO HUAGU
核 桃 花 鼓

王林斌 著

责任编辑：晋枫森
出版发行：陕西旅游出版社
(西安市曲江新区登高路 1388 号 邮编：710061)
电 话：029-85252285
经 销：全国新华书店
印 刷：永清县晔盛亚胶印有限公司

开 本：787mm×1092mm 1/16
印 张：18.5
字 数：220千字
版 次：2018年12月 第 1 版
印 次：2025年 3月 第 2次印刷
书 号：ISBN 978-7-5418-3181-2

定 价：79.00元

内容提要

秦岭腹地，商山丹江之滨的王家庄，王核桃和王花鼓从小以兄妹相称，成年后成为夫妻，他们既是核桃世家，又是上洛花鼓这一非物质文化遗产的传人。他们上下几代人在这里演绎了男的种植核桃，女的传唱花鼓戏，终于把这个地方建成中国核桃之都和戏剧之乡的传奇故事。

发源于商州城西凤凰山麓的丹江，经过长途跋涉到了陕豫鄂交界的地方，形成了一片面积很大的三角形的滩涂。

由于这里是三省交界的地方，所以也就被三省之人杂而居之，渐渐形成了三个不大不小的村庄。

随着时间的推移，来这里居住的人慢慢多了起来，也就逐渐形成不小的镇子。

豫，也就是河南。它与丹江接壤的地方叫荆紫关，是一个比较大的水旱码头。

鄂，也就是湖北。它与丹江接壤的地方叫白浪，也是一个比较大的水旱码头。

陕，那就是陕西了。丹江流到这里就流向河南了。它的出口的地方也叫白浪，与荆紫关一样也是个水旱码头。

这三个镇子要说都沾了丹江的光，都是临岸而居，都是水旱码头。

风平浪静之时的丹江，可以说是潮平两岸阔，稻花阵阵香，鱼肥鸭壮。而在阴雨连绵的秋季，或者暴雨过后，则是浪急田畴毁，波涌堤岸无。

这一年的夏末秋初几场大暴雨使丹江波涛汹涌，奔腾而下的江水一泻百里，到了三省交界的地方河面宽了，但由于上游不断注入的流水，站在岸边仍然看到一片汪洋，听到涛声震天！

就在这个时候，三省交界的陕西境内的白浪靠山坡的一株高大、粗壮的核桃树下，有一个用花布包着的女婴正在吸吮着大拇指，仿佛吸吮着母亲的乳头。

离这株核桃树不远的灌木丛中，一对年轻夫妇看到了树下吸吮大拇指的女婴！

年轻的男子叫王根牢。家住距离商州城20多里的王家庄，世世代代以种植买卖核桃为生。

年轻的女人叫郭荣华。

他们能结为夫妇，是因为荣华喜欢唱花鼓，并且在当地很有名声。因而深得根牢妈妈和奶奶的喜爱，而妈妈和奶奶也是从小就唱花鼓戏的。

荣华此时怀里抱着个正叼着乳头的儿子。

看到核桃树下的女婴，根牢和荣华不约而同地拨开树丛，准备走向那个女婴。

“狼！根牢你看，有一只狼朝着那个女婴走去了。”荣华大惊失色。

“胡说！哪里有狼？你眼花了！”根牢拨开树丛就要向外走。

“娃他大，你仔细看，那不是狼是什么？”荣华紧紧抓住根牢衣角。

“哎呀，我的妈呀，真是一只狼！”根牢将踏出的一只脚轻轻地收了回来。

穿着碎花粗布掩襟上衣的荣华再次把儿子紧紧抱在怀里。刚才她也站了起来，儿子叼着的乳头也抽出孩子的小口，这小子竟然还没醒来，小嘴一张一合仿佛还在吸吮母亲那丰盈的乳汁。根牢真的害怕了，他从小胆子小，尤其是在听大人们说某某家的孩子不听大人的话被狼叼去吃了的话后更加胆小了。有一次与小伙伴在山上砍柴见到一只狼吓得半死，直至昏了过去，最后还是同伴把他抬下坡后才醒了过来。虽然随着年龄的增长，再没有被狼吓晕的事情发生，但一想到狼的凶狠残暴，他还是腿肚子不由得抽筋，立时趴在树丛中不敢抬头。

看到根牢被吓成这个样子，郭荣华心里也不安起来。怀里抱着自己的儿子，心里却想着那个襁褓中的小女婴。眼看着那只凶猛的母狼一步一步走向女婴，荣华心头一阵紧似一阵，并感到自己都快要窒息了一般。

其实这只正走向核桃树下女婴的母狼刚刚产过两只狼崽，在昨天的一场急风暴雨中它失去了两个待在山洞里嗷嗷待哺的孩子。这场暴雨来得太猛烈了、太疯狂了。一时间山坡上的暴雨形成的激流顺坡而下，由于母狼居住的山洞坡体滑落，大量泥石流滚滚而下堵塞了洞口，待母狼外出寻食回到熟悉的山坡前时，却再也找不到洞口了，那里已是被滑坡体壅为残垣断壁样的山体了，再也没有那个山洞了。母狼哭了一晚上，第二天独自一个在这里游荡，它的乳房也非常胀痛，但孩子没有了，胀痛感更让它心烦意乱。

荣华伸了伸麻木的双腿，以目示意让根牢走出灌木丛，但根牢此时已吓得浑身抖动，惊恐得两只眼睛鼓了起来，刚刚萌生的一些胆量也被吓得退了回去。

母狼一步步向女婴走近，而女婴却毫无察觉，仍然津津有味地吮吸着大拇指，并发出啧啧的响声。

荣华和根牢眼看着那只硕大的母狼一步步走向女婴，他们料想到女婴必死无疑了。

但是，让荣华和根牢夫妇没有料到的是，那只母狼走到女婴身旁竟然躺了下去，卧在女婴身旁伸开腿，一排乳房正好靠近女婴的小嘴。

女婴似乎意识到柔软的乳头就在自己的嘴边，她把大拇指从口抽了出来，接着扭头牢牢叼住了母狼的乳房，同时大口大口地吸吮起来！

“啊！”根牢和荣华惊叹不已，他们不相信眼前的情景，仔细一看，那个女婴正在大口大口地吸着母狼的乳汁，而那只母狼双眼紧闭，仿佛睡着了。

奇了！怪了！人吃狼奶，狼喂人奶！根牢和荣华目瞪口呆！

看着那只母狼卧在大核桃树下给小女婴喂奶的情景，根牢荣华夫妇感到不可思议，他们都以为是看眼花了。

“娃他大，你看看，那只母狼真的给女婴喂奶哩！”荣华趴在地上拉了拉头低在怀里的根牢。

根牢听到妻子的轻唤，并感到妻子拉他的手，抬起头来看了看正在给女娃喂奶的母狼。

“喂奶，你就只知道喂！我看那母狼就没安好心，它是要把女娃喂肥了才一口一口地吃掉她哩。”根牢肯定地说。

“你不要胡说乱话，你把眼睛睁大了看看，那只母狼已经起身向前面山上去了。”荣华又扯了一下根牢的耳朵。

根牢仍然低着头，虽然他的耳朵被荣华扯得有些疼。

抬起头来，根牢果真看到那只母狼向山上走去，他也站了起来，拉着荣华走向大核桃树下的女婴。

根牢夫妇快要走到离大核桃树两丈多远的地方，就在这个时候他们听到一阵狼叫声，立马吓得倒在地上。奇怪的是，他们的儿子却没有哭叫。

停了一会儿，根牢和荣华抬起头，往大核桃树下望去，仔细一看更让他们大吃一惊！

他们看到那只返回的母狼正伸出猩红的舌头在女婴脸上舔着。

“根牢，你看这只狼要吃那个女娃了，咱们快去救救她！”荣华一把拉起根牢朝着大核桃树跑去。

就在根牢夫妇跑向大核桃树下的时候，他们看到更加奇怪的一幕——那只母狼亲吻过女婴之后反身向西边大山深处走去。

难道这只母狼真的发了善心了，不吃这个孩子了？根牢荣华不敢相信眼前发生的这件让人难以想象的奇事怪事！

接下来的事更让人匪夷所思！当根牢荣华夫妇快步走到核桃树下时，仔细一看，这个刚才被大母狼亲吻过脸庞的女婴脸庞红润，竟然熟睡着！

“这娃真是福大命大！”荣华欲上前抱起孩子。

“不可，不可以呀，这娃肯定命硬，你看连狼都怕她，不吃她。咱儿子刚刚过了岁，你千万别动这个命硬的娃。”根牢拉住荣华的手阻止着。

“你看这女娃长得多倩，咱把娃抱回去，送给没儿没女的也是积德行善了。”荣华坚持要抱这个女婴。

根牢听荣华说把娃抱回送人，心里转念一想也对，咱不能昧良心不管这个荒郊野外的弃婴。但又想了想把娃抱回去后送给谁家呢？送给一个远房亲戚，他们没儿没女，但这家的女人疯疯癫癫的，连自己都管不了，怎么养活这个小娃？送给没出五服的一个自家大哥，此人至今没结婚，连个女人都没有，根牢又觉得这家人有些刻薄，担心女娃到了他家里受虐待。夫妻二人都思索着，好长时间沉默无语。

“那你说怎么办？”根牢和荣华同声而语。

“咱们收养这个女娃！”根牢和荣华再次同声而语！

根牢看了看荣华，荣华看了看根牢，他们为第一次这样意见一致而感到高兴万分。

“荣华，咱们怎么养这个女娃你想好了没有？”根牢看了看还在熟睡中的女婴。

“我有两个奶呀，一边一个，咱儿子吃一个，女儿吃一个。”荣华说完解开上衣就要去抱女婴。

“你看你整天不嫌羞，当着咱大咱妈的面敞开怀给咱儿子喂奶，多不雅观。”根牢盯着荣华的胸脯说。

“你个臭流氓，当初你还不是看上我那一双大奶了，不给娃吃奶给你吃不成。”荣华笑着拍了拍怀里的儿子，这儿子竟然也熟睡不醒。

“你看看，你看看，你爱唱歌唱戏，咱从来不说二话，我是说要注意形象，你才 18 岁，正是一枝花的年纪哟，再说了你那一对大奶只能我和我儿子看，别人就免了吧。”根牢今天话特别多，其实他心里已经打起了小算盘，凭空收养了个女儿，说不定长大了就是儿媳妇哩，想到这里又深情地看着荣华鼓起的胸脯。

“你看，让你看个够。人常说没结婚的女子的奶是金奶，结了婚的媳妇的奶是银奶，生了娃的媳妇的奶是猪奶。你看，让你天天看猪奶。”荣华一边解扣子一边红着脸说。

一缕阳光从核桃树枝叶茂密的缝隙中照射到女婴熟睡的脸上，仿佛给她那粉嘟嘟的脸蛋上又镀上了一层红晕，她不知道刚刚舔过她稚嫩的脸庞的大母狼已经离她而去。一对充满爱心的夫妇和命中要与她纠结一生的小男孩已出现在她的跟前。

根牢夫妇主意已定，他们快步走到硕大无朋的核桃树下，抬头看了看这棵粗大的核桃树，根牢估计三五个人合围也抱不过来，估计这棵树的树龄起码在五百年左右吧。令他感到惊奇的是，如此高大的树竟然枝叶茂盛，核桃也结得很繁，可以说是硕果累累，一些细的枝干被一串串核桃压得弯下了腰，树周围已掉下来熟透了的核桃，核桃的青皮已炸裂，一些光净的核桃从炸裂的青皮中仿佛要蹦出来，散落在地上。

“荣华你把咱儿子给我抱，你去抱那个女娃娃。”根牢边说边伸出双手接过荣华手中的儿子，看到儿子还睡着，根牢笑着说这娃恐怕做梦娶媳妇哩。荣华笑了笑说你真没个正经样子，儿子还在地缝里就说这样没边没沿的话，我是要收养这娃给咱当女儿哩。根牢说做女儿也行，这样咱们就儿女双全了，不过荣华你不要图轻省，咱们一块努力还要再生十个八个娃哩。荣华听了故意瞪了一眼根牢，说生那么多娃咱养活得了？根牢看着一地的核桃说咱们多栽核桃树，多收成些核桃卖了就有钱了，就能养活很多娃了。荣华却不再言语，弯下腰去抱还在熟睡中的女娃娃，只见女娃娃一只小手从包袱中伸了出来，正好抓着树根部土堆上长出来的一棵花菇。

也就在同一时间，一颗核桃从炸裂的青皮中掉在根牢的怀里，正好落在小男孩的衣服胸口上，小男娃也正好在这个时候醒了过来，伸手正好抓住了这颗核桃，还不由自主地笑了起来。

听到儿子咯咯的笑声，根牢非常高兴，低头一看这狗日的手里抓着一个脱了皮的光净的核桃。根牢立马心花怒放，看来这个小名叫狗蛋的儿子真是个活宝，刚刚一岁就知道父亲是个核桃传人。想到这里根牢情不自禁地在儿子粉嫩的脸上亲了起来。

“根牢，你看这女娃怪不怪，手里拿了个狗尿苔！”荣华见根牢一个劲地亲儿子，她大声告诉根牢。

“你看看，你整天就知道哼些什么花鼓子戏，真真没见过世面，这女娃手里拿的是花菇，只有老树在阴雨多了才能长出这贵重东西，还有这老树叶腐烂后的地方也生长哩，炒着吃和切成片片熬汤都是上等菜，你还说是什么狗尿苔，真丢人呢。”根牢一个劲地说。

荣华听了嗔怪地笑了声：“就你能，你就是咱家十二能，整天就只知道栽核桃树，种核桃，收核桃，卖核桃。”

根牢也不再言语，却专心致志地看着儿子手里那颗核桃，只见这颗核桃个儿大，皮儿光，说明仁儿厚实饱满。他想今年肯定是个核桃丰收年，他可以和父亲走乡串村多收些核桃，整包整车拉到县城去卖，还可以让商铺收购卖给西安，听说还卖到北京城和外国去了呢。想到这里他心里感到很高兴，看到儿子胖乎乎的小手把玩着光溜溜的核桃，根牢再次忍不住亲了亲儿子的小脸。

“根牢，这娃抓住狗尿苔不放，难道说她也知道这个就像你说的什么花菇真的能吃吗？我可听老人们说这狗尿苔有毒，能毒死人呢。”荣华担心地说着，但却没有把女娃手中的花菇拿开。她是感到好奇，又怕如果要夺下女娃手中的花菇把她惹哭了。

根牢仿佛没有听见荣华的说话，他还沉浸在儿子手中的核桃上面。

要说根牢对核桃的感情，还得从根牢家几代人对核桃的痴迷说起。据说根牢的爷爷的爷爷就喜欢种植核桃，家里原来开垦的几亩荒坡地和后来用卖核桃钱买的几亩坡塬地都种上了核桃，房前屋后的空地和地坎上也都栽着核桃树。记得父亲说爷爷常说王家自从在商山丹江岸边落了户安了家，祖祖辈辈一直以种植核桃为生，还听说爷爷的爷爷讲，一个人或一个家族，几代人只能干一件事，只要把这件事干成了就了不起了。所以，根牢的父亲让根牢从小就跟他学种植核桃，带着根牢走村串乡收购核桃，挑着担子到县城卖核桃。此时此刻的王根牢双眼眯成一条线，看着儿子，看着儿子手中的脱皮核桃，又看了看地上的几个从炸裂了青皮的核桃皮中迸出来的核桃，竟然忘情地摇头晃脑起来。

“王根牢，你怎么啦，你中邪啦？怎么抱着儿子摇头晃脑疯疯癫癫了呢？”荣华用手指着根牢，怎奈根牢仿佛没有听见荣华的问话，一手抱着儿子，一手指着硕大的核桃树。

“我看你快成核桃精了，快看这女娃手里的花菇还真好看，就像小花伞一样呢！”荣华指着女娃手上的花菇说。

听到这句话之后根牢走向荣华，认真仔细地看了看女婴握着花菇根部的小手，又看了看像伞一样的花菇，立时一个大胆的想法涌向脑际，他在想，这才叫奇怪了，儿子手里抓住了一颗脱皮核桃，这女娃手里握着一个花菇，难道……

根牢低头想了又想，大声说：“荣华呀荣华，今天真让人大开眼界了。咱儿子伸手抓了个核桃，咱们捡来的这个女娃顺手抓住一个花菇，这就叫缘分。你看这样行不行，你也喜欢这女娃，按刚才说的咱就收养了她，给咱当女儿，长大了给咱儿子做媳妇咋样？”

“你还真想的美，哪能既当女儿又当儿媳妇的？”荣华听了摇摇头。

“咋不行？我看这样吧，今后你能再生个女儿咱就让这女娃做儿媳，如果生不下女儿了就做咱女儿，人常说一儿一女活神仙嘛。”根牢美滋滋地说。

荣华知道根牢脑子里打的是自己的小算盘。根牢从小受父亲和爷爷耕读传家的思想教育，但怎奈他读不进去书，他父亲曾专门送他去镇上的小学读书，谁知他贪玩不爱读书却爱跟父亲去种核桃树，父亲让他担屎担尿给核桃树施肥，他也乐得屁颠屁颠的。而到了秋天收获核桃的季节，他更是争着用长竹竿打树上的核桃，争着上到老高老高的大核桃树上双手抱住树干或树枝使劲地摇，直到摇掉整个树上的核桃，他才像猴子一样从树上溜下来。至于随父亲走村串乡收购核桃他更是乐此不疲，担着收来的核桃那足有百十斤的担子，他能走得快步如飞。尤其是虽说他读的书不多，但认识的字还不少，不用算盘，口算算得快且准确，所以他父亲对这个儿子很满意。荣华嫁到王家后，根牢变得更勤快了。

在根牢眼里，郭荣华是个贤惠漂亮的媳妇。郭荣华的娘家位于丹江岸边的一个大镇子上，这里是一个水旱码头，南来北往的人很多也很杂，从口音上听有河南的、湖北的、安徽的、湖南的、陕西的等等。由于久居丹江岸边，郭荣华还会游泳，水性是出奇的好，而且有一副好嗓子，被当地的“三女班”班主看中了，从八岁起就跟“三女班”学唱地方小戏花鼓，16岁时已成了当地的名角了。但她父母不想让她在戏班子待了，说学房戏房是瞎娃的地方，女子娃嘛，早早嫁人生儿育女相夫教子过日子就行了。正好王根牢他爹派人上门提亲，王根牢随父亲经常在这一带走村串乡收核桃，人长得好，个子高，精明能干，郭家是知道的，何况王家的家底也还比较殷实。媒婆一上门，郭荣华的爹妈就同意了。

自从荣华嫁给根牢后，王家就不让荣华去戏班子唱戏了，说是不让她再抛头露面是为了不让人们笑话王家。王根牢一家人都对郭荣华很好，就是不让荣华外出唱戏了，荣华有一阵子不习惯，时间长了也就那么回事了。一年后荣华给根牢生个了大胖儿子，王家更是高兴得很，荣华也很高兴。这心情好，也就能吃能喝能睡，生孩子后恢复得快，奶水足，精神好，儿子一岁了，在外人看来荣华还像个没生过娃的大姑娘。

荣华见根牢高兴异常，差点就要抱着儿子手舞足蹈，就对根牢说：“刚才你看你胆子小成啥样子了，恐怕被狼吓得尿裤子了吧。”根牢听了也毫不在意，嘴里却说：“我这叫小心行得万年船，你胆大怎么不见你冲上去撵狼呢。”荣华说：“你就会上树打核桃，就是核桃命。”根牢哈哈大笑：“看来你还说对了，我家人经几辈都是核桃命，我儿子也是核桃命哩，你看咱娃手里抓了个啥？不就是光光堂堂一颗核桃吗？”根牢说罢看了看怀抱中的儿子，他小手里还牢牢地抓着那颗核桃。

听到根牢这样一说，郭荣华低头看了看怀抱中的女婴，她小手里抓着花菇的根茎，伞状的花菇还真像把小花伞。

根牢趁着高兴劲看了看荣华丰满的胸脯说：“荣华呀，咱们现在真是一儿一女活神仙了，刚才我还后悔当时我怎么那么胆小，没敢冲上去把狼撵走呢，现在想来还真与这女娃有缘分，这娃命硬，我看将来命大福大，这娃手里握了个花菇，我看干脆就把这娃叫花菇，你看行不行。”

“我说根牢呀，你没啥给娃起名字了？一个女娃娃名字叫花菇还不让人笑掉大牙了，我看你叫根牢，我叫荣华，这荣华、根牢正好般配。咱这女儿嘛，我给起个名字，就叫金玉吧，咱儿子嘛，就叫满堂，将来不管他们做兄妹还是做夫妻，这金玉对满堂多好听呀。”荣华仔细想了想说。

“不合适，不合适。”根牢大声说。

“咋不合适？咋不适合？”荣华反问。

“合适啥哩嘛，你还说咱俩一个根牢，一个荣华，正好般配，这般配是般配，但我根扎得牢，你却没有什么荣华，养家糊口还不是靠种核桃树、卖核桃吗？实话给你说哩，刚才我只给你说了女儿的名字，还没有给你说我准备给咱儿子起的大名哩，我想好了，儿子就叫核桃，王核桃，这名字多响亮，就这么定了，今后咱儿子就叫核桃，女儿就叫花菇，这两样东西都是宝贝，咱儿子女子当然也是宝贝了。”根牢扬扬得意，滔滔不绝。

“你真能行！儿子叫核桃，女子叫花菇，我看不行，哪有人名字叫核桃、花菇的。”荣华摇头不答应并且疑惑地看着根牢，心想该不是刚才那只狼把根牢吓出什么毛病了吧。

“我看就好，没人叫才稀罕珍贵，总比叫什么狗蛋、招弟、拉娃、拴子等等名字好吧。”根牢坚持着。

荣华还是有些不同意给女儿起什么花菇的名字。她昨晚在荆紫关舅家的炕上睡得很香，熟睡中她做了个梦，梦见一只狗叼着一只小白兔，如今看来梦里那只狗就是刚才那只大母狼了，而那只小白兔肯定就是这个白白胖胖的女娃娃了。想到这里她提高了嗓音说：“你看这么一个白白胖胖的乖女儿怎么能叫花菇呢？我看还是叫桂英、白雪、淑娥、玉娇呀等等都行。”

听到荣华这样一说，根牢嘴里一阵叽咕，看来荣华还没离开在戏班子学的那些东西，嘴里说得一套一套的，她想给女儿起的名字多数都与她在戏班子唱的戏文和戏里的人物有关。他想再次反驳，又怕伤了荣华的心。记得荣华嫁过来时就说过，结了婚之后各人的爱好不能丢，那就是根牢种他的核桃树，干收卖核桃的营生，荣华可以去参与戏班子的演出。但真正嫁过来以后由于家务忙和怀孩子生孩子，渐渐地荣华也不参与戏班子里的事了，只是闲了在房子里唱几句。根牢还常夸荣华的嗓子好，身段好，总之荣华现在不唱戏了，根牢一家人暗地里还觉得挺对不住荣华。

“怎么啦？又在想你们戏班子那一伙人啦？又在想你唱的花鼓《西楼会》《站花墙》《吵嫁妆》《回河南》《小姑贤》戏文啦？”根牢故意逗一下荣华。

“就是想了！我们那时候唱红了南北二山，还唱红了商县城哩，丹江沿岸谁家的红白喜事不请我们还真丢了身份掉了价呢。”荣华也故意气根牢一下。

根牢见荣华故意气他也就不再言语，抱着儿子向小路走去，荣华见状也只好抱着新收养的女儿跟着根牢走。正走着却见一群持枪的军人向他们走来，敦实的军人看见荣华抱着一个小娃娃马上警觉起来。荣华看着这个军人，军人也看着荣华。军人问道：“你怀里抱的是个男娃还是个女娃?”荣华回答：“是个女娃。”军人听了又问：“是不是花布包着的女娃?”荣华答：“是。”军人说：“那就对了，刚才我们奉命剿匪，听那个活下来的土匪说他们刚才杀了一对青年夫妇，那个青年妇女临死前恳求土匪不要杀她的女儿，还说她的女儿用花布包着，放在核桃树下，看来这个土匪没有说假话。”军人说完又问：“这个女娃你准备咋办?”根牢听了忙说：“我们两口子商量好了，把这个女娃当亲生女儿养。”军人听了很高兴地说：“这就好，我们正在剿匪，也顾不上这个女娃，你们赶快回老家去。咱们商山全境已经解放了。”根牢听了说：“知道了，我们马上回商县城东乡去。”

王根牢的家住在离商州（也叫商县）二十多里城东的王家村，也叫王家庄。据年长的老人讲，这个村之所以叫王家村，是因为全村以王姓人家为绝大多数，全村有五百多口人，也就是个不大不小的村子。王家庄地处丹江南岸，北岸叫沙河子，是个相对平坦的大村庄。王家村是个有河滩地，有平塬地，也有山坡地的村子。沙河子一带被誉为商州的白菜心，那么王家村就是白菜肥嫩的叶子，全村逾千亩的土地，旱涝保丰收。当时人均三亩多地，平地地坎上和坡地基本上是核桃树和柿子树。种植核桃树是这一带农人的传统习惯，当然与这里的土地适合核桃生长有极大的关系。而王家村之所以有河滩地、平塬和坡塬，一个主要原因是滔滔东去的丹江在村子堋前拐了个大弯，而这个大弯是由离村上二里地的一个伸入丹江的石山将丹江生生逼向北岸所致。这座伸入丹江的石山叫猪嘴头，相传在丹江南岸有一只金光灿灿的金猪，被前来围观的人群追赶，慌乱中向一处高坡奔去，由于追赶金猪的人漫山遍野，金猪被追赶得走投无路，干渴无比之际，将猪嘴伸入到丹江汲水，追赶的人群将金猪团团围住，金猪无奈只好就地化作一座山峰，而那脊背形成了一条绵延的高坡，那伸入到丹江的长嘴也形成了一条长长的斜插丹江的石堤，人称猪嘴头。这条形似猪嘴的山石，阻碍了滔滔东去的丹江河流，硬生生地把一泻千里的丹江逼向北去，而这条猪嘴形的山石右下角则形成了滩涂，久而久之便淤成了几千亩肥沃的河滩地。王家庄正好地处猪嘴头的下方，这些河滩地也就自然而然成为王家庄人所拥有的河滩地。河滩地的南边是一道高约两丈的砂石坎，坎上又是近千亩的平塬，王家庄也由此成为旱涝保丰收的风水宝地。再向东依次就是党家塬、舒家堡，而王家庄的西边沿蒲峪沟而上依次则是郭家村、南家村、张家村，这些村子均以村上大多数住户的姓氏为村名。蒲峪沟深三十多里，沟两边山坡上住着零散的农户，稍平些的地方也就二三十户人家而已。但这条沟却一年四季流淌着不大不小清澈的河水，也滋润着沟里沿途的村庄。

保护王家庄、党家村、舒家堡村土坎下一望无际的河滩地的是一条宽两丈、高两丈的长约十里的黏土夯成的丹江河堤，实际上是路堤结合的，堤上面是条可过牛车的大路。河堤北边临水堤沿上是桶粗的柳树和杨树，及间杂其间的芦苇，而堤路南边却是两三丈宽的芦苇荡，芦苇荡边是一条深水沟，水是从丹江引进来的，浇灌着王家庄、党家塬、舒家堡村前土石坎下几千亩的稻田。稻田紧挨南边的是一条近十里长的自然砂石坎，据说古代的王家庄、党家塬的村民经常坐在砂石坎上把脚伸到丹江河里洗脚。

这天，王根牢的舅爷李木林从华阳县（也叫洛南县）张家村来看望根牢的奶奶来了。李木林一见到姐姐李绪娃就说个不停，他说自从老人去世后姐弟两个来往少多了，一转眼三年没见面了，姐姐有了重孙了，他这个当舅舅、舅爷、舅祖爷的辈分升了，却还没有见过这个重孙子，真是对不起了。

根牢的父亲王铁栓听李木林这样说，忙站起来说舅舅不要见外，要说还是我这个外甥没当好，近两年这里闹解放又遇上剿匪，最近政府又要搞什么划分阶级成分，搞什么土地改革，虽然咱们只是平头老百姓，但也还忙得不行呢，所以也没有去舅舅家看望你们。李木林说如今社会还不稳定呢，村上有的大户人家整天人心惶惶，我那一片核桃树林想找个帮工的都找不下，况且咱也不敢请人，怕人说咱剥削他人呢。王铁栓听了无不感慨地说咱们这亲友人经几辈都是务农的，只是咱舅甥两家都爱务核桃，我记得小时候去外爷家，我外爷总是把自己都舍不得吃的核桃给我吃。李木林也感慨地说那个时候虽然种了不少核桃树，但为卖了换粮食谁还敢放手自己吃呢？你外爷最喜欢你的地方就是你们家几代人都爱务核桃，说咱们是核桃亲戚呢。铁栓问舅舅不知妗子这几年身体可好，还像以前那样喜唱秦腔吗？李木林说可不是嘛，都老得没牙了还哼哼什么秦腔呢，这不影响得你表弟媳妇和儿媳妇也爱看秦腔戏，还唱上戏了。不过还算好，穷欢乐，富稳实嘛，没有耽搁全家务核桃，今年我家那片核桃树可是大丰收了。铁栓问舅舅房前院里那棵大核桃树还挂果吗，木林说还挂果，结了不少核桃，你说这怪不怪，听老年人说这棵核桃树恐怕有几百成千年了，咋还枝繁叶茂呢。铁栓也顺着说神了奇了，这棵核桃树成神成仙了。

舅甥两个正在拉家常，铁栓媳妇郭雪云风风火火从院子外走了进来，快 40 岁的人还显得很年轻。看到李木林坐在方桌旁与铁栓叙话，雪云快步上前打招呼，连说舅舅好，几年不见了，听说你也得重孙子了，这几年兵荒马乱的，我们也没有去行人情，请舅舅原谅吧。李木林坐在椅子上点了点头，连说没有啥，心里有亲戚就行了。铁栓问雪云村上王家那位高寿大爷的后事办得咋样。雪云说就那样，王姓的人都去了，郭姓的人也去了不少，人家王姓原来要让荣华去唱孝歌的，我说荣华去荆紫关她舅家行人情去了，实在没办法我就顶替荣华给撑了一下场面。铁栓笑着对李木林说："舅舅你看，咱们这两家人真怪，我妈和我妻子都喜欢唱喜欢听花鼓戏，咱们的儿媳妇都能唱几下子，你们那里唱秦腔，咱们商县丹凤爱唱花鼓子，不过还真热闹。我觉得秦腔真是吼哩，这花鼓子就软和些，随便就能哼几句，还真不错呢。以我看她们爱唱就唱去，咱们男人还是务咱的核桃。"

雪云见铁栓和舅舅说男人还务核桃，女人还是爱唱戏就让唱去，心里很感动。她知道铁栓是个务核桃的好把式，如今把儿子根牢也教得迷上了核桃，她的儿媳妇荣华和她一个姓，都姓郭，所以婆媳两个很投缘。有人说婆媳是一对天敌，郭雪云不这样认为，她觉得儿媳妇就是她女儿，她就是娘家人，所以村上人都奇怪了，说你看人家郭雪云和郭荣华不像婆媳关系，倒像妈和女儿或者说像姐妹关系。当然这里还有一个重要因素是郭雪云和郭荣华都爱唱花鼓，花鼓实际上是当地口口相传的民歌，而铁栓的老妈李绪娃也是当地年龄大且有名气的花鼓戏传人之一。

据当地老年人说这花鼓戏是由"下湖人"逃荒讨饭到此引进而来。服装道具很简单，一般由二至三人演出，所谓小生、小丑、小旦"三小"戏，是流传于乡间的自娱自乐方式，素有"七紧、八慢、九消停"之说。逢年过节，红白喜事，农家多请这些长年奔走乡间或本村的艺人演唱。还有人说明末农民起义李闯王所带军中有戏班子把花鼓戏带进了商山，还有人说花鼓子是由演皮影的艺人师承桄桄子戏即秦腔的唱腔和流传在丹江两岸南北二山的民歌相结合而成。不管怎么说，到了民国和解放军解放了商山时，花鼓戏在商州、洛南、商南、镇安、柞水一带已经是遍地开花，广泛流传了起来。

李木林与外甥王铁栓聊着聊着过来过去就是怎么种核桃收核桃卖核桃，又谈论起秦腔戏和花鼓戏。李木林说虽然洛南也有花鼓戏，但他还是爱听秦腔，觉得秦腔更有男人味，狂野有劲，痛快。还说他有时在核桃树下乘凉都吼两句解乏哩。铁栓说花鼓戏好听，好唱，听起来有味，唱起来顺口，特别是花鼓戏的戏词顺口、上口、味大。李木林说咱们舅甥两个这叫萝卜青菜各有所爱，但都爱的却只有一种，那就是终生种核桃、收核桃、卖核桃。铁栓见老舅高兴，连说外甥像舅自古如此呀。俩人越聊越高兴。

郭雪云到后厢房做饭去了。李绪娃虽然60多岁了，但身体一直很好，还是满头黑发，她的牙还很厉害，能咬碎核桃壳自己剥核桃仁吃，还逢人就说她的牙好头发好是经常吃核桃的缘故。听到儿子王铁栓和娘家弟弟李木林兴高采烈的谈话，她又没办法插嘴，就一个人用抹布仔细擦拭堂屋三格子大板柜前放的核桃木八仙桌。这个八仙桌和一对太师椅是王铁栓他爷爷砍伐了自己家一棵老核桃树做的，木质很硬纹路很细，做工也很精致，几十年了一点都没有变形，且经长年累月擦拭如今已是油光发亮。铁栓的父亲前几年从核桃树上掉下来摔成重伤不治身亡，临终前一是叮咛要把种植核桃的家风传下去，二是要把这个桌子和一对椅子传给后代。所以李绪娃想老伴了就到门前那棵大核桃树下转转，再回到堂屋一遍又一遍地擦这个桌子，直到累了就端端坐在椅子上，歇着闭目养神。

傍晚时候王根牢和郭荣华一人抱着一个婴儿回到了家里。李绪娃和李木林见根牢和荣华一人抱着一个小娃一时惊呆，郭雪云和王铁栓从里屋出来看到这番景象也惊得张大了嘴巴。前几天小夫妻俩到荆紫关去时抱着一个娃，也就是他们的心肝宝贝孙子，怎么几天不见成了两个娃娃了？

看到大家吃惊的样子，根牢急忙一五一十地把怎么遇见这个女娃的，又怎么商量收养女娃的情况说了一遍。听了根牢的解释，绪娃、木林、铁栓和雪云异口同声说你们小两口做得对，收养这个女娃就是积福行善。根牢见大家都赞赏他们，立即大声说这个女娃手里握着一个鲜花菇，所以他和荣华商量给女娃起了名字叫花菇，还有咱这个宝贝牛牛娃怀里接住了从树上掉下来的脱皮核桃，并且核桃一掉到怀里这小子就一直用小手抓住不放，我们也就商量给这小子起了个大名叫核桃，王核桃，王花菇，你们看咋样？李绪娃说女娃干脆叫花鼓，也是咱们王家花鼓戏有了小传人了，大家听了都说好。

黑夜来临了，睡在自己家的炕上，根牢和荣华夫妇感到很踏实，窗外的核桃树上不时有熟透了的核桃悄悄坠落，四周静悄悄的，总是在核桃树梢上飞来飞去喳喳叫的喜鹊也归巢而去没了声息。

根牢很高兴父亲和舅爷都同意他给儿子起的这个名字。舅爷还说这个名字起得大气，虽然他觉得这个名字并不怎么大气，他只想实实在在就行了。听着核桃和花鼓均匀的呼吸声，他伸手摸了摸荣华的头，荣华太累了，已经睡着了，根牢却失眠了，他感到世界变了，他一天之间成了儿女双全的人了，至于听舅爷说什么划分阶级成分，土地改革等他什么都不想，因为他知道兵荒马乱的年代结束了。

清晨时候，根牢迷迷糊糊睡着了，李木林昨晚上和姐姐李绪娃谝闲话谝到半夜才去睡觉，但一大早就醒来了。他要急着回华阳老家去，到商州时听说工作队已到了乡政府，他们村几个田地多的已有些人心惶惶了，这个他倒不怕，他家住过参加渭华起义的共产党员，他同胞弟弟就是那时候跟着一个军官参了军，后来在参加保卫延安的战斗中牺牲了，他是烈士的至亲，他想工作队不会难为他们家。他急着回去是因为到了收核桃的季节，虽说今年核桃丰收了，但不收回来放到家里就不算丰收，不卖出去变成钱就不算丰收。

看着即将离去的弟弟，李绪娃迈着一双小脚，慢慢走到李木林身边，轻轻拍了拍他的肩膀，叮咛着说告诉侄子们，今后打核桃尽量不要上树，尽量使劲摇树或用长竹竿打，确保人平平安安。她还给弟弟说让把家里放的那块百年核桃木板子给她做个小方桌，给她留个念想。李木林见姐姐这样说不由得眼睛红了，眼眶里溢满了泪水，连说记住了，一定照姐姐说的办。

根牢也被郭雪云叫了起来，与荣华等一块儿来给舅爷李木林送行。李木林很感动，这就是亲情呀。根牢快步上前问李木林说舅爷爷，你种核桃的秘方是啥？李木林说没有秘方，就是人要勤快，把核桃树侍候好了，它就给你结得繁，核桃这种树不咋样金贵，但也要上粪浇水，还要修剪枝叶，还要防治病虫，这里面道道还不少，改天你到我家里来，我给你仔细说一说。王铁栓见木林和根牢爷孙俩谈兴正浓也不好打断，等了一会儿，只见木林高兴地拍了拍根牢的肩膀，连说根牢给娃起的名字好，一个叫核桃，一个叫花鼓，文武都占了。雪云见木林这样一说，也凑上去说改天她一定带上根牢去看望老舅，她还要和妗子唱花鼓戏哩。听到这里荣华眼前一亮，说是她也要去舅爷家唱戏去，根牢说你要管咱儿子女儿哩，等两个娃大些了，咱们一块去看看那棵大核桃树，再让你和舅奶奶唱戏去。

几个人正在谈话，屋里的两个孩子突然哭了起来，听到孩子哭叫，荣华惊异地说难怪我的两个奶胀得不行，原来该给喂奶了，说着急急回房去了。李绪娃仔细捉摸了一会儿刚才花鼓清脆响亮的哭声，双手拍得很响说："这女娃的嗓音真好听，是个唱花鼓戏的。"说罢高兴地放声大笑起来。

看到荣华回去了，木林说你们也不要送我了，我自己慢慢走，估计晚上就到家了，铁栓、雪云、根牢挥手向木林告别，木林一步一步走了。

第二天，王家庄就来了工作队，说是商县县委派来的，逐家逐户登记房子和土地。一些识字的人认真核对一下就签字画押按了指印，不识字的就请识字的给核对。工作队的队员也还有耐心，等来的人都填了表格，都在表的下角签了名按了指印后装在一起就走了。

工作队员走后的时间里，铁栓走村串乡收核桃，同时带着根牢，他要根牢多历练，根牢也乐意跟着父亲，也不断提高，口算加减乘除都行，铁栓心里暗想自己打了半辈子算盘咋就比不过儿子了。

王铁栓一家人在等待中过了三个多月，终于等来了消息。原来工作队是在做调查摸底，摸清了底就要正式划分阶级成分了。尽管大家还不十分清楚什么是阶级成分，但却都知道从此是穷人的天下了。经过仔细打听和村上的宣传，铁栓终于知道贫农、下中农，特别是雇农最好，中农有个中字就是中间的，富农比中农富，只有地主才是最坏的。对此铁栓深有体会，因他经常在各个村子收核桃，见过一些土财主的坏样子，也见过不少省吃俭用买了地，划成分也被划成地主或富农的，他觉得有些不公道，但又想了想还是那些没房没地的雇农人家可怜，所以也就释然了。

铁栓对自己家被工作队划定为中农有些意见，但又不敢去找工作队，何况当时人家工作队来调查时自己也是如实填了表的。同时工作队员告诉铁栓，上面有政策，按说铁栓家按人口平均土地面积够不上中农成分，但铁栓有买卖核桃的营生，就算得上私营商业。工作队为此还专门请示了县工作大队，全县像铁栓家这样亦商亦农的户数还不少，大体上都划定为中农了。铁栓听了也就觉得没啥可说，何况在当时，他想说了也白说，已定了的事怎么能改过来呢，更何况他是经过国民政府时代的人，对官府定的事，他认为是改不了的，如今新中国刚刚成立，没有拉壮丁和土匪抢劫，铁栓觉得这社会已是很不错了。

今年的核桃确实丰收了，根牢整天跟在父亲铁栓后面走村串乡收核桃，往往忘记了吃饭。待回到家里看着房子和屋檐下堆积如山的麻袋，铁栓叼着旱烟锅高兴地吸着旱烟，根牢见父亲高兴就掰着指头计算今年把核桃卖了之后的收入一定很可观了。

看到儿子口中念念有词的自言自语，铁栓知道根牢又在心算核桃的收入账了，但这一切的一切突然让铁栓伤感起来，一种莫名其妙的惊恐袭上心头，脸色也突然变得很难看。

根牢正在高兴地心算核桃收入，最终收入的数字刚要脱口而出，抬头却看到的是父亲那副阴沉的脸庞，刚到口边的话又悄悄咽了回去。

王铁栓为什么突然心情大变呢，原来昨天他去洛南舅舅李木林家时听到一条让他震惊的消息。从舅舅李木林口中他听说商州城关南街成立了一个什么“商山分区合作办事处”，据说也是要搞什么供销合作社，组织专人搞收购农副产品和买卖农副产品的营生。铁栓听了暗想这不是和咱们争生意抢饭碗嘛！想到这里铁栓才心中一紧，脸色也就沉了下来。

“大，你这是怎么了，刚才不还高高兴兴咋就突然阴天多云了？”根牢抬头看着院子里的大核桃树，树上的叶子已经差不多落光了，几只喜鹊在树枝上跳来跳去，并不停地喳喳叫着。

“你不懂，你舅爷说公家要成立什么合作社呀，人家如果搞起走村串乡收购核桃并捎带卖针头线脑的东西，哪里还有咱们这些货郎担子的米汤馍吃，搞不好咱屋内外堆的这些核桃都叫人家拾了便宜了。”铁栓忧心忡忡地对根牢说。

“我还以为你被贼偷了呢，原来为了这事情。我说大呀，请你不要害怕，我听咱村上县工作队队长说才筹办呢，早得很哩，还听说要发动货郎担走村串乡活跃农村生活哩。”根牢笑着说，接着从桌子上旱烟盒里捏了些烟丝按到铁栓的烟锅上。

铁栓见根牢这样说，便一边吸了一口烟，一边仔细询问道：“你说的是真的吗？咱们是小本生意可折腾不起呀。”根牢说：“我看人家工作队队长讲得正儿八经的，还真入情入理，大，你想一想，如今这社会不怕拉壮丁，不怕跑土匪，每家每户都分到了田地，与过去比是不是好多了？还有你看人家工作队的人几乎都是由军队的人转业的，一个个和蔼可亲，对贫苦人多好，人家的话不由人不信。”铁栓听了又吸一口烟，低头想了想也是，咱家是中农，工作队长在会上说中农是团结对象，王家庄百十户人只有一户被定为地主，其中一个原因还是这户人家里有个儿子是国民党的营长，听说跑到台湾去了。经过一两年的土改和划定阶级成分，王家庄中农户占到全村总户的百分之四十多，贫农也占到百分之四十多。想到这里，铁栓才稍稍放下了一颗焦虑的心，坐在老核桃木方桌旁的太师椅上吧嗒吧嗒地抽烟。

核桃和花鼓这两个孩子真是好经管，马上就要两三岁了，已经能跑得欢实了，口里还“爷爷奶奶”叫个不停。这一年来多亏了孩子的奶奶郭雪云，因为在土改开始时荣华就被县里宣传队抽去了，整天走村串乡搞宣传，演唱自己编的花鼓戏宣传土改政策等等，所以回家就少了，两个孩子一岁多就断了奶，根牢买了一只母羊，给两个孩子喝羊奶，这样一来两个孩子还真被养得白白胖胖，健健康康。偶尔孩子咳嗽了，李绪娃就大声说还是老方子，红糖炒核桃，一吃准灵。这个方子被花鼓戏带到了城里，有些人家的孩子咳嗽了也照此办法，还真屡试不爽。

郭雪云从灶房出来，看到王铁栓坐在八仙桌旁一个劲抽着旱烟，根牢却满脸笑容地站在堆满麻袋和土布口袋的房檐下看两个孩子在院子玩耍。雪云问根牢：“你大咋啦，脸拉得那么长？”根牢笑着说：“没有什么，操了一些不该操的闲心。”这时候核桃和花鼓一起跑着到根牢面前，两个小家伙都伸出小手向根牢喊叫着要吃核桃。根牢顺手拿了两个核桃用手轻轻一压都碎了，他认真将剥好的核桃仁递到核桃和花鼓的小手上，并叮咛慢慢咬。核桃和花鼓懂事地点点头，一边吃着鲜核桃一边玩滚核桃的游戏。郭雪云心疼地说：“这荣华快两个月没有回家了，我看核桃和花鼓都把他们的妈妈快给忘了。”根牢听了一怔，暗想是啊，荣华自从去了县上的宣传队后人是比在家里更漂亮了，不知情的人还以为荣华是个大姑娘。想到这里根牢决定尽快去把荣华叫回来，不然不仅两个孩子与荣华隔生了，恐怕他这个丈夫也被人家淡忘了。

铁栓和根牢各怀心事地闲聊着，邻村也就是郭家村的郭茂盛一手提着一个口袋走到铁栓的院子里，铁栓和根牢一眼就看出茂盛口袋里装的是核桃。茂盛抬头看见铁栓和根牢看着他，也就不言不语地把口袋提到铁栓房坎上的一杆大秤旁。

王铁栓的大秤是杆老秤，秤很准，所以邻村人把核桃送到铁栓家或者铁栓到各家各户收购核桃大家都很放心。

郭茂盛歇了口气说：“铁栓你过来称一下斤两。”铁栓说：“你自己称，报个数就行了。”茂盛就自己提起大秤钩着口袋一一称过，接着说：“整整60斤。”铁栓说：“根牢，算一下立马付钱。”根牢脑中一转马上报上付款数，铁栓说快给茂盛取钱去，根牢到里屋取钱，茂盛走到铁栓面前轻声问：“听说专署要成立什么合作社，专管收购农村特产和卖农用物件，今后你还收不收核桃？我们还给你送不送核桃了？”铁栓犹豫了一下说：“你放心，世事大得太太，公家要收购也没有那么多钱和人手，今后这核桃我还要收购，你回去告诉大家有核桃还往我这里送。”茂盛笑吟吟地回应：“没麻达！”根牢从里屋出来把钱交给茂盛，茂盛数也不数就装到裤腰上的布口袋里，又向铁栓点了点头返回郭家庄去了。望着茂盛远去的背影，铁栓又忧心忡忡起来。

荣华从丹凤县回来了，郭雪云正在哄核桃和花鼓睡觉，看到两个闹着不愿意睡觉的孩子，荣华两眼红红的。抬头看着雪云有些憔悴，荣华连声说妈妈受苦了，雪云也抬头看了看荣华，她轻声说：“回来了就好，人常说三岁看大，七岁看老。核桃快三岁了，你一年多不管娃，我担心娃把你生疏了。”荣华听了不由自主地流下眼泪，两个孩子见奶奶声高了些，急忙从炕上爬了起来，看到荣华时两个孩子怔了一下，但是很快就扑向荣华，欢快地喊着“妈妈”。雪云见状笑着说：“这两个小狗娃到底还是和他妈亲。”荣华听了心里一阵颤动，心想自己是不是太专注在外唱花鼓戏搞土改宣传了，因为她从两个孩子兴高采烈的表情上看到他们眼神里的一丝陌生，于是她高声说：“核桃、花鼓，今晚妈妈搂着你们两个睡，妈妈要好好亲亲你们。”两个孩子听了一齐说“太好了，太好了”。郭雪云在一旁笑着说：“还是让核桃和花鼓跟爷爷奶奶睡，我们搂孩子睡惯了，娃娃不在身边还真睡不着觉了。”雪云说完此话便一手拉着核桃一手拉着花鼓走到自己的房间去了。

荣华回到自己的房间时根牢正在用热水洗脸，看到荣华回来了忙笑着说你也洗洗脸，咱们美美睡一觉。荣华听了脸马上就红了，在灯光下显得更加漂亮，根牢不由自主扑上去在荣华脸蛋上亲了一下，荣华也高兴地回应根牢，说是要洗一下身子，再和根牢美美地睡一觉。原来这美美地睡一觉是根牢和荣华过夫妻生活时的暗语。人常说久别胜新婚，这根牢与荣华两个多月没有在一起了，今天荣华一回家根牢就高兴得很，眼看核桃和花鼓快三岁了，村上的几个妇女都在背地说这荣华越来越漂亮了，却怎么核桃都几岁了还不见荣华再怀孕呢？还有几个青年小伙子嘲笑根牢说根牢年轻轻就不行了。根牢听了心里很不好受，暗下决心非让荣华怀上不可，让乡邻们看他到底行不行！

不一会儿荣华就洗好了身子，根牢迫不及待地抱着荣华到炕上，揭开被子躺了进去，他抱着赤裸裸的荣华双手不停地在荣华身子上下抚摸着。荣华的臀部还是那么浑圆丰腴，乳房还是那么饱满坚挺，腰肢还是那么柔软纤细，气息还是那么如兰似蕙。他小心翼翼地进入到荣华的体内，立刻感到其下面还是那样紧窄滑润。这一切的一切都让根牢血脉贲张兴奋不已，他像一头乐此不疲的犍牛，在这块水草丰满肥沃的土地耕耘着，荣华欢快地迎合着根牢，用他们自己的话来说就是美美地睡了一觉，直到高潮迭起达到峰巅，这才高兴地说起了悄悄话。只见根牢说荣华你真美真好，荣华也说根牢你真行真厉害。根牢又说咱大咱妈盼望再给他们生几个孙子哩，荣华说不知这次行不行？如果行了就好，不行咱们就缓几年再说，我要报名参加专区的剧团哩，如果再生孩子恐怕就耽误了。根牢亲了亲荣华还滚烫的脸说你报剧团干什么？咱家又不是养活不起你，再说咱们的核桃树越栽越多，核桃收购的生意也越来越好，不用你在外奔波劳累。荣华听了马上说那可不行，如今兴妇女解放，男女平等。根牢说我不是那意思，谁叫你长得这么漂亮稀罕呢，我是舍不得你，孩子们也舍不得你。荣华说你放心，我也舍不得你和核桃、花鼓，我永远都是你的人。根牢听了一把将荣华搂了过来，让荣华头枕在他宽阔的胸膛上，他的双手搂着荣华光滑的肥臀睡着了。

第二天上午九点左右根牢和荣华才从炕上爬起来穿好衣服洗过脸来到堂屋，却见母亲郭雪云已做好一桌饭菜正在等候他们。根牢有些不好意思地说让妈妈费心了，一大早怎么搞得像吃年夜饭似的。雪云看了看荣华粉红容光的脸庞笑着说难得荣华回家里了，你们辛苦了，咱们就把早饭当上午饭吃。荣华抬头看雪云高兴和神秘的样子，不由得脸更红了，急忙打岔问核桃和花鼓呢？雪云回答说这两个娃精得很，和邻居的两个孩子在院子里玩核桃丢窝呢，荣华听了忙说我去叫他们回来吃饭，便快步去了院子。

院子里核桃和花鼓正和两个孩子玩丢窝。丢窝，是这一带小孩子们经常玩耍的一种游戏，即在院子里的房檐根下挖一个小土坑，在距土坑不远的地方画一条线，孩子们站在线外轮流向坑内丢核桃，滚到或直接丢到坑里的核桃就归投丢的孩子了。当然了，这些核桃由所有参加这一游戏的孩子平均交到一块，再分别用锤子剪刀布的方式决定丢投的顺序，有时候排在最后的孩子已没投丢的机会了，也有时候因排在前面的孩子投丢失误而让后边的人投中从而全部归了后者。

荣华到了院子，核桃和花鼓见妈妈来了，立即给另外两个小孩子说不要了，不要了。那两个孩子还要继续丢窝，荣华劝说让核桃和花鼓吃过饭了再来，那两个孩子坚持说他们要在院子等着。回到堂屋，核桃和花鼓高兴地告诉荣华和雪云以及绪娃，说他们各赢了两颗核桃。根牢大声问赢下的核桃怎么办？核桃立即回答按大大说的种核桃，核桃树长大了结更多的核桃。花鼓说她也按哥哥说的种核桃，她听哥哥的。根牢和铁栓听了哈哈大笑，连说这才是王家的真后代，小小年纪就知道种核桃结核桃了，将来肯定是个务核桃的料。荣华给花鼓夹了一块豆腐说让花鼓把赢的核桃卖了，拿钱到城里买糖吃，跟妈到城里看剧团唱花鼓戏和道情戏。花鼓一双大眼睛忽闪了几下立即说听妈妈的，她要到城里看妈妈唱戏，她还要跟妈妈学唱戏。李绪娃和郭雪云听了拍手叫好，连说看来咱们家的男子汉都是一门心思务核桃，女的都学花鼓唱花鼓了。铁栓说碎娃嘴里胡说哩，还不快吃饭，我都饿坏了，于是一家人不再言语，低头开始吃饭。

吃过饭铁栓和根牢去邻村收购核桃去了，荣华到灶房帮忙洗刷碗筷，郭雪云说你不用帮忙了，去哄哄核桃和花鼓，多增加你们母子母女之间的感情，听说你还要到外县去演出是吗？荣华说还要去，目前他们这个地区演出队实名叫地委文工团，听说要正式成立地区剧团，还要搜集整理咱们这一带流行的花鼓戏和皮影道情戏，还要让咱们的花鼓子戏正式登上舞台演出呢，你说咱婆孙三代人都喜欢唱花鼓，过去都是人家过红白喜事时在村院唱，如今要搬上大舞台，这有多风光啊。雪云听了也感慨万分地说，是啊，听老人常说臭花鼓子，是流浪要饭的一个方法，不过咱们这南北二山和川道的花鼓子还真好听，说是谈情说爱的歌也行，这调调也上口，我记得前几年还很红火哩。荣华听了趁势说妈妈一定要支持我。雪云说你们都年轻，如今也赶上了新社会，要闯就闯去，但你和根牢要给我多生几个孙子，核桃一个男娃太孤单了，王家已经三代单传了，到你们这一代一定要生上三个五个儿子。荣华听了笑了笑，老人们的心情她明白，但不知自己还能不能再怀上，还有她如今真的想到即将成立的剧团去，这是她这几个月来最迫切地希望，她实在不甘心亏待了自己的好身段和好嗓子。特别是她与一个从事音乐作曲的青年谈了几次后更觉得花鼓戏能登上大舞台了，她能当女主角上台那真是不白活一世呢。想到这里荣华高兴地对雪云说：“妈妈，那我就抓紧再生个娃，就去地区唱花鼓戏了。”

雪云说行，你这嗓子和身架就是唱戏的，我支持你。婆媳二人又说了一阵子闲话，各自去干活了。

郭雪云与郭荣华婆媳俩的谈话被李绪娃听到了，心里也很高兴。虽然她也爱唱花鼓戏，但毕竟没有上过大场面，那个时候不兴女的唱戏，她只是爱好，加上当时跟铁栓他父亲结婚后王家庄紧挨丹江，村上的红白喜事经常请唱花鼓的来助兴或唱孝歌，她就跟着学了一些。偶尔戏班子缺人手了她就女扮男装应一下急。到了郭雪云过门嫁到王家，绪娃就基本上不出场了，只是站在一旁观看，下来后再与雪云切磋一下，过一下花鼓戏瘾。如今听荣华说上面政府要把文工团变成剧团，还要招收演员，荣华准备去当演员了，这是大好事呀，但又转念一想她那个宝贝孙子王根牢老实巴交的，只知道跟铁栓种核桃收核桃贩核桃，如果荣华去了专区剧团，那不就是一些俊男美女聚集的地方嘛，如果荣华变了心怎么办？因为她发现自从荣华参加地区文工团后回家少了，人却越来越漂亮了，这女人太漂亮了就容易招蜂引蝶呀。想到这里李绪娃停下抹核桃木方桌的手，拄着核桃木做的拐杖，去院子里找正在苇席上晾核桃的荣华。

“荣华，你过来，我有话给你说。”李绪娃略带威严的口气说。

听到老奶奶召唤，荣华从苇席的一角转身过来快步走向李绪娃，同时轻轻问了声“奶奶好”。

“好，很好！孙子媳妇呀，你可真是越来越稀（漂亮）了。”李绪娃赞不绝口，脸上放出慈善和羡慕的光芒。

“奶奶这是怎么了，听说奶奶年轻时可是十里八乡最漂亮的。”荣华也不失时机地把李绪娃赞美了一番。

“老了。老了不说少年，穷了不说富汉。这世事还真是你们年轻人的。”李绪娃由衷地说。

“奶奶我想说啥就说啥。”郭荣华用唱花鼓戏一样腔调说出此话，并按花鼓戏中给老人拜寿那样给李绪娃行了个礼。

“你这娃真乖，真讨人喜欢。”看到荣华如此这般，李绪娃高兴至极，再次夸奖荣华。

“好孙媳妇呀，听说你想到什么文工团还是剧团去呀？”李绪娃高兴是高兴，但却没有忘记她要问荣华的事情。

“是呀，这一段时间与文工团的人一块走村串乡搞宣传土改等，还真觉得有意思，再说政府这么重视这件事，人家看得上看得起咱们这些民间唱戏的，咱还能不积极些？”荣华也毫不保留地脱口而出。

“那么说来，就成了公家人啦？”李绪娃问。

“这个我说不准，可能吧。听说管吃管住，发不发工钱还不知道，听说有人想去人家还不要呢。”荣华认真地回答。

李绪娃轻轻咳嗽一声，把手中的核桃木拐杖在地上轻轻顿了顿。她是越来越喜欢这个孙媳妇了，但却不知怎么搞得越来越害怕这个孙媳妇离家而去不回来了怎么办。她看了看不断落下的核桃树叶，门前这棵核桃树自从她嫁到王家就有锅盖那么粗了，如今比她刚来时粗了有五寸多，却也年年枝繁叶茂，果实累累，也为王家获取了不少收益。所以每年的腊月初八她第一件事就是给这棵老核桃树抹上一层腊八粥，说是让核桃树吃了腊八粥来年树上核桃结得繁。如今她老了，核桃树也老了。她老了动不了了，而核桃树却耐老，看着面带桃花的荣华她真是羡慕极了。

“好媳妇，你是个乖娃，如果端上了公家的饭碗可不能忘了咱们这个家。”绪娃语重心长地说。

“老奶奶，你放心，我永远是你的孙子媳妇。”荣华一脸真诚地说。

“那就好，你看你和根牢两个多好，你们的名字就般配，根牢荣华，连得紧哟！”李绪娃高兴地说着，同时从怀里掏出一个银镯子，说是送给荣华了，这是她娘家妈给她的，她都没舍得给郭雪云呢。荣华听了心里十分感激，她把李绪娃扶到堂屋旁那个核桃木方桌旁的太师椅上坐下，毕恭毕敬地给李绪娃磕了三个头。李绪娃笑吟吟地接受了荣华的磕头，把那个银镯子给荣华戴到手腕上，同时给荣华说如果你真的到什么大剧团去了，如果要收集老腔老调的花鼓戏就来找我，我知道很多的八岔调、崩子调，唱一天一夜都行。荣华听了眼前一亮，这才是花鼓戏的老人手，到时候她定把剧团里搞音乐的请来向老奶奶讨教。

荣华和李绪娃正在说花鼓戏，李木林和王铁栓一块有说有笑地走到堂屋来了。李木林见姐姐李绪娃心情很好，急忙上前说我给大姐道喜来了。李绪娃正和荣华谈得起劲，看到娘家弟弟来了，还说什么道喜来了，就问李木林啥事让你从洛南赶到商州来了？李木林指了指铁栓，铁栓立马明白了，他高兴地告诉绪娃，舅舅让我到新成立的陕西省商山合作办事处工作去，老妈你说去不去？李绪娃听了不解地问你说啥？李木林上前仔细地告诉绪娃，商山专区成立了陕西省商山合作办事处。这几年咱们商山地区的各县分别召开了物资交流大会，按照公私兼顾、大小兼顾、城乡互助、地区互助、有买有卖、购销结合的原则和为生产生活服务的宗旨，已经交流了百种地方特产和200多种老百姓适用的日用品。咱们本地出产的连翘、柴胡等中药材，还有猪、牛、羊、鸡等畜牧产品，特别是核桃源源不断，产供销一条龙，做到了国家和农民双丰收。如今供销社要扩大，招录地方的收购销售能人，我就推荐了铁栓。李木林说着说着就把李绪娃从桌子旁的核桃木椅上扶了起来。

“木林兄弟，我都清楚了，你是让你外甥王铁栓到什么供销合作社去当差，我看行，但你要知道我的孙媳妇郭荣华也要去什么地区剧团去唱戏了，我们家不能一次出两个人给公家干活去。”李绪娃大声而言。

“好我的老姐哩，这供销合作社就不是谁想去就能去的。我实话告诉你，咱们李家二叔当年跟许权中去渭华起义的同班班长到咱们专区任副专员了，他还专门到咱们家看了当年的石碾子石磨子和那几棵老核桃树。正好他在专区分管供销社，他就寻到咱们那里要让我去供销合作社干活，我想自己已经60岁了，就让我儿子去，谁知我儿子不愿意去，我又推荐了我外甥王铁栓，铁栓又推荐他儿子根牢，谁知道根牢也不愿意，老姐你说怎么办？”李木林一口气说完，眼睛直盯着李绪娃。

李绪娃刚刚与郭荣华说过同意让荣华去专区剧团干事，谁知道屁股还没坐热又遇上娘家兄弟前来叫铁栓去什么供销合作社干事情，她当时感到马上让家里出两个人去公家干事去后家里怎么办？看到李木林诚恳地说出上面的话，李绪娃立刻有了主意，只见她笑吟吟地说：“木林兄弟，这么好的事情你咋不叫你儿子去呢？”说罢此话，绪娃双眼紧紧盯着木林。

“好我的亲姐呀，不是兄弟我不让我儿子去，而是我儿子不会种核桃，不会打算盘，不会算账，正好铁栓会打算盘会算账，同时有20多年来走村串乡收核桃的经验，我给副专员说了，副专员立马让供销合作社的主任到我家里传话，一定要让铁栓到供销合作社去当会计。本来主任今天也要来请铁栓，临时有个紧急会议来不了，我才一个人来请铁栓了。”李木林快言快语，王铁栓急忙招呼舅舅坐下。

“行！不过我老婆子把丑话说到前边，刚才荣华说她要去地区剧团当演员哩，我同意了，如今你又要叫铁栓去州城干事，你说我们家同时出两个人去公家干事情去了，家里的事谁管呀？”李绪娃看了看铁栓，又看了看李木林。

“都去吧，家里的事情我们管！”

随着话声，王根牢走了进来。

“不行！如果要出去的话，我看就让根牢和荣华小两口一块去，也互相有个照应。”李绪娃看到根牢回来了立时有了主意。

“行，那就让根牢去，我在家里。”铁栓高兴地说。

“不行！我不去，我没有我大的经验多，话再说回来，咱家这二三十棵核桃树还要我经管，如果我大到城里去了，家里的事有我管。荣华爱唱花鼓戏就让她去剧团唱戏去。”根牢认真地说。

“你这个瓜娃，你媳妇太漂亮了，让她去剧团你放心？”李绪娃大声而言。

“我放心。”根牢提高了音调。

“好啦好啦！铁栓咱们到州城报到去，根牢好好在家照看你奶奶和你妈，等他们在城里稳当了再把核桃和花鼓接到城里上幼儿园。”李木林拍板定案了。

“还是我舅爷通情达理，我没上过学，今辈子就侍弄核桃了，不管咋说都要让核桃和花鼓上学哩。”根牢高兴至极，拍手叫好。

郭雪云从外拉着两个孩子回到家里，听说铁栓和荣华要去州城干公家活了，立即反对，她说应该让根牢和荣华去，这样小两口好照应，将来等核桃和花鼓七八岁了，咱们把孩子送到城里去念书。雪云说出这样的话一来是为了小两口加深感情，二来想趁她老两口还年轻些，把两个孙子经管得能上学也就行了，如果荣华再生个孩子，还不是送回家里来经管嘛。李木林听了连说人家要的是铁栓不是根牢，还有铁栓也快五十的人啦，人家能要你是给了多大的面子，过了这个村恐怕没这个店了，根牢年轻，日后的机会多的是。根牢说就是嘛，听说到州城工作的人是集体宿舍，孩子暂时肯定去不成，我也树上树下，村里村外逛惯了，你叫我整天围着账本子转、坐冷板凳我还真受不了。雪云和绪娃见李木林这样坚持又见根牢态度这样坚决，只好说那就这样，根牢你听着，我们把丑话说到前面，你媳妇到州城后要是变了心跟别人跑了，你可别埋怨我们没提醒你。根牢说请奶奶和妈妈放心，我相信荣华不是那样的人。于是这件事就这样定了下来。

第二天，铁栓就背着铺盖去州城陕西省商山专区合作办事处报到，到了办事处仔细一打听才知道原来这个办事处实际上已经运行了三年多了，刚解放不久就在商州城关街正式成立了商山分区合作办事处。设立了秘书室、供销股等内设机构，制定了营业规划、会计程序、作息时间、扶助小贩等具体办法。配备了营业员、保管、会计和出纳，并已正式对外营业。到了一九五二年十一月，商山专区各县都成立了供销联合社，还分别召开了物资交流大会，按照“公私兼顾、大小兼顾、城乡互助、地区互助、有买有卖、购销结合”的原则和“为生产生活服务”的方针，大宗成交商品有桐油、核桃仁等，还有草鞋、雨伞等生活用品以及柴胡、连翘等中药材，农具以及猪、牛、羊等畜产品也交易了不少。从成交总量看供销合作已占到三分之一。看到这些统计数字，铁栓才明白了这两三年来他收购的核桃和核桃仁为什么卖得这样好这样快，原来是供销合作社在大进大出，公家的收购销售渠道广阔畅通呀，想到这里铁栓暗自庆幸自己这次真来对了。

后来在供销合作社的一个仓库里，更让王铁栓真真正正大开眼界，那堆积如山的麻袋里全部装的是核桃仁和核桃。他这才知道在自己的县城里核桃的世事这样大，产量这么多，还卖出了一摞摞钞票。他从来没有见过那么多的钞票，看着这么多的核桃和核桃仁以及在柜子里的钞票，铁栓仿佛看到一棵棵核桃树上挂着一串串闪光的钞票！

王铁栓从库房回到自己的办公室，他是和财务股长同一间房子办公，看了一会儿近期的财务报表，他突然觉得自己不适合干会计工作，他认为自己最熟悉的还是种核桃和收购核桃，整天和报表打交道他还真的不适应。虽然同事们都忙得不亦乐乎，也干得非常起劲，但他总觉得不舒服。经过几个晚上的思考，他决定找专管财务的副主任谈一谈，他想到供销股去，上山下乡搞收购，同时指导乡亲们栽种核桃树。

副主任叫杨抗战，是抗日战争开始那一年入党的老革命了，原来是部队上的一个副团长，随军解放商州全境后当了供销合作社的副主任。他是商山分区合作办事处的第一批参与者，当时省合作局派人到商山地区筹备合作机构事宜，时任副专员是杨抗战的老上级，立即点了杨抗战的名，说是杨抗战当过连队的司务长，在独立团管过后勤。当时杨抗战也没多想就一口答应了，谁知来了后才看到问题不少，特别是专业人员少，而从社会上招的人也一时难以进入角色。现在终于慢慢上轨道了，专区所辖的几个县也陆陆续续成立了供销合作社，还计划向大区大镇再延伸办些网点，不然这商州地区八山一水半分田的，农民们买卖农副产品和农用物资太不方便了。

杨抗战喜欢吼几句秦腔，到了商山地区之后下过多次乡，就被当地地方小戏——花鼓戏给迷住了，久而久之也能顺口唱几句。这时候他正在自己办公室看财务上送来的近期供销收购进度表。他的办公室有两间，实际上一间房是他们一家三口的卧室，他这间用作办公室，也只用了一半，靠窗子边放了一张桌子，是办公用的，另外放了个独凳，供来谈话的人坐。他的办公椅子后面是一个大立柜，供放办公文件书籍之用，大立柜后边支一张单人床，有时候，他就睡在这里。另外一间房子就由家属和儿子住，还在那间房外面搭了个棚子，算是他们家的灶房了。

“杨主任，我不想在会计股干了，让我到供销股上班吧。”王铁栓走进杨抗战的办公室，张口就说出上面的一句话，说完静静地站在办公桌旁。

“坐下说，坐下说。”杨抗战放下手中的报表用手指着办公桌旁的木凳子说。

“杨主任，我干不了会计股的活儿，整天跟报表打交道我不习惯也不适应，你还是让我到供销股去，搞收购农副产品和卖农用物资我很拿手。”王铁栓急急切切仿佛一会儿都等不及了。

“你们会计股长昨天还跟我说你很能干，整个会计股就你年龄大，就你工作认真负责，年终还要评你当先进哩，你怎么不想干了？”杨抗战不解地发问，见王铁栓不言语，他又用手拍了拍报表说：“你们会计股是咱们社里的重要股室，咱们的成绩要从报表上来表现和反映，你们只要实实在在不掺假就行了。现在咱们专区上下全民生产搞得很红火，农副产品的生产量越来越多，农民弟兄需要的农用物资也越来越多，我们工作的重要性也越来越明显，在这个时候，你不能撂挑子。”杨抗战动情地劝说王铁栓。

看到王铁栓不再言语，杨抗战起身给铁栓倒了一杯开水，接着说：“老王呀，你们王家庄虽说是个大村，但目前在县上和专区干公事的也只有四五个人，你应该为此感到光荣，听说你儿媳被招到专区剧团去了，你们家有了两个吃公家饭的，这可了不起呀。”说着说着杨抗战话锋一转：“老王你实话实说，是不是觉得在会计股干没有你走村串乡搞私营小商小贩来钱快？”说完用眼紧紧盯着王铁栓。

“杨主任，看你说到哪里去啦，我们王家人经几辈都是农民，我是爱种核桃、贩核桃而已，如今能在城里干公家事，也就光宗耀祖了，尽管公家给我的工资没有干私营得的多，说实话这比走村串乡轻省多了。”王铁栓诚恳地说。

“你的意思我知道了，下来我跟你的股长谈谈，看谁能接你的手，适当时候再调整你的工作。”杨抗战终于松了口。铁栓听了也不好再坚持，就回股里上班去了。

王铁栓中午在街上吃了一碗豆腐臊子面，正准备回宿舍歇一会儿，却见郭荣华快步向他走了过来。荣华见到铁栓，说她明天要和剧团的一个专搞音乐的去王家庄找奶奶和妈妈，还要找几个年长的唱过花鼓戏的老年人座谈。剧团根据专区领导的意见，要挖掘花鼓戏这个民间传统戏的音调等，为提升和打造花鼓戏打基础。荣华问铁栓要不要给家捎话什么的，铁栓听了说不捎什么，就是太想两个孙子了，等这段时间忙过去，他回家专门看两个孙子去，如果要捎什么，就把供销社刚进的红糖给两个孙子捎上二斤，荣华说好。两人一块到供销社门市部称了二斤红糖，荣华要掏钱付账，铁栓抢着开了钱。荣华拿着糖走了，铁栓望着荣华的背影，心想如果根牢也在城里多好。

荣华带着二斤红糖回到剧团，把红糖放在宿舍里，同宿舍的钱小英笑着问谁给你送的红糖？荣华说是公公让她捎回家去给两个孩子吃的。小英羡慕地说荣华姐真有福气，年纪轻轻地一儿一女都四岁多了，都是两个娃的妈妈了，身材还这样好，脸蛋这样有水色，把咱团的大姑娘小媳妇都比下去了。荣华听了笑着说小妹子千万不要这样说，过去人家都看不起咱唱戏的，特别是看不起女戏子，如今咱们女的能抛头露面可真不容易，咱们要珍惜呀。同时荣华叮咛小英再不敢说把剧团的大姑娘小媳妇都比下去了的话，荣华还说咱们团里人才真不少，比如小英的唱腔就很特别，还有搞乐器的，包括拉幕的都很辛苦，咱们要好好学习，好好唱戏才对，小英听了连连点头。

荣华和小英正在叙话，专区剧团的作曲陶有善来找荣华。陶有善是龙驹寨人，小时候就喜欢跳花鼓，经常在乡下跑堂会，虽然年纪小，但人精灵爱学习。他的蹦跳、闪跳、弹跳、扭跳、踏跳，还有兔子跳、麻雀跳、侧身跳、单腿跳、双蹬跳、三角跳、拐线跳、双八字跳样样精通，每次乡间的红白喜事都少不了他。他的一个小弟弟也很精灵，今年才15岁也到剧团来了，而他却丢下能唱能跳的技艺，专门搞起花鼓戏的曲调来，这也多亏了他在民间自乐班时喜欢拉用竹筒做的蛇皮蒙面，马尾作弦的大筒子，拉着拉着就出了师，特别是到剧团后更是倾心花鼓戏曲调的研究。这次剧团要整理挖掘花鼓曲调，他高兴得整晚睡不着觉，暗暗下决心要搞出名堂。

第二天一大早郭荣华和陶有善从城里起身去王家庄。城里到王家庄总共二十五里，沿丹江北岸的河堤既是堤也是路，堤边上的白杨树有五寸到一尺那么粗的径围一排一排地挺立在河堤上。靠水边的是大片大片一望无际的芦苇荡。秋天的丹江水特别清亮，江面很宽很宽，弯弯曲曲地向东方延伸，水浅的地方地势较宽阔平缓，有的地方的水有没膝那么深，河里的鱼儿在游，人站在旁边都看得清清楚楚。

一路上他们二人有说有笑的，看到北岸的稻田里稻子快熟了，黄澄澄一块一块的。陶有善笑着说你们这里的人真勤快，把地种得整整齐齐的。荣华回应说如今农民都有了自己的地，一些地方成立了合作社，大家劳动积极性很高，我们这一带可是商州的白菜心呢。有善说知道是白菜心，我们那里还是个古老的水旱码头哩。荣华说反正我们是州里人，听说过去你们那里都归我们州里管，后来才成了丹凤县。有善说咱不计较这些了，反正花鼓戏的历史我们那里比你们这里早。荣华说你还说不计较了，告诉你，我们家老婆婆和我公婆都会唱花鼓子，你也是孙子辈呢。陶有善听了哈哈一笑，连说那么你们家的那位老奶奶老妈妈是戏迷还是戏精？荣华说你放客气些，她们说起花鼓子能说一河滩哩。二人说罢走向江堤，选择河面宽的地方脱鞋卷起裤腿走向河里，河水不热也不冷，河底的沙子又细又绵软，踏在上面还很舒服。二人相视一笑，一齐走向南岸。

荣华和有善上到南岸，却见南岸除了与北岸一样的大堤和一排排白杨树、柳树和芦苇荡外，眼前是一望无际的稻田，再往稻田的南边看，却是一条高高的砂石坎，坎上隐隐约约可以看到一些树梢，再远处就是高坡了。陶有善不解地问荣华，怎么过了河还没有到你们王家村，荣华告诉有善，走过大片河滩地，再走上那道看似土坎的砂石坎才到王家庄，我们王家庄村前的这个高高的大坎就像一处大堤坝，丹江河的水再大也到不了坎上。我们的村子就在坎上的平塬上，平塬南面才是缓坡，缓坡以上才是高坡，所以人们都说我们那里是铁打的王家庄。陶有善问那么高的土坎上住着人，你们那里要吃水怎么办？荣华笑弯了腰，连说我们哪里吃的是井水呀，在平地挖个三四丈深就有清澈的水出来了。陶有善说难怪了，我们住在江边，吃的是河里的水呢。荣华说我们井里的水干净，有善说河里的水一样干净。荣华就不再争执了，说都干净行了吧。

郭雪云和王根牢正在院子里晒苞谷和几席核桃，今年可以说是人努力天帮忙地争气，苞谷和核桃大丰收。根牢还收了些连皮核桃，拿回家来蜕皮，他已经给区上的合作社的人说了，等核桃一干马上送过去，收购点上的人说有多少收多少，所以他还叫了几个年轻人到后沟里去了几趟收了几千斤核桃。他用心算了账，这一笔收入不少，村里的小学老师说缺些板凳，他准备买些给学校送去。

荣华领着陶有善走进了院子，雪云一眼就看见了，忙打招呼说荣华回来了，根牢伸手接过荣华手里的包，嘴里却说家里不缺啥，回来就回来还拿这么多东西。陶有善在剧团宿舍里见过根牢，马上笑着问了声根牢哥好，根牢说你就是剧团里拉大筒子的陶有善嘛，稀客呀！雪云见他们几个只顾在院子里，就招呼有善等到堂屋核桃木八仙桌旁坐下。李绪娃在里间听说荣华回来了，就要到邻居家喊核桃和花鼓回来，雪云说她去喊孩子，让根牢去陪陶有善和荣华坐一会儿。

李绪娃虽然快 70 岁了，但耳不聋眼不花，见荣华越来越漂亮，又带着一个年轻后生到家里来了，心里不知怎么的一阵紧似一阵，于是张口就问荣华你带这个年轻人到家里干什么来了？荣华答是同事，在剧团专搞曲调的，听说老婆婆懂花鼓戏的曲调，专门来请教来了。陶有善是何等聪明，老太太刚才疑惑的目光一闪，他立即明白可能有些误会，马上站了起来恭恭敬敬地说："晚辈陶有善，家居丹凤龙驹寨，原来在剧团拉大筒子，现在改作曲了，听说老人家知道不少流传在咱们东乡一带的花鼓子曲调，今天特和荣华姐前来讨教。"说罢还向李绪娃鞠了个躬。

噢，原来如此！李绪娃立即放下心来，嘴里说："我老婆子能懂些啥，尽是些上不了台面的野调子，有的是胡拉乱扯的，有的是哭丧的孝歌，有的是临时胡编的戏文，不过我知道咱们这一带有三种唱法，每一种的腔调又有多种曲调，但却互不干涉，各自使用，在一场戏中，互不掺和。"李绪娃说着还唱了三个段子，虽然年纪大了，但声调还不错。有善急忙根据绪娃唱的在本子上把乐曲谱了出来。根牢在一旁拍手大笑，一个劲地说老奶奶不简单。荣华却模仿绪娃的声调唱了起来。李绪娃一时高兴，向陶有善说过去的老花鼓戏凡是演小生的个个风流洒脱，步伐身段多变，男女都擅长扇子和手巾的运用，很有农村生活的气息，如划船、挑担、捣石臼、打铁、磨豆腐、捉泥鳅、放风筝、捉蝴蝶等叫人看了夸张风趣、开怀大笑。陶有善说这才是咱们商山地方花鼓戏的特色呀。几个人正在说着笑着唱着，雪云拉着核桃和花鼓走了进来，两个孩子飞也似的扑到荣华的怀里，荣华亲了这个亲那个，随之起身从柜上的提包里取出几块纸包的糖递给核桃和花鼓。绪娃笑着说这洋糖在咱乡里是稀罕东西，等会儿给邻家娃拿几块去，核桃和花鼓争着说他（她）给送过去。

荣华递给绪娃一块糖说老奶奶也尝尝洋糖好吃不好吃？绪娃说肯定好吃，难得孙媳妇这样孝顺，你上次回来给我拿的老马家的点心我还没舍得吃完呢。绪娃嘴里叼着洋糖向雪云说你也来说说，荣华和小陶要收集花鼓曲调呢。雪云说隔壁王满仓懂曲调，是村上唱花鼓戏拉大筒子的，他对各种唱腔和音乐都在行。有善听了两眼放光，忙说不知他在不在家，雪云说刚才看到他引着两个孙子娃在院里晒刚收的稻子哩，应该还在家。有善和荣华说那就到他们家去坐坐谈谈。雪云说我带你们去，荣华说不用了，她和满仓爷很熟悉，前几年还常常请他教戏。根牢说你们去，我要管两个小家伙，妈妈给准备午饭吧。

荣华和有善二人快步走到王满仓家。王满仓老远见荣华引着一个小伙子来了，立即上前打招呼，并大声说剧团里工作的大演员回来了。荣华也高兴地叫着满仓爷好，同时从口袋里掏出几块洋糖递到满仓拉着的两个小孙子手中。

“大演员找爷有啥事？”王满仓坐在一堆苞谷旁的小椅子上问道。

“满仓爷，我和我们剧团的陶有善今日专门回来向你讨教花鼓戏的曲调来了。我们剧团领导说了，要挖掘流行于咱们东乡一带，丹江下游的花鼓戏的曲调，要经过挖掘整理加工，形成规范的曲调供剧团排演用，还要把咱们走村串乡的花鼓戏搬上正式舞台哩。”荣华兴奋地说，同时告诉王满仓，陶有善就是剧团专门拉大筒子的，现在改作专门作曲了，就是他负责专门收集整理加工花鼓曲调。

“噢，小小年纪能文能武，佩服，佩服。”王满仓向陶有善招了招手，有善会意地走到满仓堂屋挂在墙上的大筒子前，轻轻取下大筒子递到满仓手里。

“这个大筒子是我师父传给我的，你看这杆子磨得油光发亮了，特别是这个竹筒，是老竹子做的，还有这蛇皮听说是一条百年大蛇的皮，你看看几十年了都没变形老化。”王满仓得意地指点着手里的大筒子。

“还真是把老古董，一看就是个稀罕的东西。”陶有善目放亮光，赞不绝口。

“年轻人，算你有眼力，识货！”王满仓再次得意地把大筒子的弓拉了拉。

“爷爷，爷爷，娘给的洋糖真好吃。”王满仓的两个孙子高高兴兴地说着，同时看了看一旁的郭荣华。王满仓却纠正两个孙子的话，要他们把荣华叫姑姑，两个小孩子立即改口把荣华叫姑姑，并伸出小手要荣华再给些洋糖。荣华从上衣口袋掏出几颗放在孩子手里，言说慢慢吃，再要姑姑已经没有了。

“老人家，请你把你知道的花鼓戏的曲调给我讲讲。”陶有善虚心地请教。

“我们懂啥曲调不曲调的，这些调调都是师徒之间口口相授相传，要说正儿八经写到本本上还没有呢。不过我们私下里还真讨论过，再不收集整理恐怕要失传了。你们虽然年轻，也会唱不少曲调吧，咱们这一带的花鼓戏基本上都是以小生、小旦、小丑为主，所以又叫三小戏，据我所知咱们这一带流行的花鼓唱腔音乐由筒子、八岔、小调三种不同的腔调组成，久而久之唱来唱去就形成了筒子戏的相对固定的曲调，主要有老生调、小生调、阴调、阳调、半板、板半、老配少、哀子等。”王满仓侃侃而言，陶有善一边在本子上记录，一边在心里暗暗思考。郭荣华在一旁不停地回味王满仓刚刚说的话。

“老人家，这老生调是不是由上下两个规整唱句与相间过门乐句组成段的？还有唱词多为七字词格，也有十字词格，按照一句词前六字与后四字构成，以上、下、乐句演唱。结构形式为上句加过门再是下句加过门？”陶有善兴致勃勃地问。

“正是正是，看来小陶是真懂曲调呀！”王满仓赞赏着，同时发问，“你知道什么是小生调？”说罢双眼直勾勾盯着陶有善。

听到王满仓发问，陶有善仔细想了想答道：“所谓小生调分为上下句式，有五声音阶。特点是上下句终止音同时宫音。上句腔之后过门终止音与唱腔有时不一致，而下句腔过门终止音与唱腔终止音相同。常为七字句词格。曲式结构与老生调相同，有平声和仄声两种唱法，平声多用于男腔，仄声多用于女腔。”有善毕恭毕敬回答满仓的问话。

“了不起，了不起，你说得很对，虽然我对什么平仄认识不多，但曲调的高低不同和适应男唱还是女唱却分得清，我给你拉一段男戏《站在井边用目看》，再拉段女声《蓝桥担水》你们听听。”王满仓拉起大筒子，随着悠扬的筒子声，陶有善唱起了《站在井边用目看》，荣华自然而然地唱起了《蓝桥担水》。

“唱得好！”王满仓停下拉筒子的手赞赏着。

“是大爷你拉得好！”陶有善和郭荣华同声而语。

“看来我们向您老请教是寻准人了，那么请问这阴调和阳调又是什么样子呢？”陶有善和郭荣华睁大了眼睛看着王满仓。

“看来你们是来考我老汉来了，告诉你们当年我们一伙人与竹林关和荆紫关的戏班子比赛，人家可真是兵强马壮，不过比赛打了个平手，而我们实实在在地跟人家戏班子的人学了一些好东西。看来你们是懂什么是阴调阳调的，小陶你说阴调是不是上下句结构，上句之后无过门，按照衬字拉腔乐句，代替过门，下句腔后拉过门？”王满仓故意反问。

“老人家所言极是，这阳调嘛，当然就是上下句结构，不同的是上句与下句之后均有过门，还有上句与下句的落音各有不同。”陶有善笑吟吟地说。

“正是，正是，年轻人总结得有道理。”王满仓再次赞赏，同时大声说：“这老少配调自然而然就是老生调与小生调的组合连缀了。此调多用于男女对唱，结构自由，有时以老生调开始，接以小生调，有时以小生调开始，接以老生调。”

“老大爷，你想想看，这正是戏曲音乐中男女分腔的雏形啊！”陶有善欣喜地大声说，同时挥了挥手中的笔记本。

“小伙子，看来这半板、板半、哀子等你肯定知道了。咱们就不说这些了，还是说一说八岔戏音乐和小调戏音乐吧。”王满仓眯起眼睛看着陶有善和郭荣华。荣华见状忙说：“王大爷呀，主要是你给有善传经哩，还是你和有善多交流吧。”

“好，既然你们这样虚心，我也就不客气了。下面咱们聊一聊小调戏音乐，我这里有言在先，我只是会胡拉几段，怎么写到本子上那是小陶的事了。”王满仓捋了捋银白色的胡须，接着用筒子拉了起来。郭荣华也不由自主地唱起了流行于鹿城和竹林关一带的民歌，什么《姐儿歌》《绣荷包》《梳妆台》《十八扯》《小喜接妹》《十探妹》。唱着唱着竟有些没完没了，王满仓也越拉越起劲。

在唱到《绣荷包》时，只见郭荣华情真意切，王满仓也把全部心思用在那张弓和五指上：

三月荷包绣桃花，
桃花开在情妹家，
摘朵桃花送情哥，
情哥可要爱惜她，
四月荷包绣插秧，
荷包挂在郎身上，
风吹银丝根根动，
红线飘飘情意长。

郭荣华唱得如痴如醉，王满仓拉得旋律流畅。

“好啦，把我拉得都快虚脱了，看来真是年龄不饶人呀。”王满仓长长出了一口气，停下拉马尾弓的手，看着在笔记本上飞快地记录着的陶有善，又看了看唱得有些气喘的郭荣华。

“王大爷，你拉得真好，让我唱起来轻省得很，不然唱了这么多段子，我还真坚持不下来呢。”郭荣华向王满仓说。

“实话告诉你们，当年我们走村串乡赶场子，有时候三天三夜不歇气，等一会儿我再给你们拉一拉开门调、石榴娃烧火、阴八岔、四平头、观灯调、回河南、五更调、石榴娃、黑五更、望江楼、卖风流等等，我粗略地计算了一下，这些调腔大概一二百呢。要说懂腔调还是你奶奶李绪娃厉害，那才叫自学成才哩。”王满仓说罢端起桌子上的黑老碗喝了几口水，站起来伸了伸腰，甩了甩手活动活动手腕，接着又起劲地拉了起来。

陶有善有些兴奋得不能自已了，只见他一边在本子上记着，一边挥手仿佛在作指挥，手舞足蹈，口中念念有词，郭荣华在一旁也时不时随着音乐声轻轻吟唱。

“好了，好了，我把我的本事全拿出来了，小陶你说呢？”王满仓擦了擦额头上的汗水，看了看陶有善厚厚的笔记本已密密麻麻记了几十页了，他想让年轻人再回味回味。

陶有善还沉浸在抑扬顿挫的音节之中，听到王满仓问话，急忙将笔记本合上又打开，认真向王满仓说：“师傅爷，这一晌子你拉的这么多曲子让我大开眼界啊，这小调曲子真是数量大，音律美，可以说是丰富多彩，用书上描写的来说就是调式以商、徵、羽、宫为主，也有复合、交替调式，它们的曲式结构也多样化，虽然基本形态是两句体，但又形成了一些三句体、四句体和多句体、自由句式等不同类型的结构形式。从您老人家刚才演奏的曲调可以看出它们各自的旋律都比较均衡完整，既可独立使用，也可有机连缀，真是妙不可言呀。”

“小陶你真聪明，你总结得好，尽管有些我老汉还没有搞明白，但听起来还真就是那么回事。”王满仓用手指弹了弹大筒子的两根弦，立即发出动听的声音，像是给陶有善拍手鼓掌一样。

“师傅爷，我把前几天收集整理的八岔戏音乐的特点向您描述一下，请多多指教。”陶有善高兴极了，他想通过王满仓验证一下上次他去竹林关和龙驹寨收集的八岔戏音乐。

“快说说，我也会拉几段。”王满仓也兴奋地说。

“据我了解，八岔戏音乐采用的是徵调式，在整个唱腔音乐中，较为完整地采取了六声音阶，形成了一定固定程式的独立结构。由起板、诉板、省板三段式组成。一般由引子性质的‘起板’开始，用‘小板’结束。在‘起板’的最后一个腔节，‘诉板’上句和下句的最后一字都用众声帮腔也就是合唱，此起彼伏，抑扬顿挫如行云流水般敞亮。”陶有善说完默默看着王满仓。

“你怎么不说弦索伴奏呢？”王满仓知道刚才故意说自己也会拉几段八岔曲调，也是考考这个聪明帅气的小伙子。

“实不相瞒，八岔戏音乐与筒子戏音乐的不同之处在于它不用弦乐伴唱，只以打击乐在乐句乐段处相间伴奏，不知对不对？”陶有善小心翼翼而言。

“聪明，实在聪明！你是怕伤了我老汉的老脸吧，那么我就实话实说，那也是我考你娃呢，你了解的还真不少，我建议你们再到丹江两岸走一走，也要到深山野洼里走一走，民间的东西多太太。特别要多让李绪娃这个老花鼓给你唱一唱，肯定能让你们悟出不少道道。”王满仓高兴地说。

“是要走走，还要认真向老奶奶请教，等我们收集整理出来了，请大爷再给多指正指正。”陶有善诚恳地说，接着抬头深情地看了看王满仓，又看了看放在桌子上的那把大筒子。

陶有善的目光正好被王满仓捕捉到了，他的心中一阵悸动。这个大筒子是他的心爱之物，伴随着他走南闯北，曾有一个民间艺人出高价求购，他都没有答应。如今这个陶有善刚才那充满渴求的目光，实在让人难以回应。

荣华看到王满仓和陶有善四目相对且火花迸溅，但却转瞬即逝，心里暗想难道是自己刚才唱得不到位，让这个饱经风霜但却对花鼓戏情有独钟的老人有所失望？还是陶有善刚才所言对一直兴致勃勃的老艺人有所冲撞？

“小陶，不用回避我老汉的目光，你的心思我已知道。”王满仓头也不抬但却言之凿凿。

“小辈不能让前辈忍痛——”陶有善欲言又止。

沉默，又是沉默，在场的人都不再言语。

“你们几个老的老，少的少，怎么谝得都不吃饭了。”随着话音，李绪娃拄着核桃木拐杖与根牢一块走到王满仓的院子里，并大声喊着让荣华回家吃饭。

“哟，满仓大哥，您这拉筒子的手艺是越来越精了，你刚才拉筒子时我在隔壁还唱了几段子，我孙媳妇荣华唱得比我好，我也没敢过来显夸。”李绪娃拄着拐杖却也一字一顿，说得一清二楚。

“你是花鼓子精嘛，啥不会唱啥不敢唱？想当年你唱孝歌，唱喜歌，张口就来，能编一长串串，你唱得不停，我们的弦索当然不能停，要说我拉的很多曲调还是你教的。”王满仓笑呵呵地说，手里却不停地抚摸着那把蛇皮蒙的老筒子。

“你就会拉游弦，叫你吹唢呐你嫌费力气，不过你的大筒子是十里八乡拉得最好的。”李绪娃指着王满仓手里的大筒子说。

“老了，老了，拉不动了。”王满仓有些沙哑地说。

“你不老，你这把大筒子是老了，但耐用。”陶有善轻声而言并投去深情的目光。

“小陶啊，我想通了，你说得对，这把老筒子耐用，我看你很喜欢它，今天我就把它送给你，因为刚才你拉了几段曲子，我还真喜欢上你了。”王满仓爽朗地说。

“让前辈割爱，晚辈实在……”陶有善欲言又止。

“哈哈哈！我将自己喜欢之物送给我喜欢之人，这不是恰如其分吗，小陶你放心，我不是忍痛割爱，我这是以爱赠爱。”王满仓说罢双手将大筒子递给陶有善。

陶有善毕恭毕敬，鞠躬接过大筒子。李绪娃、王根牢和郭荣华站在一旁连声称好。

“不过，我有一个要求！”王满仓严肃地说。

“请讲，我们按老大爷说的办！”陶有善和郭荣华齐声答应。

“等你们把花鼓戏正儿八经搬上大戏台了，要把我们这些民间花鼓戏艺人请去看戏。”王满仓再次严肃地说。

“一定，一定。”陶有善和郭荣华连声答应。

“我还有个要求哩。”李绪娃用拐杖在地上顿了一下大声说。

“老婆婆你说咋办就咋办。”郭荣华抢先回应。

“你们剧团要有专人写戏本子，咱们以前全是顺口溜和随便拉扯哩，能不能把农村的人和事都编到戏词里去？”李绪娃高兴地问。

“没问题，这个事我们剧团已经安排了，一方面搜集整理花鼓戏的曲调音乐，一方面深入农村实际体验花鼓戏文，有专人编戏本子，一旦上了戏台子，一定把二老请去看看，还要请你们提意见修改词和曲子。”陶有善今天收获颇丰，连口答应并一再说让王满仓和李绪娃坐在第一排看戏。

看到郭荣华和陶有善有说有笑，亲亲热热的样子，李绪娃心里又不踏实起来。她满脸笑容地说让根牢和荣华先回去，她要乘兴给王满仓和陶有善唱几段，还说要让满仓拉一段，陶有善拉一段。王满仓听了连声说好，并大声说既然把心爱的大筒子送给小陶了，就一言既出，驷马难追，就让他最后一次使用这个老蛇皮蒙的大筒子给李绪娃这个老戏骨拉一段曲子，陶有善也欢快地说正好向大爷和奶奶学习学习。根牢听了就拉着荣华回家去，说是要等满仓和有善一块过来了再开饭。

荣华和根牢刚刚离去，李绪娃就来了精神，她先清了清嗓子，王满仓立即接过陶有善双手递过来的大筒子，李绪娃见状笑着说：“咱们以前大多数时候唱这‘化谷子戏’被人们传着传着传成‘花鼓戏’

了，不过也好，老早的化谷子戏只用锣鼓伴伙，如今这大筒子拉起还真好听了不少，满仓大哥咱两个老家伙也干唱一段丑‘化谷子戏’行吗？也就是老不嫌丑吧。”王满仓听了说：“你先唱。”李绪娃说：“今天你也不用画大花脸，我也不用把两个脸蛋涂成红铜锅子，嘴唇涂成白色，眼圈涂成红色。我就唱女声‘干猴你别走路风吹跑，蹦起没有三尺高，老娘怕你个屌。”王满仓忙接唱：“母狗别乱咬，人瘦球不小，把你压在炕上搞，你就知道了。”二人唱罢笑着说这才是丑化鼓子，要饭讨谷子的调调。陶有善也跟着说真真原汁原味的“化谷子”，他以前也听别人唱过，只是没有二老唱得这样动听。王满仓说都是些丑戏、臭戏，虽然粗俗搞笑，但却消乏解闷逗乐呢。李绪娃说干脆臭一回，咱们再给小陶来一段铁嘴公鸡怎么样？王满仓笑着说只要你不嫌丑，我怕啥，你先唱。李绪娃立即张口唱道：“小小公鸡是铁嘴，过来过去啄我腿，一脚踩在磨道里，再烧三瓢滚开水，提起脖子用刀剁，先用水烫后拔毛，油烧焦，干爆炒，然后加水文火熬，都吃你这现世宝，看你告饶不告饶。”王满仓立即做了个花脸相，舌头一吐一吐地翻着白眼接着唱：“把我比鸡就是鸡，我是公鸡你母鸡，整日跟你不分离，东西南北陪伴你。你在磨道把食觅，我拍翅膀来撵你，磨道撵到牛圈里，一嘴啄住你头皮，两脚踩住你背脊，你翘尾巴我弄你。”二人唱罢一齐大笑，连说丑花鼓子、臭花鼓子，小陶不要见笑，如果荣华和根牢那小两口在场，我们这两个老家伙是绝对不唱这样的戏词的。陶有善在一旁用双手不停地轻击蛇皮蒙的竹筒子，却也如同敲锣打鼓一样，说是为二老伴奏，还说这才是原汁原味。

王满仓笑弯了腰，李绪娃也笑弯了腰。两个人都说不唱了，唱不动了，如今是年轻人的世事。王满仓又说我今后也不拉大筒子了，这弦索毕竟单调了些。李绪娃说走，一块到我家吃午饭，把你那俩孙子也捎带上。王满仓说娃就不去了，我去，我去。

日子就这么一天一天过去了。这天，郭茂盛把从后沟和前村收的核桃用三轮车送到根牢家院子里，根牢见车子上拉的核桃不多，就问茂盛怎么这一趟才收购这些，茂盛说今年核桃虽然丰收了，但各家各户都不愿意多卖。根牢说是不是县供销社派大批人马收购走了？茂盛说不是，县供销社哪有那么多人手，他打听了一下咱们这些种核桃树的农户，人家说新中国刚成立时栽的核桃树今年挂果了，结得还不少，如今家家都有平地和半坡地，还有地堰和房前屋后能种核桃树的地方不少，大伙合计多留些核桃种，把那些荒地和地堰、房前屋后都种上核桃树，再过几年又挂果了，产量肯定就大了。根牢听了高兴地说乡亲们还真聪明，茂盛说还有一些农户准备育核桃苗，等长得差不多了，再搞大苗移栽，根牢说这个方法好，明天咱俩趁着去各村收购核桃再喊一喊，让更多的人这样搞。

就在王根牢与郭茂盛等人走村串乡一边收购核桃一边与种核桃的农户商量留足核桃种子，扩大核桃种植面积的时候，王铁栓与成立不久的商山地区供销合作社的副主任杨抗战到沙河子王家庄调查当地的核桃收购情况来了。原来这几天各县的核桃收购进度不够理想，这让杨抗战等人百思不得其解。按说今年风调雨顺，各县的农户不仅粮食收成比往年好，各种水杂果尤其是核桃更是大丰收，但不知怎么搞的已是核桃收购旺季了，但数量却没赶上来。专区分管副专员知道了这件事，立马让供销社派人到各县了解情况。杨抗战一早就和王铁栓出了城东门，一路沿丹江东进，不到两个小时就到了王家庄。

李绪娃见儿子回家了，非常高兴，大声喊雪云快给铁栓他们做午饭，铁栓笑着说时间还早，他要和杨主任到村里几个种核桃大户家走访走访。李绪娃听了让雪云给铁栓和杨抗战烧开水，说是要打几个鸡蛋加红糖给他们两人吃喝。铁栓问雪云两个孙子去哪里了，雪云说到隔壁王满仓家和满仓的两个孙子玩耍去了，上午吃饭时就回来了，两个孙子胃口好，五岁孩子的饭量差不多跟半个大人吃的差不多。杨抗战笑着指着院子里晒的核桃，说怎么还不拉到县城去呢？雪云回答说准备装麻袋送县上，根牢说这些核桃不太干，要再晒一两天就交县上了。铁栓问咋不见根牢呢？雪云说根牢和郭茂盛等几个去各村收核桃了，估计农户家里除了留下种子和自己吃用恐怕也被根牢他们收购得差不多了。杨抗战和王铁栓听雪云这样说，心中一怔，看来真的收不了多少了，难道农户留下大批核桃自用不成？这一带群众过日子很节俭，核桃能卖钱，大家一般舍不得吃，看这情况不正常呢。

杨抗战和王铁栓心里很着急，但李绪娃却拉着他们拉家常，并说等喝了红糖鸡蛋煎水后再去走访，二人只好坐在凳子上与李绪娃叙话。李绪娃看杨抗战没一点当官的架子，也就口无遮拦起来，她大声向铁栓说你要去剧团给荣华请一两个月假，让她回家多住一些时间，眼看核桃和花鼓一天一天长大了，这荣华还没有再给咱们生上几个娃。王铁栓见老妈当着杨主任的面说这些，忙说这话咋能当领导的面说呢？杨抗战笑着说你们随便说，这革命胜利几年了，多生娃也是为国家做贡献哩。李绪娃高兴地说人家杨主任这领导水平就是高，咱农民说多生些娃养儿防老哩，领导说是给国家做贡献哩，铁栓我给你说这荣华到了城里后人是越来越漂亮了，但回家的次数却越来越少了，该不是和根牢闹别扭了吧。铁栓说妈你不要胡猜乱想，咱家的根牢和荣华小两口关系好得很，前几天根牢去城里办事我给他们在五旅社专门登记了一间客房，让他们单独住了一晚上，根牢还说不该花那两块钱呢。李绪娃听了哈哈大笑，连说看来铁栓还不笨，杨抗战也跟着说你们家的铁栓聪明得很，整个社里就他的账表做得好。三人说话期间郭雪云做好了荷包蛋，她给李绪娃和铁栓、抗战每人盛了一碗，绪娃说平时我们还真舍不得吃，今日杨领导来了我老婆子跟着你们沾光了。

吃过荷包蛋，王铁栓领着杨抗战去几家农户走访，走到一个小院子时看到院子里的席子上也晒着核桃，杨抗战问主人这些核桃是不是准备送到县城去交给供销社的，主人王巴槽回答这些是专门挑拣的上等核桃，但不准备卖给供销社了。铁栓从席上拣了两颗核桃敲了敲，连说这才是正宗的优质核桃，皮儿不薄不厚，个儿偏大但很匀实，老王你把这些优等核桃准备送给在上海工作的大儿子呢，还是准备明年开春卖大价钱？王巴槽听了笑着说给在上海工作的儿子寄去十来斤就行了，听说上海那里人很喜欢吃咱们的干核桃，但路太远了，寄不了多少，铁栓你还不知道吧，你儿子根牢可精了，听说我们准备明年多种核桃，把好核桃留下作种子，不但没有嫌我们不给他，还鼓励各家各户多种核桃，说是蛋生鸡，鸡生蛋，再生鸡，鸡多蛋多，核桃树多产的核桃就多，挣的钱就多。大家听了还真就是这么个理，所以我们各家专门挑了些好核桃，准备留下当种子用呢。杨抗战一听此话，立即一拍大腿，连说就是这个理，铁栓你儿子行，咱们的农民兄弟真行。咱们今明两天再去走访些农户，这是个好势头哇，是该总结一下了，如果农民兄弟都愿意这么干，咱们回去给专员汇报一下，让各县都这样干。王巴槽听了高兴地说，我们这也是为了扩大生产多挣现钱呀。杨抗战竖起大拇指称赞说你们这里的人真现实务实，也真实在。

在铁栓家吃过中午饭，杨抗战说咱们再多了解了解，看一看听一听农户对种植核桃还有些什么想法和办法，铁栓说就按副主任说的办。二人正要动身，王根牢和郭茂盛一块来到了家里。根牢见父亲回来了，立马高兴地说难得你们来村里了，今天我和茂盛走了几个村子，看来今年的核桃收购任务完不成了。根牢说罢把手中提的几个麻袋往墙角一扔，说是还没顾上吃正午饭，雪云听了忙说正好今中午做的饭多，够你和茂盛吃一顿了，说罢就去灶房给根牢和茂盛盛饭去了。

杨抗战和王铁栓上午去了几家农户，尤其是通过与王巴槽等人的交谈知道了一些情况，听了根牢的话这才知道问题还很大。今年省上给专区下达的核桃收购任务与去年相当，但如果眼看着是个丰年却完不成任务，专区就不好向省上交代，所以等根牢和茂盛吃过饭，杨抗战立即与铁栓商量由根牢和茂盛带路，沿丹江东进，多走访些核桃种植户掌握了真实情况再说。铁栓立即将杨抗战的意思给根牢和茂盛讲了，根牢和茂盛听了满口答应，言说他们正好要到龙驹寨和资峪走一趟，看能不能再收购些核桃，另外再动员农户多种植核桃为今后扩大核桃种植和提高产量打下基础。铁栓听了很高兴，说是你们的想法很好，但毕竟人手有限，正好杨抗战主任来调研，人家是个老革命，与地区专员书记都很熟悉，如果能把你们的想法总结出来让杨主任呈上去得到专员、书记的肯定，那么在全专区推广就方便多了。根牢一拍大腿说我们就引你和杨主任多去几个地方，让农户一个一个地向你们说一说他们的真实想法和干法。咱们这一带的农民自从分到田地，除了种庄稼，房前屋后和地畔土坎半坡地上全都栽种上核桃了。如今几乎家家户户都有核桃树，几乎每户成十棵呢。铁栓笑着说这个我知道，只是怎样才能确保完成收购任务和明年栽种核桃两不误却是个难题，咱们还是调查后再说吧。

根牢和茂盛心中有事，三下五除二就把雪云给盛好的饭和菜吃了个一干二净，雪云心疼地对根牢说20好几的人了怎么饿成这样子了。根牢吐了吐舌头也不言语拉着茂盛就往外走，杨抗战和王铁栓正在院子外路口等候，根牢和茂盛一出来他们马上让根牢和茂盛带路。根牢和茂盛相视一笑，大步流星走向丹江河堤，麻利地脱掉鞋袜挽起裤腿，说是要背杨抗战和王铁栓过丹江河。杨抗战说我们两个老小伙子还不至于让你们背，这里河面很宽，估计水也在大腿根吧，权当又洗一回澡。根牢说天有些凉了，怕把领导冻着了，杨抗战笑着说不热不冷刚好。王铁栓也不甘示弱，与杨抗战脱去鞋袜将裤子挽到大腿根，四人一起过了丹江河，到了北岸，沿长坪公路向东而行。杨抗战看到沿途住户的房前屋后大多数都栽种有核桃树，一些半坡上和地坎上也有不少核桃树，特别是一些农户的房前屋后的核桃树高大无比，只是树叶已脱落不少。王铁栓告诉杨抗战，咱们这丹江两岸，南北二山的老百姓绝大多数都有栽种核桃树的习惯，听说这是祖祖辈辈一代一代传下的老传统，你看这丹江由西向东奔流而去，说明西高东低，这南北二山也是渐次由低到高，由浅山到深山。但奇怪的是咱们这里非常适应核桃的生长，可以说到处都能适应核桃生长，只是随着地方高低不一样，产的核桃的味道略有区别，但总的来说还是优良的。根牢听父亲这样说，立即发问为什么核桃生长的地方不一样味道就不一样了，我看只是核桃的个头有大小，味道差别不怎么大呢。茂盛听了也跟着说就是的，有些深山的核桃树长得比瓮还粗呢。杨抗战却被眼前的秋色所吸引，他一会儿向高处看，一会儿又把目光转向丹江两岸。秋天的商山真美，蓝天白云，青山绿水，近山有一簇簇山花开放，远山如黛，白云缭绕，让他不由得心旷神怡。

“杨主任，你这是被丹江两岸、南北二山的自然风光迷住啦，咱们这次下乡是专门调查研究核桃收购情况的呀。”王铁栓看到杨抗战行路一直不言语，还以为他忘记了此行的目的，但又不好意思明说就旁敲侧击地给杨抗战提了个醒。

“王会计想说啥就明说，我咋能忘了咱们是干啥来的呢？只是你们这一带的景色太美了，让我不由自主地多看了几眼。你刚才说的话我都听见了，咱们走快些，多看看，多听听，再深挖研究。”杨抗战说完大步流星向前走。

一路行来，他们走访了十几户农户，还走访了一些走村串乡的货郎担。大家说的大同小异，杨抗战和王铁栓听得很仔细，有几户是根牢和茂盛以前经常走动的老核桃种植户，这几户当着他们的面夸奖根牢出的多种核桃树的主意太好了，表示除了自己这样办，还准备动员亲友也这样办。杨抗战听了很受启发，连说下来还要到洛南等县搞调研，争取取得一手材料，专门向专员书记汇报一次。

这天晚上他们一行四人歇在丹凤县。杨抗战提出要拜访一位副县长，并一再叮咛王铁栓不要惊动县政府的其他人，让铁栓与县上供销社的负责人把那位负责林业和供销社的副县长请到旅社就行了。王铁栓立即去找县供销社的负责人，好在县城不大，一打听就寻到了供销社负责人的家里。这位负责人听说专区供销社的杨抗战主任来了，立马要去告知县长，铁栓说不用了，杨主任就让我找你把那个副县长叫上就行了。

不一会儿，县供销社负责人就把那位副县长找到一块来到旅社，杨抗战说你们都歇息，我要和副县长交流交流核桃收购的事，王铁栓等人只好在自己的房间等候。

这天晚上杨抗战和那位副县长交谈了两个多小时，后来副县长走时叫上县供销社负责人，说是明天你陪杨主任到铁峪铺和资峪调查去，我的想法已向杨主任谈了。

第二天一早，这位县供销社负责人还约上林业站的人也参加调研，杨抗战说你们辛苦了，咱们今天一定要到资峪和铁峪铺这两个地方都去一下，听说那里的核桃树不少，林业站的人和供销社负责人都说群众自发搞的和集体栽的，有零星的还有成片的。杨抗战说先看零星的后看成片的，特别是走访几户大户听听他们的意见。根牢建议马上去龙驹寨码头上看一看，以往这里的核桃买卖很红火，如果去资峪或铁峪铺看大户和成片林，他和茂盛经常到那一带收购核桃，人也很熟，有他们两个带路就行了。

一行人到了龙驹寨码头，虽然时值一大早，却见这里已是熙熙攘攘人流涌动。码头旁靠着几只小船十几个人正在卸货，根牢快步上前询问，果然麻袋里装的就是核桃，根牢将堆放在地上的袋子解开取出几颗，却见成色不等大小不一，他皱了皱眉，悄悄将十几颗核桃装在自己的粗布上衣口袋里，转身与卸货的人交谈起来。县供销社负责人站在杨抗战身后讲着龙驹寨码头的历史，又把高耸的船帮会馆的楼牌和门楼向杨抗战一一做了介绍，杨抗战不时点头。

王铁栓何等聪明，看到根牢悄悄装了人家十几颗核桃，他也不动声色地从麻袋里取了几颗核桃装在上衣口袋，接着走向兴趣正浓的杨抗战，言说请杨主任坐船去，这样快一些，供销社负责人说船不能到咱们去的地方。王铁栓笑着说忘了，你看我这记性，杨抗战立即说马上走，这个码头还真不小，说罢一行人向东走去。

杨抗战等一行人一路东行，只见两边是渐次抬高的坡塬，一层一层地由近及远延伸着，近处的农舍房前屋后多为核桃树、香椿树，远处的地坎也分层植着核桃树，有不少地方已经形成核桃树林，再远处是坡的中间和顶端，目力所及的是高大绵延的山峰，却也是红黄绿相间，那红的是一些灌木丛，黄的却是一簇簇野菊花，那绿的就是郁郁葱葱的松林了。根牢见杨抗战举目四望，以为他被这里的秋色所感染，也就一言不发跟着走。王铁栓见杨抗战只顾看山野之景，就用手指着渐次抬高的坡塬再指向远处的山峰，说是咱们这秦岭山里有句俗语“阴坡阳坡差得多，纬度高一丈味道不一样”，杨主任你看这坡塬，这山峰，阴阳坡的景色不一样，这阴坡树木成林，阳坡却多为光秃秃的峰巅。而这坡度不一样的地方，林木和杂草都长得高低不等呢。杨抗战听了一笑，像是追问也像回答："王会计的意思是这个阴坡和阳坡的地理条件和气候不一样，山坡的高度就是差一丈，气候景色也不一样，果子的质量、味道也不一样了。"王铁栓高兴地说看来杨主任还真是个内行，就拿我们熟悉的核桃树来说，生长在阴坡和阳坡的不一样，生长的地方高低不一样，那么它们产的核桃从个头大小到皮的薄厚、核桃仁的饱满程度以及味道和含油量也不一样。杨抗战听了连说这核桃生产的道道还真多，看来叫你当会计是屈才了。王铁栓说不屈才，我儿子根牢已把我的核桃经验全学去了，不仅会务核桃，还会收购、贩卖核桃。茂盛也说你们王家是核桃世家呀，就连你们家像样的家具都是清一色核桃木哩。根牢见大家议起了核桃，他马上来了精神，说是请大家在路边的石头上坐下歇一会儿，他给大家砸核桃吃，说罢从上衣口袋和小粗布口袋取出大小不等的十几颗核桃，一个一个用小石头在一块平石头上砸开壳，接着一个一个比画着说这个是阴坡树上结的核桃，这个是阳坡树上结的核桃，这个是房前屋后和平地地坎上树上结的核桃，这个是半山上、这个是高山上树上结的核桃。铁栓把这几个不同类型的核桃拣好了，放在一块平石头面上，排成一行，让大家逐个品尝，杨抗战细嚼细咽逐个吃一遍，又仔细回味了一会儿，连说真的不一样，这口感、这油质、这香味还真不一样。

大家又评论了一番这几类核桃，王铁栓说等一会儿到了武关，咱们去几户农家再认真调查一下今年核桃的收成和收购情况。根牢说前两天他和茂盛还来过武关，有个集体办的林场收购了不少核桃，已把大多数核桃送往县供销社了，还卖了不少钱。听说林厂也准备明年多育苗呢。县林业站的人马上说他们县上也准备育些核桃树苗，扩大核桃的种植面积，目前老百姓家分到地后生产积极性提高，除了种粮食外，多种多栽核桃树的传统习惯大发扬。县供销社的负责人见状也插话说资峪和铁峪铺武关一带气候适宜核桃树生长，我们准备从收购的核桃中挑一些个头大的专门给林业部门育苗用，但要他们出钱购买。杨抗战听后说这就对了，咱们收购部门就是要和林业部门为老百姓拉起手来干，生产的多咱们就收购的多，这样才能形成良性循环。几个人边说边走，中午时分就到了久负盛名的武关，杨抗战等人在武关街上慢慢走着，并不时走到古色古香的农家院子与老农们交谈，既了解当地的核桃生产，又了解当地的风土人情和历史传说。走访了十几户农户后他们几人来到武关城墙上，望着巍峨高大的山峰，村上一位老者介绍说这就是传说中的少习山，所以人们又把武关叫少习关，传说是一位古代的少年王子曾在此山练武，所以把山名叫成少习山。山下的这个关隘一边是悬崖峭壁，一边是高耸入云的少习山，关下就是滔滔东去汇入丹江的武关河，你们再往东看，这里只有临武关河北岸从山坡上开凿的一条便道，要西去州城必须经武关方可。所以武关在古代就是一处重要关隘，有三秦咽喉的说法。杨抗战等人听得兴致很浓，铁栓说武关的大名在外，听说秦始皇东巡就从这里经过，还有记载说当年西楚霸王项羽与刘邦立下约定，谁先取咸阳则为王，那刘邦聪明绝顶，取道武关西进先到秦都咸阳，成就了西汉王朝的江山，这也是人们常说的武关是兵家必争之地的原因。老者听了连说正是正是，当年红军还从这里路过，真是秋毫无犯，深得群众拥护呢，如今我们这些农户有了土地，日子一天天好了，这核桃也成了气候，加上政府有专门收购的地方，这核桃是越来越值钱了。杨抗战问老者这里盛产核桃除了卖钱还干啥，老者说："除了卖钱就是选留种子，再就是作礼品送亲朋好友，实话实说，这核桃贵重呢，我们一般舍不得吃，只留少数过年过节给娃娃吃。还有，这核桃还是一味中药呢，如果小娃或大人冬春季节咳嗽不停，我们就用核桃仁炒红糖吃，还管用得很，一吃就不咳嗽了。”杨主任等听了连声称好。

“你说你们逢年过节给亲朋好友送核桃作礼物吗？”杨抗战寻思着又轻声询问。

“是的，我们这一带有这习惯，逢年过节给亲朋好友送一升二升核桃也是一样礼品。”老者认真地回答。

“听说你们今年留的种子量比往年大，这样一来我们供销社的收购任务眼看就难以完成了。”杨抗战开玩笑地比画着说。

“农民嘛，今年收购核桃的价格比去年高，他们就想扩大种植量，或多或少就影响了收购量。”县供销社负责人做解释。

“能不能再想想办法，既完成了收购任务，又不影响群众扩大核桃树种植？”杨抗战轻声询问。

“那就只有让孩子们过年过节少吃或不吃核桃了。”老者试探着说。

“这恐怕不行，逢年过节咱们能拿出手的好东西不多，娃娃们还小，连这个要求都不行，太伤娃娃心了。”铁栓担心地说。

“我看能不能把逢年过节给亲朋好友送核桃这事改一改，如果一户准备给亲朋好友预留二升核桃，这么多户加起来的数量不少，至于孩子们一年到头能吃多大量的核桃呢？”根牢突然插话。

“这个主意好，但要给群众做工作，咱们商山人讲义气，重人情，不让送核桃了影响不好。”杨抗战肯定了根牢的提议，又提出了些建议。

“那就请杨主任给领导汇报，能不能收购每斤核桃加二分钱，这样让农民觉得有利可图，再就是农户间互相都不送或少送核桃了，咱们的任务就能完成了。”铁栓和根牢等人异口同声。

“行，我给专员汇报一下，但这要作为一次临时性措施，因为价格是省上定的，要变得省上答应。”杨抗战笑着点头答应，并说还是大家集思广益主意多，接着他请县林业站和县供销社的干部下乡动员群众多交售核桃，并让根牢和茂盛走村串乡多发动些人参与此事，他与王铁栓马上赶回专区，明天就去华阳县调查，回来后形成一个专门的调查报告向专员汇报。根牢说能不能请杨主任给专区文工团说一下，让编个种核桃的花鼓戏，把群众积极种核桃、交售核桃的事写进去。茂盛笑着说根牢到底是搂着演员睡觉的人，种核桃、收购核桃都想看唱戏的。杨抗战连说这个主意好，今晚上就找剧团团长谈一下。

当天晚上杨抗战和王铁栓就搭便车回到了地区，刚一下车杨抗战和王铁栓就去找剧团的张团长。张团长听了杨抗战和王铁栓讲的核桃发展以及遇到的收购难题，立即把两名青年编剧找来，当面让一个姓刘的编剧编《种核桃》花鼓戏，一个姓任的编剧写《收核桃》。一个写种植核桃，一个写节省送礼送核桃变成多交售核桃，也就是让群众把准备过年过节送礼用的核桃尽量都交售给供销社。人情来往可多可少，也可以变换一下品种和方式。杨抗战说这个你们编剧想着编去。王铁栓插话说要尽量编得入情入理，高台教化嘛，不能伤了大家的感情。小刘编剧说这是自然的，花鼓戏就是要让人在笑中受到启发教育，到时候请你们再把戏本子看看审审。团长说请杨主任放心，咱们第一次合作，我们尽力而为，你们要给我们多提供些素材。杨抗战马上答应明天去华阳县调研，请两位编剧都参与就是了。

第二天天刚亮，杨抗战就被王专员派人叫到办公室谈话，王专员是个老革命，新中国成立前曾在商山地区打过游击，也领导和参与了解放商山全境的工作，所以新中国成立后就留在商山地区当了书记兼专员。

王专员把杨抗战叫到办公室就是因为昨天去省上开会，一位副省长在讲到全省林业发展和核桃生产销售收购时提到一个问题，说是商山地区盛产核桃且今年核桃丰收了却还没有完成收购任务，请商山地区的领导过问一下。王专员话刚说完杨抗战就说他们正在搞调研，已经理出些眉目了，今天准备去核桃大县——华阳县去调研。王专员听了立即表态要从林业和供销社各抽几个人，去鹿城、丰阳、乾佑、丹凤等县都了解一下，十天内拿出综合调研报告。王专员还幽默地说这叫种核桃和收购核桃的联合作战。杨抗战当场就列出了供销社出人的名单。这时候专区农林局的负责人也来了，当场就确定五个组立即分赴各县做专题调研。

杨抗战按原定的计划和王铁栓以及专区农林局的一名科长去华阳县调研，专署为此给各调研组抽调了车辆。

华阳县（洛南）是商山专区唯一一个黄河流域的县，其余六个县均属长江流域。由于整个县是洛河流域的上游，也由于地处华山之阳，故名叫华阳县。华阳的名声很大，一是据传这里是仓颉造字的地方，人称汉字故里，二是据传在该县的灵口有“灵龟负书”之说，说的是大禹治水时到洛河岸边察看水情，在灵口这个地方发现一只巨大的神龟，龟背上有九组不同颜色的圆点，形成九个数字组成的方形图案。大禹以为是神书，于是对其反复琢磨推究，并依此划天下为九州，还制定出治理天下的九章大法，后人遂称神龟背上的图案为龟书或洛书。同时华阳县也是商山地区土地面积比较大的一个县，人均有耕地二亩多，且多为丘陵和川道平地，因此也是个农业大县，盛产黄金、黑猪、烟叶和核桃，尤其是核桃树树种优良，当时每户平均就有十多棵核桃树，因此也是供销部门收购核桃的重点县。

到了华阳县，沿途去了三个村子，最后王铁栓说来华阳了，不到李家庄去看那些最大的核桃树这次调研就不算圆满。杨抗战对李家庄有几棵千年核桃树的事早就听说了，只是一直没有去看，铁栓一提议他马上表示赞同，一行人立即驱车前往。一路上他们看到绵延不断的丘陵坡塬，村庄也一个接一个，到了李家庄铁栓领着大家直奔李木林家。远远望去，李家大院里几棵高大无比的核桃树挺立着，由于根部被土院墙挡住了，一下子看不到树下部到底有多粗，但仅凭树干和高度，人们就可以想象这棵核桃树有多么粗了。

杨抗战和王铁栓等人来到院门外推门进去，李木林听到院门响忙从屋子走了出来，看到王铁栓等人立即大声喊你怎么也不打招呼就来了？铁栓一边口称舅舅对不起，一边把杨抗战介绍给李木林，李木林听了咧嘴大笑，言说这是他家来的最大的官。杨抗战也不推让，同时让几个人过来手拉手围住核桃树，四个人伸开双臂才能测量这棵核桃树的粗度，杨抗战也参与其中并对李木林说我就是要量一量截至目前我杨抗战见到的最大最粗最壮最高的核桃树。

李木林听到杨抗战对这棵核桃树连说四个最，心里十分高兴，他也大声说这棵树是他们李家老祖先传下来的，也说不清树龄多大了，估计几百年上千年了，今年还结了一千多斤的核桃呢。杨抗战问你们这里像这样大的核桃树还有多少，李木林回答这棵是最大的，还有几十棵稍小的，但也得三个人合围才能测量有多粗，杨抗战等人点头称是。接着又对院内其他几棵核桃树进行了测量，大家连连称奇，有这么粗这么多的核桃树还真少见。接着杨抗战对李木林说请叫上几户人家都到这个院子开个座谈会，了解核桃种植和收购问题。李木林答应了一声就去叫人。

不一会儿就有五个农民来到李木林家院子，大家坐在小板凳上后杨抗战说明了来意，接着你一言我一语地聊了起来。有的说自从家里分了几亩地，日子是比以前好多了，粮食也基本上够吃了，就是缺钱花；有的说核桃产量不少，大家尝到了卖核桃挣钱的甜头，就想明年多种些，因而留了不少核桃作种子；有的说人们习惯逢年过节亲友之间来往用核桃作礼物，所以每户一般留几升核桃是常事；有的说每年还要给娃娃留些食用的。这时候小任编剧插话问能不能把逢年过节亲朋之间互送核桃的习惯改一改？一个农户马上说不好改，许多年形成的习惯，不然人家说咱吝啬，不懂人情世故。小任编剧又问能不能改送其他农特产品，农户说别的也没啥送。王铁栓眼前一亮，说咱们商山专区县县都产柿子，都有柿饼，能不能把逢年过节送核桃改成送柿饼，这样也不礼亏，同时支援了我们供销部门完成了收购任务，也增加了农户现金收入，这样多好。几个农民连拍大腿说可以，以前我们怎么没想到呢。杨抗战见大家都说好，高兴地说还是人多智慧多，小任编剧要下功夫把戏编活，尽快拿出剧本，让剧团演员演唱，宣传效果就出来了，同时希望咱们农林部门也加大宣传力度，争取早日完成任务。座谈结束后李木林问上午吃什么饭，杨抗战说就吃你们华阳特色模糊面。

王铁栓在回去后写总结时对此专门写了一段，并特别标明突击收购的十天内每斤核桃加价五分钱，专员看后特批一笔资金给供销社作为提价的补贴。剧团也很快拿出了剧本《卖核桃》《种核桃》，巡回各县和大镇演出，效果特别好，不到半个月就完成了核桃收购任务，农林部门也了解了一下，群众已留足了核桃种子，看来明年核桃种植又要扩大了。

还有，让人们始料不及的是郭荣华在《卖核桃》剧中担任了女主角，出演了一个贤惠孝顺明理的小媳妇角色，赢得了全团上下和社会各界的普遍好评，有人说荣华凭的好身段，有人说荣华凭的好嗓子，有人说荣华凭的花鼓世家的传统，有人说荣华凭的婆家人经几辈都是核桃专业户，所以对种核桃、收核桃、卖核桃情有独钟，这才演得出神入化，活灵活现。也正因为此，剧团内定下一次排演花鼓戏时仍由郭荣华担任女主角。

由于这次供销社和农业部门联合调查既完成了核桃收购任务，又促进了核桃种植，商山地区决定对杨抗战王铁栓等人进行表彰奖励，还对王根牢、郭茂盛、小任编剧等进行了通报表扬。虽然只发了一张奖状，但获奖者都感到十分荣光。也正是由于这次调研和表彰，商山专区的专员书记也更加重视起核桃生产，他们觉得这是本专区农民摆脱贫困的重要手段，也是发展山区经济的主要途径之一，为此地委还专门做出了“每户种一升核桃”的决定。

在王家庄，王铁栓一家最近喜事连连，王铁栓获奖了，儿子王根牢也获奖了，儿媳妇郭荣华出演《卖核桃》也红了。李绪娃很风光，郭雪云也很高兴。天快亮时李绪娃就把郭雪云和王根牢喊了起来，说是让根牢去城里把铁栓和荣华接回来全家喜庆一下，王家人经几辈还没有受过官府的表彰呢，如今三个人都得了奖，专员公署的官有多大咱不清楚，但人家那红红的官印是盖在奖状上的，奖状装在玻璃镜框子里，放在堂屋显眼的地方。李绪娃还让郭雪云把家里那只老母鸡杀了，早早炖上，说是要犒劳犒劳三个功臣。

根牢吃过早饭立即起身去城里，25 岁的他体质好，脚下生风，十点多就到了专区供销社，见到父亲王铁栓正在低头打算盘，根牢说大，我奶奶叫我请你回家一趟，铁栓问有啥紧急事吗？根牢说没有，是我奶奶突然高兴，说是咱们三人都得了奖，要庆贺一下哩。铁栓说这几天正忙着哩，星期天争取回去。根牢看铁栓心事重重的样子就问，大，你怎么不高兴呢？铁栓停下打算盘，顺手拿起一张报表，说是任务完成的好也得到了专署的表扬，供销社也被专署表彰了，发了奖牌，但咱们父子提议临时涨价的事却有人在背后议论哩，专署专员答应给些钱，但后来又说财政紧张就没给。这样一来供销社的利润被挤占了一万多元，这不，社里的人说全怪咱们父子呢。根牢听了哈哈大笑，说你的人真有意思，咱们出这主意还不是为了完成任务吗？铁栓说事情大家都知道，但挤占了利润，我们社里资金困难就大了，有些该办应办的事就拖了下去，人家有意见也是没办法。根牢说这就对了，理解一下不就行了，走，咱们去剧团叫上荣华，一块回家去，今晚上我给你买些酒咱爷俩喝几盅。铁栓让根牢一人去剧团，他还有些事要办，等会汇合就一起回去。

王根牢快步走到剧团后院郭荣华与钱小英合住的宿舍，推门进去只见穿得干净素雅清新的钱小英一个人坐在床头的桌子旁背戏词。钱小英见根牢来了，忙起身端了个凳子让根牢坐，接着告诉根牢荣华到排练室排新花鼓戏去了，最近剧团几个编剧搞了个剧本叫《夫妇观灯》，一男一女两个演员演唱，女的由荣华扮演，男的由陶有善扮演。这陶有善不仅是作曲子的，还真能唱花鼓戏，他这次与几个年轻演员和乐队的人一商量，试验了许多回后把花鼓戏的伴奏乐器也给改变了不少，如今演唱花鼓戏，不仅有大筒子伴奏，还加上二胡、小鼓、小铜锣、唢呐等，好听得不得了。根牢从钱小英对陶有善的描绘中感觉到钱小英对陶有善不仅仅是崇拜，还有许多喜爱，他想陶有善不是还没结婚嘛，看来钱小英还真有眼光，这陶有善和钱小英真是一对呢。

“根牢大哥，我荣华姐现在是剧团的红人呢，她长得漂亮，嗓子好，为人随和，大家都很喜欢她呢。”钱小英一边夸郭荣华，一边给王根牢倒了一杯开水。

“小英，你怎么不去排戏呢？”根牢问道。

“导演说先让荣华姐在《夫妇观灯》这本戏里演小媳妇，我作为预备演员，今上午在宿舍里背戏词就行了。”小英回答。

“你能不能带我去排练室看一下，我有事找荣华商量。”根牢请求。

“不行，今日是带妆彩排，团长说了不准任何人干扰排练，之所以不让我们在场，就是为了减少人员，以免在场子乱走动影响了排练。”钱小英认真地说。

“那这怎么办呢，我大还在供销社等我们一块回家去一趟。”根牢着急地说。

“这就没办法了，根牢哥，我知道你们家盼望荣华姐再给你们生个一男半女的，这个好办，今晚上我到其他女宿舍去住，把这里腾给你和荣华姐住。”小英挤眉弄眼地笑着说，同时不由自主地脸红了。

听到小英这样一说，根牢忙说你一个姑娘家想到哪里去了，是我妈想荣华几星期没回家了，要给她做些好吃的补补。根牢也红了脸，他没有料到钱小英会这样说，看来这还真是一件事情呢，为了让荣华再生个孩子，他们俩是尽了力了，可以说只要在一起，他们一晚上都没空过。

“小英，你不要胡咧咧，哥问你啥时结婚呀，到时候一定要告诉我们。”王根牢故意反攻了。

“还没对象哩，我和谁结婚呀，剧团一天忙死人了，没时间。”钱小英假装生气地说。

“我看你们剧团的陶有善能文能武的，你两个郎才女貌很般配，要不要让我给荣华说一下，请她给你和有善当媒人？”根牢认真地说。

“行，就这么办，太谢谢根牢哥了！走，我领你去排练室探班去，就算是刀山火海我也认啦！”钱小英突然高兴异常，要带根牢去排练室。

“这不合适吧，为了我的事让你受批评那怎么行呢？”根牢有些担心。

“怕啥？荣华姐现在是辫子上绑辣椒——红透了。团长都捧在手上怕掉地上了呢，你是荣华姐的男人，是自己人，团长不会把你咋样的。”钱小英说完督促根牢快走，根牢只好跟在小英后面快步走向剧团的排练室。

商山剧团的排练室实际上是一处三间平房的空房子，五十多平方米的样子，一边是几个操作乐器的，约两间房地面就是排练场地，门是安在东头一间面向南的地方，其他两间房的窗子上挂着窗帘，排练剧目时窗帘是拉上的，门也关着。根牢和小英一块来到排练室门外，推门门关着，根牢要敲门，小英示意不可。二人悄悄走到窗子下听，只见里面一阵鼓掌之声，掌声很齐也很响，由于里面的窗帘拉得很严实，根牢挺直腰杆抻长脖子向里面看什么也看不见。

就在这个时候，排练室的门吱呀一声开了，剧团一名副团长开门出来了，急急忙忙的样子可能是尿急了要上厕所。钱小英喊了一声副团长，这个副团长冲小英笑了笑急急向排演室西墙角的厕所跑去。钱小英趁势拉着根牢推开虚掩的小门，进入到排练室内。

王根牢是第一次到商山剧团排练室，进去之后他看到三间大房子里面两间房的地面稍高一些，就像个戏台子，台子下的一间房子地面上坐着七八个人，有拉二胡的，有拉大筒子的，还有吹唢呐的，再就是敲小锣的。张团长正在指着台子上的郭荣华和陶有善说着话。钱小英让根牢坐在乐队的木凳子上，她也紧挨着根牢坐下。

小小的台子上，荣华和有善化了妆，正儿八经地排练着。排练室内只有他们二人的唱声和乐队的伴奏声，只听荣华唱道：

正月十五闹花灯，小夫妻来到商州城。

商州城里好热闹，狮子龙灯齐出动。

又听陶有善唱道：

我娶了一个好媳妇，日子过得真甜蜜。

今日进城去观灯，夫妇同行快如风。

接着只见荣华双手齐动，脚下也快步如风赶上陶有善后唱道：

张家寨李家村，上赵塬陈家湾。

党塬的高桥高，王塬采莲船连船。

又接着只见陶有善手中拿个竹扇子挥舞着唱道：

如今世道变了天，男女老少都一般。

我给媳妇巧打扮，粗布衣裳真耐看。

听到陶有善唱词之后，郭荣华轻轻抬了抬腿，接着唱道：

商州城里闹花灯，这灯那灯数不清。

东门口是牛娃灯，西门口是老鼠灯。

郭荣华与陶有善在小小的戏台上倾情欢唱，动作亲昵，那扮相还真的如同一对恩恩爱爱的年轻夫妇在正月十五之夜去观灯。

钱小英轻轻在王根牢背上拍了拍，有些羡慕还有几分吃醋的样子酸酸地对根牢说这俩人亲热得还真像两口子。根牢听了没有言语，他心里在想这是演戏嘛，又不是真夫妻，转念一想刚才小英说她是预备女演员，她这样说肯定是不怎么高兴，他知道预备演员除了特殊的情况外，永远都是预备，哪怕她下了多大工夫，有多大能力。

团长坐在乐队的一边认真地观看着，编剧和作曲也在一旁观看，根牢和小英进来时团长就看见了，虽然心里有些不满意，但为了不影响正常彩排，他什么也没说。

这时候小戏台上荣华让陶有善背了起来，原来根据剧情发展，这时候观灯的人很多，年轻媳妇个子低一些，只好由丈夫背在背上，仰头观看造型各异的灯笼，只听荣华在有善背上唱道：

东门扎的是古董，金沙滩里大交兵，
前面扎的杨继业，杨家八虎随后行。

陶有善扮的年轻丈夫，他也顾不上擦汗，接着唱道：

还有八姐和九妹，加上丫鬟杨排风，
大破天门穆桂英，满门忠烈是英雄。

台上的陶有善一边唱，一边脚下生风，腾挪跳跃，背上的郭荣华也故意装作给有善擦汗，真个情深意浓的小两口。接着又听荣华唱道：

南门灯笼一片明，扎的全是三国灯。
上扎桃园三结义，刘备张飞和关公。
神机妙算孔明灯，长坂坡前赵子龙。

陶有善背着郭荣华，在荣华唱完上面这一段，脚下向西一转说是看了南门看西门，元宵夜里要看个够，并且指着一处唱道：

西门扎的西游记，白马驮着唐高僧，
孙悟空拿的金箍棒，八戒手持铁钯钉，
沙僧挑着行李担，师徒四人去取经。

背上的荣华听了有善的唱词，连说那唐僧灯、悟空灯、八戒沙僧灯扎得还真像，特别是白马、猴子、胖猪，说完扯了一下有善的耳朵故意飞了个媚眼，台下观看的人立即拍手叫好。台上的有善和荣华被掌声所鼓励，演得更加卖力，接着就演到夫妇二人到北门观灯了，只听陶有善有些气喘地唱道：

妹妹抬头向上望，北门扎的百八将。
及时雨是宋江，聚集英雄上山冈。
军师吴用智多星，景阳冈打虎武松灯。
手拿板斧李逵灯，豹子头林冲灯。

郭荣华在陶有善背上用手指着远处接着唱道：

混江龙李俊灯，担着柴担石秀灯。
张弓搭箭花荣灯，倒拔杨柳智深灯。
梁山灯亮了明，替天行道真英雄。

紧接着二人合唱道：

夫妇大街把灯观，看得人眼花缭乱。

大场子周围灯真多，东西南北全是灯。

有善唱道：

空中飞舞的是龙灯，地下跑的狮子灯。

跳龙门的鲤鱼灯，横着爬的螃蟹灯。

荣华接着唱：

弯着腰是老汉灯，拄上拐杖老婆灯。

有善唱：

大摇大摆相公灯，扭扭捏捏姑娘灯。

荣华跟着唱：

前面走的牛娃灯，后面跟的羊娃灯。

一摇一摆鸭子灯，哽哽哽是鸡娃灯。

火红火红红旗灯，整个城里红彤彤。

有善故意擦汗，荣华根据剧情从有善背上下来，有善一条腿弓了起来，荣华趁势跳上去站在有善弓起的腿面上，二人合唱：

灯火通明解放灯，商山城变年轻。

年年都是五谷丰登，风调雨顺享太平。

凤凰灯仙鹤灯，莲花灯西瓜灯。

台下又是一阵热烈的掌声，根牢也跟着大家拍手鼓掌，把手都拍疼了。只见团长走上小戏台，双手按了按，大家才停了下来。陶有善脸上的汗水向下掉，嘴巴却咧着笑。团长说今日正式彩排效果很好，我看可以拿出手了，改天咱们正式在剧院大戏台上演一次，把专署的领导都请来，还有你们编剧和音乐上再琢磨一下，如果没什么了等正式演上几次后就去省上参加汇演。台下众人都说演得好，演活了、神了。团长说那就定了，正式演出时间向有关领导汇报后再定，今天也辛苦大家了，就散了各回各家休息。

陶有善和郭荣华待大家都走了才收拾服装准备离去，却见钱小英和王根牢站在门口等候，荣华惊喜地问根牢你怎么来了？根牢说孩子们想你了，咱妈给准备了好吃的等你回去哩。荣华说这恐怕不行，刚才团长说了马上要正式演出，再往后还要参加西北五省汇报演出比赛呢，我现在紧张得很，生怕演砸了丢人现眼。根牢说你们演得很好，我看行。根牢说完就要帮荣华拿服装准备离去。钱小英也帮有善收拾好服装。有善转身对荣华说这几天咱们私底下再演练演练，特别是我背你跳上我的腿上那个动作，一定要不差分毫，还要让观众看得轻松自在，荣华说没问题。根牢顺口说还有小英这个预备演员呀，不行了请小英顶替你。荣华听了脸上一沉，但没有表露出来，有善也皱了一下眉，只有小英两眼放光，嘴里却说我哪里有荣华姐的本事，人家是女一号，咱给人家捡鞋带都够不上呢，说罢强拉着陶有善走了。

根牢和荣华回到荣华的宿舍，看到小英留给荣华的字条，说是她和有善到街上吃饭去了，今晚上她到剧团小惠那里睡。根牢看了字条说我们要回王家庄，这小英还真心细。荣华说她不回去，这几天排练太累了，等几天还要正式演出。根牢说核桃和花鼓整天要妈妈，再说两个孩子快上小学了，你也该给咱家再生个娃娃了。荣华听了笑着说这又不是我一个人的事，你说这每一次咱都努力了，就是怀不上，我也没办法。根牢说那咱今晚上再努力一回，荣华说不行，《夫妇观灯》是我最喜欢的一台戏，也是咱商山花鼓戏第一次参加西北五省戏剧比赛，机会难得，如果怀了孕怎么参加比赛。根牢说怀上怀不上还难说，咱们总该过过夫妻生活吧。荣华说那就委屈一下你啦，等比赛结束了，我专门陪你。根牢还在坚持，却听王铁栓在门外喊根牢出来一下，根牢和荣华一块走出房间去迎接王铁栓。铁栓一见根牢就说他不回去了，让根牢和荣华回去，并让根牢给郭雪云说他这几天忙调动，暂时不回去了。

听到父亲说什么忙调动，根牢马上追问怎么回事，铁栓说你刚刚从供销社走了不久，专区农林局的张浩坤局长就到供销社找杨抗战主任了，说要调他到农林局林业站去，专抓核桃种植，还说已经和民政科说好了，马上就要办手续。杨抗战主任听了坚决不放人，说是嫌农林局提前没打招呼，也没听铁栓要求过要调动。张浩坤出了个主意说让听一下铁栓的意见，这就把铁栓叫到二人当面征求意见。王铁栓听了很高兴，连说愿意去农林局林业站，还说王家人经几辈都是种核桃、收购核桃的，老本行，他喜欢。张局长听了很高兴，杨抗战笑着骂王铁栓没良心，翅膀硬了攀高枝了。铁栓说他已经四十四五了，干了半辈子种核桃的活，不想再耽搁了。杨抗战说你在供销社当会计收核桃难道不是一样的，铁栓说收和种不一样，种不下拿啥收呢。铁栓还说让他去专门搞核桃生产，树多产量大了供销社的核桃收购任务也好完成了，老百姓口袋的钱也多了。最后杨抗战答应放人，但要铁栓把手续交接好，不然不准去。所以铁栓要抓紧把账务处理一下，还要搞好账务报表上报和移交，也就暂时不回去了。

听到这里根牢高兴地跳了起来，连说还是张浩坤局长眼里有水平。铁栓说我是遂了心愿了，你小子今后也要多到乡下联络农民多种核桃树，等我到了林业站再好好搞一下子，说不定我能把你弄到林业站哩。根牢说自己野惯了，不想坐办公室。荣华说根牢能到城里来就好，根牢说那咱妈咱奶奶咋办，两个娃谁管。铁栓说先不说这些了，你们快回去，我还要结手续哩，说罢就回供销社去了。

王铁栓一走根牢就对荣华说咱们还是回家一趟吧，荣华坚持不回去，根牢说那今晚上咱们就住这个宿舍里。荣华说我去小惠房子把小英叫回来看你咋睡。根牢见荣华态度坚决只好说那行，我一个人回去了，你也不要太劳累了，我等你比赛回来咱们好好干几回。荣华听了脸上一红，根牢上前在荣华脸上猛地亲了一下，转身回家去了。

时隔不久，商山剧团自编自导自己作曲的花鼓戏《夫妇观灯》在西北五省戏剧汇演比赛中获得一等奖，随之又在北京参加了全国音乐周演出并受到广泛赞誉，从而让秦岭深处的商山花鼓小戏令人刮目相看。郭荣华和陶有善二人也因之载誉而归，名声大振。

王铁栓到专区农林局报到后就在林业站工作了。当时的专区农林是合着办公的，林业站是农林局专门从事林业工作的部门。从到林业站的第一天起王铁栓就深深爱上了这个行当，小小的站内空地上种植有几株核桃树，都是挂了几年果了。听站长说专区领导还来过这个院子，大力夸奖林业站有经济头脑，院子空地里种核桃是庭院经济等，站长说是原来就有的，专员说这更说明咱们专区的群众有种植核桃的传统，核桃树都栽到城里了。专员走的时候站长把院子核桃树上结下的核桃给专员送了十斤，专员说准备过年前给分管农林业的副省长作为拜年礼送过去。铁栓听了很高兴，连说群众爱好种核桃，专员重视，政府倡导，这核桃发展没问题。站长说咱们一起努力，争取干出个名堂来。

这个张浩坤局长也是农家子弟，当年跟随陕南游击队司令在商山地区打过游击，后来随中原突围部队去了延安，再后来当了独立团的营长，参加了解放商山全境的战斗，因此就在专区工作了。他家房前屋后的核桃树、杏树、板栗树很多，是个爱好林杂果的人。他当了农林局局长后除了按专署安排督促农业生产外，大多数时间和精力就放在核桃树的栽植发展上，几次下乡和几名县上的分管县长交流调研，向专员写了专题报告。王专员也就是王书记很重视，通过多次讨论王书记决定召开地委会专门讨论研究全专区发展核桃问题，这个议题获得了全体参会人员的一致认同，很快商山地委就发出了全专区每户种一升核桃的决定。号召一发，群众热烈响应，因为这三五年大家尝到了种核桃的甜头，加上地区领导发话了，理所当然推动得很快。王铁栓这一阵如鱼得水，整天到商州、华阳、丹凤等县跑，看到几个县的核桃树越来越多，还有几处大片大片的核桃林已经很有规模了，铁栓高兴得几次没给张浩坤请示就一人到核桃林欣赏个不停，去的时候还总是不忘带上王根牢和郭茂盛等，说是让他们多历练历练。

就在张浩坤和王铁栓等人整天下乡深入农村发动群众大种核桃树之际，这一年核桃又获大丰收，为此商山专区专门就核桃生产做了个总结。材料上报到省上后引起书记和省长重视，省委的机关报还专门登载了记者的调查报告。省委书记在国家的一次会议上就商山发展核桃的做法和群众收益做了专题发言，引起了中央关注，先是主席发指示，后是总理颁奖状，一下子秦岭深处商山专区的核桃广为人知。与此同时，全国十八个省市在商山专区召开了全国核桃生产现场会，与会人员亲眼看见了商山专区发展核桃的盛况，品尝了商山核桃的香脆美味，各种购销会也纷至沓来。

国家在商山林场召开全国核桃生产现场会时李绪娃嚷着要去看热闹，王根牢和郭雪云说您老年纪大了走不了那么远的路，人常说看景不如听景，等我们回来了专门讲给您老听。李绪娃说不行，你爷爷务了一辈子核桃，最后上树打核桃掉下来摔死了，如今咱们这里的核桃在全国都有了名声，我必须去看一看，回来后我要到你爷坟上专门给他说道说道，让他在那里放心，让他知道咱们几代人的辛苦如今还真把核桃给弄大了。郭雪云没办法只好半夜就让根牢推着三轮车把李绪娃拉上去林场。当然还必须捎带上核桃和花鼓，用李绪娃的话说要让两个娃娃见见世面。

根牢推着三轮车在丹江岸边堤路结合的道路上疾疾行走着。天色是半明半暗的，月亮不很圆，但天空几乎没有云，所以虽然是半个月亮，丹江岸边的道路也看得比较清晰，好在沿丹江而下的路基本上是下坡，推起车来不是很费劲。

李绪娃一路上很兴奋，有好多年没有半夜里外出了，今天晚上坐在根牢推着的三轮车上一路走，一路看，丹江河水的流动声哗啦哗啦地响，河岸上高大的杨柳树上偶尔传来鸟叫声，而车子里的核桃和花鼓却在摇摇晃晃中睡着了，好在起身前绪娃抱了一床被子，两个孩子躺在被窝里睡得很香。

“根牢，你媳妇这一阵子忙啥呢，也不回家看看咱们？”李绪娃问根牢。

“听说为这次核桃生产现场会助兴排节目，要把以前演过的《种核桃》和《夫妇观灯》再加工加工。”根牢回答。

“这就对了，要给外地来的客人唱戏就要唱咱们这里的花鼓戏，我是老了，唱不动了，但还能看戏，会评戏，只要唱戏的一上台子，他那一个走势，一开腔我就能知道行不行。”李绪娃自信地说。

“那是那是，老奶奶是戏精，我妈说荣华的一些腔调还是你教的。”根牢赞美着。

“你妈那是荞麦地里刺荆花，人家不夸自己夸。她那花鼓戏唱得也不错，不过我们都老了，不中用了，你媳妇年轻漂亮，学得快，还有自己的腔调，这不一到剧团还真成精了。”李绪娃转而赞美郭荣华。

“奶奶，听我大说这次全国核桃生产现场会有16个省市的代表参加，咱们专区用商山花鼓给大会助兴，这一次给花鼓戏也扬名了。”根牢加快推三轮车，高高兴兴地说。

“哎，可惜你爷爷早不在世了，如果他活着看到咱们商山的核桃真的弄大了还不知道高兴成啥样子了。”李绪娃有些伤感却也不无高兴地回应。

“奶奶，我还听我大说这次大会我舅爷李木林和郭茂盛等人被作为种核桃大户代表了，怎么没有请咱们呢？”根牢不解地问。

“这我咋知道？恐怕你爸是代表吧，人家不可能把你爸和你都请去当代表吧。”李绪娃想了想认真地说。

祖孙俩边说边走，不知不觉天大亮了，走到一个叫夜村的地方，根牢走村串乡多了，知道夜村不少故事，他就故弄玄虚地问李绪娃：“奶奶，你知道不知道这个地方为啥叫夜村吗？”说罢看了看还在熟睡中的核桃和花鼓。

“知道。听老先人说过去这一带丹江两岸的坡塬上十来里三五里就有一座神庙，咱们这一带人把神庙叫爷庙，每天晚上神庙都亮着灯，因此丹江上行船的人说这是爷给他引路呢，于是慢慢地人们把这一带叫爷村，也就是爷很多的意思，后来又有人说黑夜里爷给过往的船和人指路，又叫成夜村了，是不是这样？”李绪娃滔滔不绝地说。

“难得老奶奶记性这样好！”根牢敬佩地说，同时加快了步伐。

“告诉你孙子哟，你奶奶当年在龙驹寨竹林关唱花鼓戏时听的古经多得太太，告诉你娃，这夜村将军腿对面还出过一个大和尚哩，听说唐朝的两代皇上请他当管和尚和寺院的大官他都不去，你说他牛不牛！”李绪娃越说越来劲。

听奶奶说这里出过一个大和尚，王根牢立即接着李绪娃的话，连说这个他知道，将军腿对面的襄王沟里出的那个大德高僧叫释无业，听说在13岁时就能通读很难懂的经文，同时在夜村塬上的元建寺出家了，寺下面临丹江的崖壁上凿有十八罗汉洞，每个洞里供奉着一尊铜铸的罗汉，根牢和茂盛几个人去过元建寺和罗汉洞，也亲眼看过那些铜罗汉。

“看来我孙子娃还见得不少，改天咱们到元建寺烧香去，让佛祖保佑咱们一家人平平安安的。”李绪娃听了两眼放光，接着拍了拍还在睡觉的核桃和花鼓。两个孩子被祖奶奶拍了几下后醒了过来，揉了揉眼睛，大声问怎么到这个地方来了呢。根牢高兴地说咱们去看核桃生产现场会，你祖奶奶让你们见见大世面，核桃听说什么核桃会就问有核桃吃吗，根牢说肯定有，花鼓问能见到妈妈吗？根牢说能，你妈今天要唱花鼓戏，不过你妈在台子上，咱们在台子下面，你们要听话，不准胡喊乱叫，两个孩子懂事地点点头。

王根牢推着三轮车继续东行，走着走着却见沿河堤走的路向悬崖上延伸，李绪娃说上坡了，我们下来走，两个孩子也说走，三个人从车子上下来，根牢推着空车子。李绪娃指着河边被水淹了一大半的小路说这就是过去的老路，根牢说对就是老路，听说是过去人们在丹江岸边石崖上凿的便道，转过弯就是土路了，由于晴通雨阻，这一带人遇丹江发大水就没法行走了，后来在清末有位叫罗文思的商州县令，拿出自己的工资修了山崖上这条碥道，所以人称罗公碥，如今这条碥路还用着呢。李绪娃说咱们商山人厚道呀，当官的给老百姓办了实事好事，人经几辈都记着哩，罗县令修的路都多少年了，人们还把它叫罗公碥，恐怕要永远叫下去了。根牢说肯定一代一代叫下去了，听一些文人说这条道叫商於古道，在唐代更是红火，有不少诗人路过这里都写了不少好诗文呢。李绪娃说这个我也听你爷爷说过，还说古人讲这条古道西行的文人多数当了官，东去的多数是贬了官的。根牢说看来这条古道还真神呢，咱们就顺着这路走，参观参观路边的景色。李绪娃说今日没让你妈来，让她看门，我觉得她有些不高兴。根牢擦了擦汗说咱们都走了，我妈肯定心慌呀，两个孙子没离过她呢。

核桃和花鼓已是九岁的孩子了，他们上学上得早，现在已是三年级了。他们很懂事，读书很认真。核桃的算术课和语文课每次考试都是满分，即五分。花鼓的算术课和语文课基本上每次考试都是四分或五分，老师们都夸他们聪明。

“奶奶你慢慢走，不要着急。”根牢看到李绪娃急急赶路，两个孩子跟在祖奶奶后小步跑着，他心疼地说。

“没事，你别看奶奶我60多岁了，这腿脚还麻利着呢，也多亏了小时候在娘家偷偷把大人给缠的裹脚布解松了，这脚才长成不大不小的样子了，不然你说一双小脚走长路还真不行哩。”核桃和花鼓一人拉着李绪娃的一只手，轻声喊着祖奶奶厉害。花鼓却接着追问祖奶奶什么叫缠脚，李绪娃笑着说你这个重孙女生活在新社会了，不然像你这样大现在整天被缠着脚痛得哭呢。根牢听了也笑着说是呀，我听我妈说她也是晚上偷偷解开了缠脚的布条子，说是实在疼得受不了。李绪娃疼爱地在花鼓脸上亲了又亲，接着催促快走，去迟了就看不上热闹了。

几个人正在有说有笑地行走着，只听到身后传来大卡车的轰隆声，根牢忙停了下来，让李绪娃和核桃花鼓走到路边的石头旁歇息，说是等汽车过去了咱们再走。核桃和花鼓听了嚷着要坐汽车，李绪娃笑着指着由远而近慢慢爬坡的汽车说这是稀罕东西，人家不会让咱们乡下人坐的，等一会咱们老老实实走，快些赶路就是了。正说着那辆大卡车吱的一声停了下来，只见李木林和郭茂盛等在敞篷车厢里喊根牢快上车来。根牢放下推车快步走到汽车旁，茂盛说快把你奶奶和孩子叫到车上来，你怎么推个三轮车呢？根牢说我奶奶要去核桃生产现场会上看热闹，只好半夜就起来推车子赶路呢。李木林咳嗽了一声说怎么你没见到通知吗，咱们都是政府请的核桃种植户代表，今早天刚亮就在县城统一坐车，我还说咋不见你呢，明明代表名单上有你呀。茂盛说昨天上午我就把通知给你奶了，也怪我没交代清楚，快上车吧。根牢听了大喜过望，急忙扶李绪娃和核桃花鼓上了汽车，接着把三轮车就近寄在罗公碥旁一条岔道的农户家里，等根牢上了车司机加大油门向商山林场驶去。

上午十二点时全国核桃生产现场会开始了，根牢等人被安排在第三排，台子上坐的是国家有关领导，省上的一名副省长主持会议，林业部的一名领导宣读了最高领导人的批文，并当场颁发了国务院总理亲自颁发的锦旗和奖状，商山专区的王书记也就是王专员做了专题经验介绍，组织与会代表在林厂旁的平整地上栽植核桃纪念林。王书记看到根牢引着一个孩子就问叫什么名字，根牢说叫核桃，王书记放声大笑说也让核桃栽棵核桃树吧，我们商山人就是要世世代代把核桃树栽下去。根牢听了很高兴，他挖好一个坑后让核桃用手扶着核桃树，说这核桃树就是儿子，儿子就是核桃树。随之代表们在纪念林旁竖立碑石，以资纪念，接着代表们又去会场观看了商山剧团演的花鼓戏《种核桃》和《夫妇观灯》，代表们都说好看好听，没料到商山这个秦岭深处的地方这么美，核桃树这么多，花鼓戏这么优美动听。

核桃生产现场会结束后根牢和李绪娃等人当天晚上就回到了家里，荣华也跟着回家了，王铁栓和专区农林局的人还要善后所以没有回来。核桃和花鼓一直缠着荣华问这问那，李绪娃让荣华带孩子到小房子去，她郑重其事地问根牢，上午会上台上的领导说的什么，她离得远没听清楚。根牢说是从北京来的领导，念的是党中央最高领导说咱商山核桃的事，最高领导说了，咱们商山专区每户种一升核桃，这个经验值得各地研究，还说要推广咱们的经验哩。李绪娃听了连说难怪台子上和台子下的人听了这话一个劲地拍巴掌，震得我耳朵都嗡嗡响，这好，这太好了，孙子哎，你马上准备些黄表香纸，我要给你爷坟头上香烧纸去，让他这个一辈子务核桃的也高兴高兴。

根牢爷爷的坟就在离村不远的后坡根上，这是王家庄王郭两姓人的祖坟场地，王家的坟在坡根东边，郭家的在坡根西边，中间隔个沙沟，由于王郭两姓一直通婚，因此每逢过年过节，王姓和郭姓有姻亲关系的往往是先给自己的前辈烧香烧纸，之后到另一个姻亲的坟头上也去一趟，烧些香纸，说是让去世的人在天堂都有钱花。根牢按照奶奶吩咐收拾好香表和纸钱，正准备出门，郭雪云从灶房出来了，听说根牢和李绪娃要给根牢爷爷上坟，马上说那就一块去，你奶奶要人招呼呢。根牢说那一块去，于是三人一块走向村后坡根的祖坟坟地。

李绪娃今天很兴奋，看过核桃生产现场会的盛况，她觉得十里八乡老百姓的力没有白出，几百名代表齐刷刷坐了一大滩，看热闹的人山人海，台子上的官员的讲话，还有专区剧团演的地方花鼓戏，都让人心情振奋。她想老头子一辈子都没见过这样的大场面，谁能知道把个核桃这个在商山平平常常的山果子搞成这么大的阵势，还让毛主席都发话了，要全国都学习哩。老头子虽然死了，但他一生就爱务核桃呀，这个事情她要赶快告诉给死去了的老头子。由于心里急，脚下也很起劲，根牢看奶奶走得很刚强，连说奶奶今日是怎么了，李绪娃说我要把今日看到的告诉给你爷。我要告诉他国家在咱们这里开了现场会，咱们够面子，咱们的里子也更好了，听说这两年全专区种了几万升核桃，再过几年咱们的核桃就多得不得了呀！

李绪娃坐在一处坟头前，这是根牢爷爷的坟头。李绪娃让根牢在坟头插上三炷香，又让郭雪云跪下烧了些黄表纸，她自己就拖着略带些哭音的腔调说："老头子啊，按说前几天刚给你烧过香和纸了，估计你现在还不缺钱花，但今日我太高兴了啊，告诉你吧，你们王家和郭家几辈人务核桃，咱们南北二山丹江两岸的千家万户种核桃，都没有今日整的场面这么大，毛主席都让全国学习咱们商山呢，周总理给咱们这里发奖状了，你说咱商山核桃厉害不厉害！"李绪娃说着说着又取出一叠黄表纸让雪云接着烧。

"老头子，已经给你报了喜，烧了香表，我记得你有两个爱好，一是爱种核桃树，二是爱听花鼓戏。今天我和你儿媳妇郭雪云给你唱核桃花鼓戏，我还要告诉你为啥给你唱核桃花鼓戏，就是因为咱们的重孙子和重孙女一个叫核桃，一个叫花鼓。"李绪娃如泣如诉。

郭雪云唱：

今日给公爹来烧香，
黄表纸钱许多张。

李绪娃唱：

你在天堂可安好，
我们给你把喜报。

郭雪云接唱：

商山核桃名气大，
毛主席也把咱们夸。

李绪娃接唱：

十六省市来参观，
全国都在学习咱。

郭雪云唱：

王郭两家都争气，
爱种核桃爱唱戏。

李绪娃唱：

你在天堂放宽心，
缺钱花时我给寄。

郭雪云唱：

想听花鼓我们唱，

李绪娃唱：

想吃核桃我们摘。

根牢接过唱词说：“爷爷你放心，如今成立了人民公社，土地归集体了，咱村也叫王村大队了。现在正搞大跃进，你两个重孙子在咱村的祠堂小学读书，咱们一家人爱种核桃爱唱戏，一代一代接下去。”

“这话你爷爱听，他一辈子爱种核桃爱听花鼓戏，咱们家把这两件事都干成了，再干下去，你爷就安心了。”李绪娃情绪很好，说是今晚就到这里，改天把荣华和两个小孩叫上，王家三代媳妇共同给老头子唱一场戏，让他老人家在天堂高兴高兴。

第三天的上午郭荣华准备回地区剧团上班去，核桃和花鼓缠着妈妈不让去，荣华拍拍核桃又拍拍花鼓，口中一个劲地鼓励两个孩子在家听爸爸和奶奶的话，好好读书。两个孩子就是不依，都嚷着要跟荣华去城里读书。李绪娃看着两个小重孙，心想孩子的要求不过分，如果孩子长期不在妈妈身边，时间长了母子（女）感情就淡了，听说城里的学校教学质量好，为啥不让娃娃去城里读书呢。想到这里李绪娃有些舍不得的样子对荣华说：“孙媳妇呀，核桃和花鼓也大些了，好经管了，让他们去城里读书多好。”荣华听了忙说剧团的排练和演出活动多，让她带一个孩子还可以，带两个绝对顾不过来，剧团经常下乡，让小孩子自己管自己恐怕办不到。郭雪云插话说荣华要下乡就让铁栓接送孩子。根牢说这不行，怎么让一个半老头接送娃，何况听说林业站也经常下乡呢。荣华说还是她带去一个孩子，另一个放在家里，根牢问那你准备带哪个，荣华想也没想说随便哪个都行。

“那就让荣华把花鼓带到城里去吧。”王根牢看大家都不言语了，他认真地想了想说：“核桃淘气些，花鼓去了荣华好经管。”

“行，这样也好，如果遇到下乡把花鼓放在剧团慧莉家，她家的女儿和花鼓同岁。”荣华同意了，并说明了原因。

“好，如果带核桃去我还真不放心呢。”李绪娃和郭雪云异口同声。

荣华转身回房去收拾要带的东西去了，王铁栓和陶有善及钱小英前脚跟着后脚来到了根牢家的院子。

“你们怎么一起来了呢。”根牢看到陶有善等人进了院子就从屋里走出来迎接。

“正好碰上了，正好碰上了。”王铁栓和陶有善笑着回答。钱小英把手里提的给核桃和花鼓买的水果糖和点心递给根牢，几个人一齐到屋子坐下叙话。

王铁栓这次是顺路回家的，后来成了必须回家一趟。原来情况是这样的，那天核桃生产现场会一结束他们就返回地区了，农林局领导对现场会开得如此有声有色很高兴，连夜晚安排机关除了办公室文书和单位接听电话的人外，所有人员分别到各县区督办现场会精神传达落实情况，用局长的话说现场会是动员会，要进一步在全地区掀起大种核桃树的热潮，要集体和个人一齐上，达到地委文件上要求的每户种三升核桃。王铁栓等人先去了城郊公社，又马不停蹄到自己的家乡沙河子公社了解情况，无意中听公社文书说最近全公社大炼钢铁的形势不乐观，原因是有不少农户没有足额上交木柴，由于缺乏燃料，公社建的炼铁炉只炼了两炉铁就停了，这样一来肯定完不成上级分配的任务，挨批评是肯定的了。文书还告诉铁栓，公社准备派工作组专门到没交够木柴的农户家登门宣传大炼钢铁的意义，对家里有在机关单位工作的农户，公社准备专门印发催缴函给该职工的单位，请单位领导和职工谈话，由该职工负责回家督促家里完成上交木柴的任务。铁栓听了随便问了句能否看一看王家庄农户欠交木柴的情况，文书爽快地答应了，拿出欠交木柴农户花名单。王铁栓打开一看，王根牢家欠交木柴二百斤赫然在册且列在第一名。铁栓看后心中大吃一惊，他刚刚被专区评为发展核桃先进个人，并被确定为党员发展对象，如果公社把欠交木柴的函发到了农林局，那自己这个先进和纳新对象的脸放哪搁？他脸色一变，轻声对文书说我这就马上回去，哪怕拆房砸柜也要把所欠木柴凑齐交了，千万不要给我们农林局发催缴函了。文书听了笑着回答没问题，但请务必于三日内缴清。铁栓连声答应，一路小跑回家来了。

陶有善和钱小英前年就结婚了，俩人的小日子过得挺滋润，只是快两年了还没有怀上孩子。昨天在核桃生产现场会上陶有善和郭荣华又一次向全国十六省市参加现场会的代表演出了他们的拿手花鼓戏《夫妇观灯》《打核桃》，获得了阵阵掌声。今天一大早团长就让陶有善和钱小英到王家庄找郭荣华，说是要有善再与荣华的婆婆和婆婆的婆婆切磋花鼓艺术。几年前陶有善对李绪娃和郭雪云的采访让他受益匪浅，团长一说，这小两口一刻也不停就直奔王家庄。他们要趁郭荣华正好在家聊一聊，剧团最近正好要再编写花鼓戏剧本，同时准备对花鼓戏的腔调、曲调以及乐器配置再优化一下。

郭荣华听到堂屋几个人的说话声，立即从里屋出来了，看到公公王铁栓和陶有善钱小英忙上前打招呼，口里说今日刮什么风把咱们剧团的台柱子给吹来我们家了。钱小英笑着说妹子想姐姐和侄子侄女了。荣华说哄人，前天就在一起呀，隔几个晚上就想姐姐了，你两个肯定带着任务来的。陶有善听了忙说还是荣华聪明，你才是咱们剧团的台柱子，我们两个奉团长之命再次向你们家的两个前辈讨教来了，正好你在家咱们就一块学习学习。荣华说婆婆和老婆婆唱的已经老化了，咱团不是要创新创造吗，陶有善说团长讲了既要推陈出新，又要继承和发扬，你们家的两个老前辈可是传统花鼓戏的戏魂和戏骨呢。荣华说那好，我去请你们说的戏魂和戏骨，咱们到老婆婆的房子里谈吧。王铁栓听了说还是放在堂屋谈，这里敞亮，你们谈你们的，我有事和根牢到院子里大核桃树下说说。

根牢紧紧跟在铁栓的后边，刚才他看到父亲心事重重的样子，心里暗想父亲肯定是碰上什么难缠的大事了，但又不好直接问，只好一言不发跟在后面走着。父子两个走到院子里一棵大核桃树下，树根旁有一个长方形的大石条，他们就坐在大石条上。王铁栓急急切切地问根牢，怎么咱们家也没有交齐应交的大炼钢铁的木柴？根牢听了马上明白刚才父亲为啥心事重重了。他说家里能用作木柴的都上交了，还差 200 斤，他准备到蒲峪沟顶的山里去砍柴，但听说那里的山林都归生产队了，也不准外村人去砍。铁栓问那怎么办，他们单位如果知道咱们家不积极上交木柴，那就影响不好，你刚刚作为代表参加了核桃生产现场会，老父亲也刚得了奖，还被列为入党对象，这面子上咋过得去。根牢听了也摇头，说是咱们家确实拿不出真材实料的木柴了，现在做饭都用的是麦秆和稻草。根牢这样一说，铁栓马上想起前几天他在城南门口的城墙下的集市上看不少职工在买柴，都说要支援大炼钢铁，看来是他们把买到的木柴给家里抵交任务了，由于各方都缺木柴，所以近两天在集市上已经买不到木柴了。铁栓曾看到一份通报，说的是县上一处炼铁炉出了铁，专区准备在出铁矿石的地方办个冶炼厂，由于缺乏煤炭等燃料而没有办成。如今自己家也出了问题，完不成上交木柴任务影响了区上的炼焦，那责任可大了，因而铁栓越想越怕。

“这想砍柴没处砍，就是想买也没卖的，真把人难住了。”铁栓一声长叹，实际上是毫无办法的叹息，听起来还真有些悲凉。

“这活人还能让尿憋死不成！咱们一家人坐下来好好商量商量，总能想出个办法来。”根牢抬头望着大核桃树，透过茂密的树枝，他看到天空瓦蓝瓦蓝的，没有一丝云彩。他心里很着急，原先他想拖一拖就过去了，再说了村上没交够数的也不只他一户，还有几户交了少部分。但他没有料到公社会采取给家里有在国家单位工作的人去函发通报，这不是给在单位工作的人难堪吗？想到这里根牢站起来对着大石条猛地踢了一脚，由于出力过大，竟将脚趾磕得一阵钻心的痛，不由自主的哎哟一声。

“怎么啦？”看到根牢龇牙咧嘴的样子，王铁栓心疼地问道。

“你说公社的领导咋想出这怪点子，要给你们单位发通报函，还要限期完成上交木柴任务，村上又不是仅咱一家？”根牢气呼呼地说。

“谁叫咱是国家干部呢！咱们应该觉悟高，应该不折不扣地完成任务。”王铁栓一边讲道理一边劝根牢不要胡发牢骚，还是想办法尽快完成任务。

“咋完成呢，该想的办法都想了，现在是想借都没处借，想买都买不到，如果影响了老爸，这事还真闹大了。”根牢担心地说。

“好了，先不说这些了，这事不能告诉你奶奶等人，免得她们操心。等会儿我去公社一趟，让他们缓几天发通报，然后我再想想办法。”王铁栓叮咛根牢，说完父子俩走回家里。

堂屋里李绪娃郭雪云郭荣华和陶有善钱小英相谈甚欢。李绪娃和郭雪云分别把早年学唱的花鼓戏的唱法、唱词以及特点讲了又讲，陶有善和钱小英连说讨教了，真是淘到了不少金子。李绪娃和郭雪云一齐称赞现在的剧团不但继承本地花鼓戏的传统，还大大地进行创新，不仅唱腔音调好听多了，而且在乐器上也丰富了。李绪娃还高兴地说如今剧团的小生小旦长得漂亮，唱腔好，就连小丑也比新中国成立前演得更让人捧腹大笑，过目不忘呢，尤其那弦索多了，听起来热闹多了，简直是另一番天地呢，如果说让我老婆子到剧团的台子下面看你们唱花鼓戏，我三天三夜都不会瞌睡。陶有善和钱小英也笑着说那我们就唱三天三夜给您老看，正如您老说的演员个个漂亮好看，乐器伴奏也今非昔比，既有筒子、白锣、花鼓、山锣、笛子、唢呐、扬琴、琵琶、笙，还有手锣、铙钹、木鱼等，保证让你看三天三夜。

李绪娃听了更加高兴，她手中不停地把玩着两颗黑红透亮的野核桃。这两颗野山核桃还是铁栓爷爷留下来的，据说是南山一位老人从深山野核桃树上摘下来的，已经把玩了许多年了，如今就像玛瑙石一样，坚硬、光滑。

看到王铁栓和王根牢父子神色凝重地从外面回来了，李绪娃等也停下话语。郭雪云轻声问铁栓：“你们父子俩说啥悄悄话去了，怎么脸上这样严肃的样子?”铁栓说：“没有啥就是些家常话，你们讨教花鼓戏的事怎么样了?”陶有善高兴地说今日收获真不少，老奶奶和婶子真是花鼓神，不仅谈了许多我们不知道的腔调，还演示了不少原汁原味的民间流传的花鼓戏，为我们下一步对花鼓戏曲调的创新和传承提供了难得的资料。铁栓心里有事也就不再言语，根牢要留陶有善和钱小英在家吃饭，有善说还有事要到区公所去一下，说完与钱小英就要离去，荣华说能不能等一会儿，她们商量下到底带哪个孩子到城里读书，根牢说刚才不是说好了嘛，就带花鼓去吧。铁栓听了问了问怎么回事，荣华把刚才商量的情况叙述了一遍，铁栓也同意，事情就这样定下来了。荣华立即收拾好花鼓的一些日常衣服，与陶有善和钱小英一起到沙河子区公所，很快办完了事就搭一辆便车回商州城了。

荣华和陶有善等人刚一走，王铁栓就到公社去找文书了，他给文书说让他把通报迟寄两天，他保证两天内把欠交的200多斤木柴上交了。文书说可以，但必须两天，不然他们也不好交代，文书还随便让王铁栓看一下地委下发的关于炼铁工作情况报告。从报告看全专区计划建土炉1200座增加到2100座，已建土炉70座，正动工的近600座，已采矿石14000多吨，已炼出生铁100吨，而省上分配专区任务是要炼出生铁70000吨，如此来看离年底完成任务还差得远。报告上还说已建的高炉全部都用煤炭，而土炉多用木炭木柴，目前矿石问题不大，但煤炭和木炭木柴的缺口比较大，正在组织挖煤和烧木炭及筹集木柴等。王铁栓看了心里一阵紧似一阵，如今夏粮大获丰收，全国又在本专区开了十六省市代表参加的核桃生产现场会，这大炼钢铁的工作，商山专区肯定不能落后，特别是自己作为一名国家干部可不能拖了后腿。他对公社文书说了句谢谢，就急急火火到邻村几个亲戚家去了一趟，想从他们那里借些木炭或木柴。谁知这些亲戚家没有一家有余物，有两家也因没完成上交任务而发愁，说是村上贴出告示，对欠交木炭或木柴的进行了通报，邻居们对他们指指点点，让他们感到仿佛丢了人抬不起头来，铁栓见状只好回到家里。

李绪娃依然是穿戴整齐，容光焕发的模样。她那不怎么经常换洗的蓝粗布上衣永远平整干净，快70岁的人了，但脸上却没有多少皱纹，好像50才出头的样子。不少人惊奇地问她怎么这样不显老的，她总是笑吟吟地说“心宽”二字。也有人说李绪娃之所以不显老，是因为爱唱花鼓戏，还有人说她口粗吃饭不挑肥拣瘦，凡此种种不一而足。李绪娃自己心里知道还是她心宽心静，凡事想得开，生活有规律所致。在她的影响下，郭雪云也渐入佳境，不到50岁的年纪，竟像30岁的人一样，让村里的女人羡慕至极。都说不知王家哪辈子积了福，媳妇一个比一个漂亮，如今王家的孙媳妇郭荣华在专区剧团成了名角，孩子都八九岁了，还像个大姑娘似的。

王铁栓急急火火地回到家里，根牢送荣华还没回来，只见李绪娃手里把玩着两颗山核桃，口中不停地哼着花鼓调，看来老太婆心情不错。

“铁栓你过来，今日你父子两个神神秘秘地搞什么呢？”一直不过问铁栓在单位工作情况的李绪娃从儿子和根牢二人急急忙忙出出进进的情景中觉得出了事情，看到铁栓回家了立马叫住询问。

“没有啥，就是单位一些关于炼铁的事情。”王铁栓声音不高不低地回答。

“哎，这大炼钢铁咱们家把能进炉子炼的废铜烂铁都搜集上交了，过冬的木炭也全上交了，听说区上的炉子炼出铁了，公社要建炉子呀。”李绪娃也随口说。

“妈，这些事不用操心了，您老身体健康比啥都好。”王铁栓诚恳地说，但他那满头大汗的样子却让李绪娃更加看在眼里急在心里，她不由得提高了嗓音：“儿子啊，人常说悠悠万事造人为大，咱们王家已经四代单传了，你有天大的事都要放得下，尽快督促根牢和荣华再给咱家生个带把的，再不能让咱王家就这样单传下去了。”李绪娃说此话时竟然有些唱花鼓戏的韵味。

“妈，这事不由咱们呀，下来我让雪云再督促督促，今日我得考虑咱家没完成木柴上交任务咋办呀，人家公社要发函告诉我们单位呢。”情急之下王铁栓脱口而出，但马上觉得实在不该在老妈面前提起这些事情。

“啥？咱家没完成木柴任务还要告诉你单位哩，这不是整人吗？”

李绪娃生气地说。

“人家也是没办法的没办法，上级分配的大炼钢铁的任务本来就重，到了下面层层加码，层层往下压，你说公社这一级怎么办？这不我正在想办法不让公社向我们单位发函，明天后天再说。”王铁栓故作轻松地说着，又劝老妈不要着急，办法总比困难多，截至今日还没有什么事把咱家真得给难住的。

绪娃和铁栓母子俩正在叙话，根牢和雪云一块进到屋子。雪云是参加了村上社员大会，会上一驻村公社干部就大炼钢铁做了再动员，再次通报了欠交木柴木炭任务的农户，并强调三日内必须交齐，否则是农户的罚工分，这就影响了年终分粮和分钱。家里有在机关单位工作的还要给单位发通报。所以会一结束雪云就赶回家，正好遇到送荣华和花鼓去区上分手后转回家的根牢，母子俩便一块回家商量怎么办。看到铁栓正好在家，雪云刚要张口，铁栓就拦住了，说他已知道了正在想办法。雪云答应一声去灶房做饭去了，铁栓给根牢递了个眼色，根牢会意，说是有家要让他去收核桃，就出去了，王铁栓劝李绪娃去歇息，等会饭好了叫她。李绪娃这才手握两个核桃，到自己房间去了。堂屋只剩下王铁栓一人坐在椅子上苦思冥想着。

到了第二天上午，李绪娃早早就坐在核桃木做的八仙桌旁，左等右等却不见铁栓雪云和根牢到堂屋来。正要大声喊叫却见荣华急急火火地从外面进到堂屋，一张口就问奶奶根牢在不在家？根牢应声从里屋出来，见了荣华就问你怎么回来了，花鼓呢？荣华说花鼓在钱小英那里。这时铁栓和雪云也从自己的房子里走了出来，荣华一见铁栓和雪云低头不再言语。根牢说荣华你一个人把孩子放在那里不合适吧，你回来干什么？荣华欲言又止，王铁栓已猜出七八分，只见他轻声问荣华是不是单位收到公社寄的函件了？荣华说是的，团长准她假让回家督促完成上交木柴任务，团里有三个职工都遇到了这个问题，今天一大早团长就让他们三个职工分别回老家了。绪娃问铁栓和雪云昨晚上想好办法了没有。铁栓和雪云说还在想，绪娃又问根牢，孙子你年轻脑子活，想好办法了吗？根牢说想好了，但又张不开口。绪娃又看了看铁栓，铁栓没有吭声，绪娃就对根牢说有啥开不了口的，孙子你说，说错了也没人怪你。

根牢还是不想直截了当地说。因为他知道他的想法虽然好，但估计老爸和老奶奶不会同意，特别是如果老奶奶不同意的话谁都没有办法。

李绪娃见根牢支支吾吾不说话，她就转问荣华，孙子媳妇，你们单位的团长没难为你吧？荣华低头轻声说没难为我，但团长说了这是政治任务，必须完成。李绪娃说这就好，只要没难为你，咱们一块想办法就是了。

“爸，你看能不能把咱家院里那棵老核桃树伐了，弄上二三百斤干木柴没问题，恐怕还有剩的，再说这棵核桃树年代久了，核桃也结得少了，还有不少枝干都快枯死了。”根牢小心翼翼地向王铁栓说，并将平时称呼的“大”变成了“爸”，实际上是要争取父亲同意，尽快完成任务算了。

“这棵老核桃树确实老了，不知道有几百年了吧。”王铁栓没有表态，却说这棵树确实老了。根牢马上明白父亲明显是在支持他。

“我也老了，干不了活了，不中用了。”李绪娃一动不动地坐在椅子上，手上的两枚老核桃也不玩了，冷冷地看着铁栓和根牢。雪云和荣华看李绪娃神色冷峻，也不敢插话。

“妈，你不要多心，不是你想的那样。”王铁栓小心翼翼地对李绪娃说。

“那是什么意思，老人和老树是一样的。”李绪娃头也不抬把铁栓顶了回去。

“那就不伐老核桃树了，咱们再想其他办法。”铁栓想了想肯定地说。

“好我的老爸哩，不伐老核桃树还能有啥法子呢？你看荣华被团长派回家督促了，你不也是被局长派回家了吗，再说了你是不想入党了，还是不想当先进了？”根牢看了看父亲，又看了看李绪娃和母亲以及郭荣华。

“根牢你说什么，你是说完不成任务你爸入不了党，当不成先进了？这怎么能行呢，何况我们也不能让荣华在剧团受委屈，铁栓你咋不早说呢。”李绪娃双目放光，盯着儿子。

“根牢你真多嘴，这事咋能给你奶奶说呢？我积极努力工作肯定能入党，先进也一定会继续当下去。”铁栓瞪了儿子一眼，虽然嘴里这么说，实际上他心里也感到事情难办。

“老树绝对不能砍伐！这是咱们老祖先传下来的，谁也不能动！孙子呀，你爷爷就是从这棵老核桃树上摔死的，看到这棵树，我就想起你那一辈子爱种核桃的爷爷啊。”李绪娃有些伤心起来，说着说着抬起头来，语气也十分坚定：“把给我准备做寿材的柏木板子当木柴交了，估计够斤两吧。”

“不行啊，这怎么能行呢，这可是正宗的八大块老柏木板子，是专门买下给您老百年之后做棺材的呀。”王铁栓和郭雪云一齐劝说李绪娃，王根牢和郭荣华也一齐上前对李绪娃恳求着。

“就这么定了，我可不想让我儿子在单位上为了这事受影响，也不想让我孙媳妇为这事受难场。”李绪娃挥了手，把两枚核桃放在手心上轻轻把玩着，一副不容商量的样子。

“老妈呀，这咋能行呢，我可不能让人骂儿孙不孝顺。”铁栓坚持着。

“儿子、孙子哎，你们一个在单位好好干，一个给我好好务核桃，就是对我最大的孝顺了。还有荣华哎，你赶紧给老奶奶再生一个重孙子，我可不想让王家再单传下去了。”李绪娃说完此话，大声命令根牢和铁栓到她房子抬柏木板子，马上交给村上。铁栓不想这样办，李绪娃就自己在房子翻腾，还让雪云和荣华去帮她。铁栓只好和根牢到房子搬出柏木板，抬到院子装上三轮车推到村上去抵交木柴任务，用大称一称斤两刚够任务，父子俩也暗暗称奇。

完成了上交木柴任务，铁栓和荣华心里踏实多了。雪云赶忙擀了手工面，说是祝绪娃健康长寿。绪娃也情绪很好，说是自己终于独自决定了一次大事情。铁栓等人一边吃面，一边说实在没有料到平时不大管家里事的老妈关键时刻这样决绝果断。绪娃却高兴地说这是咱们家女人的传统，该出手时一定要出手。荣华笑着说记住老奶奶的话了，雪云却笑而不言，到后边洗刷碗筷去了。

吃过饭荣华和铁栓就要回商州城去，根牢叮咛荣华一定要管好花鼓，孩子上二三年级了，该生心了。荣华说放心，你也要注意管好核桃，娃娃的学习是一等一的，将来我们一定要让他们上大学。

时间就像滔滔东流的丹江，不知不觉几年就过去了。让李绪娃一家很高兴的是核桃和花鼓这两个孩子都很懂事，学习上根本不用大人操心，一路直走，顺顺当当都考上了商州中学，这商州中学在全省都是挂了名的。自从核桃和花鼓上了商州中学，李绪娃就再也不提让根牢和荣华生孩子的事了，一门心思是她活着要看重孙子考上大学，有个吃商品粮的工作。家人已经商量好了，等核桃和花鼓大学毕业有了正式工作就把话挑明了，让他们结婚生子，这样的话李绪娃就可以安心地闭上眼睛了。

王根牢这八九年也干得很好，他领办了王家庄也就是王家村大队的林场，他成熟多了，30 多岁正是干事的时候，他觉得浑身都是劲儿。只要星期天核桃和花鼓从学校回到家里，他都带他们到大队林场去，先去看林场山坡最高处的华山松和白皮松林，再往下看板栗和浅坡塬上的李梅、杏子，尤其是成片成片的核桃林。而花鼓每次回来，一定要和荣华在林场里与根牢和核桃一块为干鲜果树施肥、剪枝。花鼓和荣华除了帮忙，母女俩就在林场院子里对着山林唱花鼓戏。根牢夸儿子核桃有悟性，对干鲜果尤其核桃树的特性记得准记得牢，荣华夸女儿花鼓扮相好，嗓子好，比剧团的几个年轻演员都唱得好。花鼓笑着说如果考不上大学了就考妈妈的专区剧团。荣华笑着答应，并说如果根牢的林场扩大到三千亩了，她和奶奶李绪娃、婆婆郭雪云加上花鼓一起到这里来唱花鼓戏。

杨抗战已升任副专员了。由于他熟悉农村工作，就分管农林局等涉农部门，虽然位子排在三个副专员之后，但由于商山地区是农业地区，加上全国都重视农村工作，所以三个副专员中他是最忙碌的。

自从杨抗战当了副专员，王铁栓就不大到他那里串门子了。不是杨抗战不待见他了，而是他看到杨抗战太忙了，不好意思打扰人家了。有一天，铁栓正准备下乡安排林木防治病虫工作，办公室文书说杨副专员来了，点名要见王铁栓。铁栓听了急忙赶到办公室，却见杨抗战一个人坐在茶几旁喝水，文书知趣地走了出去，铁栓上前为抗战续水。杨抗战开口就问你怎么不到我那里去了呢，铁栓说专员忙，我怕影响你的工作。抗战说你这叫脱离领导，逼得也让我脱离群众。铁栓说真的这么严重？抗战说吓唬你哩，我想推荐你到农林局当副局长你干不干？铁栓想也没想就回答不想干，干不了。抗战说那你想干啥？铁栓回答就干现在的林业站副站长就够了，五十四五的人了，不想啥了。如今闹“文化大革命”，咱们没啥文化，也闹不了文化了。抗战听了说那行，虽然上面讲闹“文化大革命”，咱们这里毕竟是山区，还是吃饭要紧，那你就好好抓林业吧，特别是把集体林场抓一抓，尤其是核桃生产要抓住不放。铁栓说这个是必然的，咱们专区农民喜欢种核桃，加上历任领导重视和引导，前几年栽种的核桃和干鲜果正到了盛果期，产量是一年比一年高了。杨抗战看铁栓主意已定，俩人又拉了些家常话就各自回去了。

让杨抗战没有料到的是，时隔不久他一直认为为人耿直，在工作上认认真真、兢兢业业的王铁栓被列为居民下放对象，不但丢了公职，而且被下放到原籍王家村去了，还没等到他去找有关方面为王铁栓通融，他自己也靠边站了。商州城虽然远离省城，但也发生了局部的打砸抢事件，就连商山军分区枪械库的一批武器也被人抢了，虽然农业生产受到的冲击不大，但学校却大多都停课了。

李绪娃这几天总觉得有些心神不宁，郭雪云也感觉到有大事要发生。村上召开群众大会的次数一天比一天多，根牢却仍然我行我素，带着林场那些人继续挖山坡上的荒地，还修起了一排一排的梯田，搞什么林粮套种，他们还把种的黄豆、绿豆、黄瓜等粮食果蔬拿到集市上去卖，说是增加集体收入。

王铁栓万万没有料到自己会被精简下放，虽然有天大的委屈，但他却既不去找当时还在任的杨抗战副专员，也没有写下只言片语的申诉材料。当农林局的文书和人事干部给他送来下放到原籍的文字通知时，他二话没说就收拾行李坐上临时在煤矿上开卡车的司机的拉煤车，好在他没经济手续，几个不大不小的木箱和纸箱就是他的全部行李。司机郭师傅笑着说你的行李还真简单，铁栓一手提着一个箱子说这才灵干，回去就回去，咱家本来就在农村嘛。也正因为如此，离开办公室房子时，铁栓头也不回地坐上车就走了，同时还对小郭师傅笑了笑，说是今日把这事情弄大了，坐到司机楼里了。

王铁栓回到王家庄家里时正是天快黑的时候，小郭师傅帮忙把木箱和纸箱子放到院子里就走了。铁栓一手提着一个箱子推开住房门，煤油灯下李绪娃坐在八仙桌旁的椅子上手里不停地把玩着那两枚野核桃，听到门响她还以为是雪云从地里回来了。铁栓叫了一声妈，绪娃抬头看是铁栓回来了，手里还提着箱子，就要上前帮忙，铁栓放下箱子说不用了，箱子沉。绪娃又坐回椅子问铁栓回来准备住几天，铁栓说能住多少天就住多少天。绪娃又问见没有见到核桃和花鼓和荣华娘仨，铁栓说前几天见过，他们娘仨都很好。绪娃又说村上的大队长拿铁皮话筒喊搞“文化大革命”了，昨天我看到隔壁的地主分子被绑着游街哩，不知城里咋样。绪娃说到这里担心地问铁栓，刚才你说什么能住多长时间就住多长时间，你不上班人家还给你发工资？咱可不能偷懒呀。铁栓听了心里就有些难受，他在想怎么让老娘接受他被精简下放了的事实，老娘一辈子很爱面子，常常以儿子吃国家饭为自豪，如今自己不明不白被精简下放了，这件事放在农村人们认为肯定是犯了错误了，不然怎么好端端地就从干部和城市居民变成农民了呢？

王铁栓正在想如何向母亲说明情况，郭雪云和她的弟弟郭春正一块儿推门进来了，二人看到铁栓又看到地上堆放的几个箱子，郭春正笑着说铁栓哥你提这些箱子回来干什么，不逢年过节的呀。铁栓让春正帮忙把箱子搬到自己住的那间房里，然后一块儿又回到堂屋，雪云和绪娃还在疑惑铁栓的举动，但看到铁栓一脸无事的样子也没有再追问，大家一块儿坐下叙话。

“铁栓哥！你儿子我外甥根牢这娃还真行，把咱大队的林场建得有模有样的，如今已有两三千亩果林了，尤其是你们王家一直喜爱的核桃树越栽越多，今年又育了成万棵核桃树苗，这娃是想把核桃往大的整哩。”郭春正一边说一边拿起铁栓递过去的一盒纸烟，抽出一根点着抽了起来。

李绪娃本来还要继续追问铁栓怎么搬回几个木箱纸箱，但看到郭春正与铁栓交谈个不停一时插不上话，就回到自己房子歇息去了，堂屋就剩下铁栓、雪云和春正了。

郭春正今年刚刚当上王家庄的党支部书记，以前是大队民兵连长，搞民兵训练和民兵夜间巡逻和田地巡逻很有一套。王姓老支书年纪大了，要求退下来并推荐了春正，报到公社也顺利获批。如今在王家庄是个响当当的人物。

看到李绪娃回到自己房间睡觉去了，郭春正轻声问铁栓搬回家这几个箱子是怎么回事？铁栓也轻声一字一顿地说他被单位精减下放了，从现在起已不是国家职工，也不再是商品粮户口了，重新成了本村的农民了。铁栓说罢从上衣口袋掏出一张盖有公章的纸，说这是他的党组织关系介绍信。

郭雪云听王铁栓这样说，立刻呆住了，这是她万万没有料到的。虽然铁栓的工资不高，但在当时的农村他们家也算是经济条件很好的了，如今铁栓被精简下放了，马上就没现金收入了，加上铁栓五十四五了，队上的体力活怎么干得了。郭雪云越想越愁，不由自主地小声哭泣。

"回来就回来了嘛，咱本身就是农民嘛，怕啥!"王铁栓安慰郭雪云。

"对，姐夫说得对，咱本身就是农民嘛。"郭春正也故意笑着说，同时接过铁栓递过来的介绍信："好，咱们村的党员队伍又壮大了。姐夫，你说你想干啥？想在大队干还是小队干？"

"你是支书嘛，你看咋办都行。"王铁栓故作轻松地说，接着又给郭春正递了包烟，春正示意还有烟，铁栓就自己打开烟盒抽出一支点燃抽了起来。

“搞林业你是内行，我看你就去大队林场，帮助根牢把林场搞好，何况你这十几年没受过大苦了，年纪也不小劳力不咋样了。”郭春正吐出一串串烟圈说。

“行，我明天就去。”铁栓爽快地回答，事情就这样定下来了。等春正刚一走，郭雪云就转悲为喜说关键时刻还多亏了娘家兄弟，铁栓说关键是我喜欢务林果嘛，不然我还不去呢，雪云说总之要记得春正的好处。铁栓叮咛郭雪云这事先不要告诉老娘，免得她操心生气，等时间长了再慢慢告诉她。

第二天一大早，郭春正就到王铁栓家里来了，说是给帮忙拿箱子。李绪娃起来的早，坐在堂屋擦完八仙桌就把玩手中的那两枚野核桃，她问春正把箱子拿到哪里去，春正笑着说铁栓哥到咱们村林场驻队抓典型来了，他来送一下，这就去林场。绪娃听了说这下好了，父子俩终于又在一个锅里搅勺把了，还说她有空了专门去后坡沟里去看看，不知那里现在成啥样了，她还是十年前去过沟里的，那满坡满岭的树木该长得很粗很壮了吧。绪娃还担心地问春正，林场的活苦不苦，铁栓几十岁的人了能干了吗，春正大声说林场有十几个年轻人干活哩，铁栓哥是蹲点驻队，不会让他出大劳力的。绪娃说那我就放心了。

王铁栓就这样在大队林场住了下来。王根牢原先还以为铁栓来驻队抓点，但几个月过去了也不见父亲回商州城的林业站去，也不见单位的人来看望他。有一天雪云和春正一块来林场，给铁栓送来棉衣棉裤，根牢追问几次后春正才告诉了真实情况，根牢听了感到这太不公平了，就问父亲为啥会这样，怎么会平白无故地说精简就精简，说下放就下放了。根牢见铁栓不回答，就跳起来说要找杨专员去，铁栓说不要找了，听说杨专员已经靠边站了，估计核桃和花鼓也上不成学了，剧团里荣华也唱不成戏了。根牢问这到底怎么了，铁栓说这个我也一时说不清，上面搞运动，下面就一哄而起，好在咱们这里的农业生产没停，在我看来有些事应该是在上层搞一搞，到基层就没必要了，现在下面跟风跟得太厉害了，层层加码，这不混乱都难啊，不管怎么样，咱们还是要把林场办好，把核桃树管好，这可是咱们村的半壁江山呢。根牢听了点点头，父子二人向春正保证联手办好林场，进一步扩大核桃树栽植，不断提高质量，增加收入。春正答应一不抽调林场的劳力，二是不平调林场收入，还按原办法林场搞的林粮间作套种的粮食蔬菜由林场自用和处理，林果收入归大队集体，林场的人员按同等劳力由大队统一记工分参加所在生产队的粮食分配和现金分配。根牢提出林场已经有八九名党员了，能不能成立个党支部，春正说不行，大队才是个支部，你们就成立个党小组吧，就由铁栓哥当组长，你们自个搞党员生活就行了。铁栓笑着说那我们成了世中桃源了。

王铁栓在根牢和雪云春正面前说的层层加码就会搞乱的话不久就应验了，那是一九六七的夏天，雪云和绪娃正坐在大核桃树下乘凉，郭荣华和核桃、花鼓娘仨提着大包一齐回家里来了。雪云说怎么还没有到放暑假你们两个就回家里了，不读书了吗？又问荣华最近在哪里演出，好几个月没见你们到咱公社演出了。郭荣华难为情地说，学校停课了，商州中学的高三学生都去串联去了，核桃和花鼓也要去，是她不放心孩子，从没出过远门，硬是劝住了。商山剧团解散了，整个剧团只留了三五个人，其余人都回原籍或投亲靠友了，荣华说完不由得流下了眼泪。

这真是件天大的事情了。铁栓被精简下放回来的事至今还瞒着李绪娃，如今核桃、花鼓和荣华三个人一齐回家了，并且当着老人家的面说开了，郭雪云十分担心李绪娃接受不了。看到荣华流眼泪，李绪娃终于开了口，她轻声说孙子媳妇，回来了就回来了，咱们婆孙三人就可以整天在一起了，就能合伙唱花鼓戏自乐了，还有核桃和花鼓，你妈不让你们出去是对的，学生娃就是读书学习呀，咋能外出瞎胡逛呢，回来了可不能把读书的事荒了，明天我给你舅爷说一声，核桃上高三了，就去咱村小学教书去，花鼓和荣华去大队的宣传队或三个村联办剧团唱戏也可以。郭雪云说先歇下，怎么办，我和铁栓根牢商量再说。

郭雪云一夜都没睡好，天快亮时她从炕上爬了起来，简单梳洗后在灶房摊了几张煎饼放在小竹篮子里就出门了。她要到大队林场去，一来是给铁栓和根牢送煎饼，二来要与他们父子俩商量一下两个不上学的孙子咋办，一个大小伙子一个大姑娘如果不上学坐在家里是不行的。昨晚上李绪娃提出要找郭春正，但雪云不想为家里的事再麻烦娘家兄弟，她知道郭春正现在也难。邻村的阶级斗争大批判比王家村搞得好，而王家村由于冷冷清清，为此公社就要给村上派工作队，被春正给顶回去了，村上为应付差事把两户地主分子拉到大队部的场子批判了几回，但春正说不准打骂，不准侮辱他们。

王家村大队林场离村子约五里多地，郭雪云急急忙忙地走着，时间不长就到场部的院子。这是一个有十间房的四合小院，院墙修得比较高，院子傍山、临沟、向阳。雪云推开院门进去，铁栓和根牢等人正在做早饭，准备吃过早饭要去挖荒地和鱼鳞坑。看到雪云一大早就急急匆匆地赶了过来，根牢马上迎上去接过雪云手中的竹篮，雪云也不多说径直走进铁栓一个人住的房间。林场民工都是三到四个人一间房子，只有铁栓是一个人住一间，郭雪云曾提出让铁栓和根牢住到一块，铁栓说不能让根牢搞特殊化，这间房子是林场专门给他这个蹲点干部住的。雪云一进门就拉下脸来，铁栓问怎么了，不高兴？雪云气喘吁吁地说荣华也被剧团下放了，特别是刚刚上高三的核桃和花鼓的学校停课了，一下子没事干了，要不是荣华硬拉着，两个孩子还疯着步行到外地搞什么大串联去了，你说熬煎不熬煎。铁栓听了低头想了一会儿说这个事我已经料到了，前几天我去大队部看报纸上说全国都在搞学生造反和串联，还好两个孩子没有外出。雪云说妈要我去找春正说一说，让核桃到村上的初小教书去，让花鼓到大剧团或村上的宣传队去，我不想再麻烦春正了，他现在也很难。铁栓说这就对了，咱不能啥事都寻春正，何况估计村里的小学也快停课了，两个孩子正是读书和长身体的时候，我看就让核桃到林场来当义工，也不记工分参与分粮分钱，过一段时间再看，花鼓在家待一段时间再说，荣华的事下来再商量，大不了跟你一块参加劳动记工分算了。雪云和根牢听了都说只好这样了。

第二天铁栓就去大队部给郭春正谈了自己的想法。春正说行，就这样办，如果学校一时半会开不了课，林场就给核桃记工分，按林场的民工一样对待，等过一段时间让荣华到大队宣传队，她的名气大，搞文艺宣传肯定没问题，也记工分，别人也没啥可说，只是苦轻一些。铁栓说那就让荣华把花鼓带上，先不给花鼓记工分，权当是锻炼娃娃，春正说行，那就给荣华每天记七分工，给花鼓记三分工，两个抵一个十分劳力。铁栓说这就麻烦兄弟你了，春正笑着说没啥，这叫内不避亲，咱光明磊落怕个啥。春正还告诉铁栓，社会上搞什么“文化大革命”，他想不管咋搞，现在新中国成立十几年了，中央不是一直讲要抓工农业生产吗？咱农民就抓住农业生产不放松总不会错，只要我当一天支书，我就除了抓好党员学习教育做好带头示范，就专门抓农业生产，到啥时候也错不了。铁栓说运动还要搞，但要注意方式，不能层层加码一哄而起。春正说咱俩想到一块去了，县上和公社开会讲抓阶级斗争，我就让民兵把村上的两户地主分子拉到地头批判批判，天下雨没事干就让地主分子冒雨担沙给村道垫路，但我从来不准民兵体罚他们，再说他们新中国成立后也没干什么坏事，改造改造就是了。还有我让民兵晚上加强了村里和大田的巡逻，专抓小偷小摸，抓住了开个批判会，让他们丢人现眼再不敢偷偷摸摸就行了，你看咱们村现在为啥夜不闭户道不拾遗呢，就是抓阶级斗争了嘛。郭春正洋洋洒洒，滔滔不绝。

“好，那就谢谢老弟了。”王铁栓对郭春正说句谢谢之后快步走向自己的家。

核桃和花鼓两个正在家陪祖奶奶李绪娃叙话。雪云已经知道铁栓去找娘家弟弟春正了，她知道铁栓和春正的秉性，既讲原则又讲亲情，但原则永远是第一位的。雪云估计铁栓快回家了，就让核桃和花鼓陪祖奶奶到堂屋说话，大家刚刚坐下铁栓就回来了，看到核桃和花鼓陪老太太高高兴兴地说着话，铁栓立即放下心来。

“铁栓，听说你去找春正支书了？”绪娃开口就问。

“是的。核桃和花鼓的事情都说好了，让核桃到我们大队林场，花鼓和荣华到大队宣传队，一边劳动一边唱歌唱戏还挣工分呢。”铁栓回答。

“咋不让核桃到小学教书呢，我舍不得让重孙子到林场受苦呀！”绪娃对此有意见。

“老妈，你是不知道情况，咱村的小学不缺教师，再说回来这小学恐怕也快停课了，核桃咋能去呢？我想让核桃到大队林场去，一来是参加劳动锻炼，二来是让娃把课本带上自学，他可是目前咱家唯一的一个男高中生。”铁栓耐心地解释。

“行，但不能让娃出大力，孩子还小呀！”绪娃叮咛。

“你放心，苦活累活我和根牢等人干，叫娃干些帮忙修剪树枝、喷药粉、刷石灰等轻活就行了，一旦商中恢复上学了立马让核桃上学去。”铁栓拍拍胸脯说。

“要不要把花鼓也带上。”核桃试探着说。

“花鼓就不去了，林场清一色男人，女娃去不合适。”铁栓一口拒绝。

核桃见爷爷一口拒绝，心里有些不愿意，但他又不肯也不敢硬顶。他就是一个不善言辞的人，他最大的特点就是做事认真，总爱刨根问底，所以他的数学、物理、化学三门课的成绩几乎每次考试都是第一名。他之所以这样说只是为了能与花鼓一起进行自学，爷爷这样一说他也不再言语了。

就这样，核桃第二天到王家村林场去干活了，去的时候他背着书包，书包里有他的课本和作业本，爷爷王铁栓说了，不用带被褥，爷孙两合铺就是了，碗筷林场有。

王核桃来到林场，原以为就像爷爷讲的修剪树枝、喷药粉、刷石灰，谁知到了之后爷爷王铁栓让他随大伙一块儿到坡上挖鱼鳞坑。铁栓把一把镢头递给核桃，说是双手握紧镢把一下一下地挖，铁栓还讲挖鱼鳞坑的标准是方方三尺，铁栓还风趣地说鱼鳞坑的标准用顺口溜来说就是两个老汉，蹴在坑里抽烟，只见冒烟，不见老汉，达到这个标准，鱼鳞坑就挖成了。说到这里，铁栓叫上另一个老头子，二人跳进前几天挖好的鱼鳞坑里一边抽烟一边问核桃能不能看见他们两个老汉，是不是只见冒烟不见老汉。核桃感到很震惊，站在不远处喊冒烟了，没看见老汉。铁栓从大坑中出来，认真地对核桃说这就叫标准，你还年轻两天挖一个坑就行了。核桃说没问题，说完就挥舞镢头挖了起来。

后来核桃才知道爷爷和其他林场农民工一样，一天挖两个鱼鳞坑，只让他两天挖一个并且都是土比较厚和松软的地方，是在照顾他，不想让他太累了。爷爷要他每天晚上自习一个多钟头，即自己学习高三的课本，爷爷还让村上的一个赋闲在家的老牌大学生给他改作业和做课外辅导，不知不觉一年过去了，他也学完了高三的课程。核桃还抽空回家给花鼓布置作业，花鼓也基本上同时完成了高三的课程。看到他们两个亲亲密密的样子，荣华心中暗想等这两个孩子过了20岁，就给他们把婚事办了。

王铁栓和王根牢等一干人在王家村林场一步一步地干着，他们对整个林场的每一面山坡，每一个沟岔，都进行了认真地勘查，随着核桃的加入，爷孙三人商量用等高线法沿坡势进行画线定点，所以后来挖的鱼鳞坑排列整齐且通风透光。他们还根据不同纬度确定适生的树木种类，使整个林场井然有序，各种林杂果成片成林，尤其是林场的核桃生产规模大、产量高、质量好，为此县上准备在他们这里开核桃生产现场会进行推广。但就在他们高高兴兴地准备现场会的时候，郭春正急急匆匆来到林场，说是县上林业站来人传话了，有人反映当年王铁栓为了加快核桃收购完成任务，临时提价，造成了供销社的损失，要按贪污论处。农林局的造反派准备在现场会上散发传单，并要求县上在现场会上就地召开批判大会，让王铁栓交代小农经济思想和贪污问题。铁栓听了很气愤，大声说是给老百姓提了价，又不是本人拿了钱了，凭啥说我贪污了，这不是欲加之罪，何患无辞吗？根牢也很生气，把铁锨一扔说真不讲理了，当年是我和郭茂盛出的主意，要批斗就批斗吧，我去把茂盛叫来让批斗我们。郭春正说不是你想怎么就怎么的事，如今城里一些造反组织很不像话，县长专员都奈何不得，我看还是不开这个现场会了，我去给公社书记说一下，让他去县上把现场会推出去算了。铁栓听了果断地说不能这样办，现场会还是要开，如今他们要批斗还是批判我，我不怕，我现在已是农民了，他们能把我怎么样，还能把我们地球球籍开除了不成？虽然现在整个社会上闹“文化大革命”，但咱们的农业生产不能停，种地栽核桃树不能停，其他公社大队的人能到咱们这里开现场会，就说明咱们干得好。春正说那行，但你要有思想准备，到时候，我让大队民兵连派些人保护现场，只要不出乱子就行。几个人商量之后就各干其事去了。

全县核桃生产现场会如期在王家庄召开了，参会的有各公社负责人和重点村支部书记或林场场长，郭春正在现场会上做了情况介绍，根牢带与会者参观了王家村林场苗圃、松林、杏林、桃林、核桃林以及新挖的鱼鳞坑，介绍了林场如何对不同林木的管护、防虫、修枝等。与会者一致认为王家村林场具有很强的典型性和示范性，表示要认真学习，取长补短。县上一名副县长讲了话，除对王家村林场高度评价外，对怎样推广王家村林场经验提出了因地制宜、兴林抓牧的策略，特别提出扩大核桃种植，增加农民收入的要求。副县长还专门口头表扬了王根牢心系林场打造品牌的先进事迹，但没提王铁栓，因为村支书郭春正给公社书记讲了农林局有人要批判或批斗王铁栓的事情，公社书记提前给副县长谈了，副县长说为了保护老同志就不在会上点名表扬王铁栓了。

现场会开得很成功，郭春正让村民兵连长给农林局来的几个人打了招呼，严厉地说不准破坏现场会，否则民兵就敢动武，来人没有在会上发难，王铁栓对这几个熟人也热情地打招呼，但会议刚一结束，有两个昔日的同事，找到郭春正要求召集村上的社员召开大会，说是根据局里要求，要对王铁栓进行群众大会批判，让其交代小农经济思想错误。郭春正听了不以为然，他故意哈哈大笑，说王铁栓在林场表现很老实，他本身就是个善于务核桃的农民，还什么小农大农思想哩，并硬推软磨说社员都到地里干活去了，召集不起来，请二位回去吧，等农闲了他专门组织社员大会批判王铁栓，到时专门请二位来指导，来人缠不过郭春正，只好怏怏地回去了。

郭雪云原先从郭春正那里听到县农林局可能派人到现场会批判王铁栓的事，她想了想就和根牢商议把核桃和花鼓派到邻村一个远房亲戚那里去帮忙，他们不想让两个还是学生的孩子看到爷爷被批判的情景。后来郭春正谈到他如何与来人周旋最终巧妙地推辞掉了批判会的事，雪云和根牢都说春正机智，春正说这叫对啥人说啥话，啥人有啥人拿法，也叫灵活机动。

时光飞逝，王家村的人仍然坚持日出而作日落而息的按部就班的生活。林场一天天扩大，核桃树也越栽越多，一些黄斑土的山坡上种上了刺槐，几年过去了，刺槐成了解决村民做饭的主要燃料。用铁栓和根牢的话说就是这些刺槐解决了群众的烧柴做饭问题，以核桃为主的林杂果则增加了村民的经济收入。

李绪娃觉得自己的身体越来越不如以前了，先是眼睛看东西不大清楚了，总是有些模模糊糊的，再是耳朵也听不清声音了，总觉得耳朵背了。但她的双手还算灵活，一个人在家摸索着，手里仍然不离那两枚野核桃，用她的话说她死后一定要把这两枚核桃放在头底下。她的脑子还灵光，整天说让尽快给核桃和花鼓成亲，她要等他们生了娃娃，才放心地去天堂。

其实在核桃和花鼓的心里都有一种超乎兄妹之情的东西时不时地跳了出来。随着年龄的增长，他们都明白这就是青梅竹马、两小无猜的情愫。但他们都很理智，虽然各自心中的理想男人和女人就是对方，但又不敢往这方面想，因为他们是兄妹关系。虽然他们小时候在一起捏泥人，一起玩核桃丢窝的游戏，一块滚铁环，在商州中学读书时他们一起早读和晚自习，一块去丹江河畔的卧牛石上观看游鱼，一块去莲湖公园看荷花，在家里时一块打核桃，一块去核桃的青皮且都把手染黑了不经意抹成了花脸又去为对方擦洗，但又保持着农村其他家兄妹一样的情景，哥是哥，妹是妹，不能有特别的举动。

村子里的大娘大婶看到核桃和花鼓出双入对的样子，都暗暗夸他们真是天作之合的一对。但由于根牢夫妇为了不让花鼓心里有一星半点是收养的孩子的阴影，一直对外说是自己生的，久而久之人们也还真以为他们二人是亲兄妹了。

自从上面要求复课闹革命之后，核桃和花鼓在商州中学取得了高中毕业证书，由于高等学校还未完全恢复，接着又搞推荐上大学。根牢原来打算把话说明了，让核桃和花鼓结婚算了，但他刚一提说要给核桃和花鼓提亲，他们都说年纪还轻，等上完大学再说。原来核桃和花鼓还以为根牢说的是分别给核桃找媳妇，给花鼓找婆家，所以他们异口同声说等上完大学再说，也怪根牢没有挑明，因此这事核桃和花鼓以要上大学为借口给搪塞过去了。

核桃和花鼓想上大学，但一直难以如愿。转眼到了一九七五年，县上给公社分配了一名推荐上大学的名额，郭春正带着根牢和花鼓到公社去找了书记和革委会主任，书记和主任说核桃和花鼓都够条件，既是高中生，又是种植核桃先进和宣传队的文艺骨干，但只能去一个人。春正问核桃和花鼓你们谁去上大学？核桃说让花鼓去，花鼓说让核桃去。公社书记和革委会主任连夸这兄妹俩真懂事，春正说那他这个当老舅的就给定了，让核桃去，王家四代单传，终于出了个大学生了，春正还笑着说他儿子没上高中，不然他是会竭力推荐自己的儿子的。公社书记笑着说王支书还真坦荡，难怪王家庄的党员一致要你连任村支书。

核桃和花鼓很高兴，没料到上大学的事就这样轻轻松松地搞定了。在从公社回家的路上花鼓问核桃喜欢上哪类大学，核桃脱口而出当然是西北农学院，咱们是农民娃，就上农业大学，我还想和咱爸咱爷那样，一辈子搞核桃种植和研究。花鼓说如果让我上大学，我就上音乐学院，或戏剧学院，当然戏剧学院最好，我想跟咱妈和奶奶祖奶奶一样唱花鼓戏。核桃说花鼓是地方小戏，恐怕戏剧学院没这一专业，花鼓说触类旁通嘛，这不是经常吊在嘴上的一句话，怎么就忘了。核桃说要不要我去给老舅说一声，还是让你去，花鼓说定了就定了，我心甘情愿留在家里，只盼望你上了大学不要忘了妹子就行了。核桃立马要发誓，花鼓马上捂住核桃的嘴，说坚决不准说不吉利的话。花鼓还情不自禁地说妹子一定等哥哥学成归来，核桃也深情地说为了妹子我一定下定决心，不怕吃苦，排除万难读完大学。

听说重孙子王核桃被推荐去上大学，李绪娃高兴万分，她立即把王铁栓、王根牢、郭雪云、郭荣华等人叫到堂屋商议尽快给核桃和花鼓完婚。雪云说这件事一直没有向核桃和花鼓挑明，看来真是时候了，荣华也表示赞成。铁栓和根牢说这核桃要去上大学，起码要上三四年，如果上学后发生了变化怎么办？雪云和荣华都说核桃不会变心的，也不敢变心，如果结了婚生个小孩就更保险了。荣华说这两个娃从小一起长大，我看他们是情投意合的，只要不让他们感到突然就行了，要说她还真舍不得把花鼓嫁出去呢，于是事情就商定了。

大人们把核桃和花鼓的婚姻大事确定了，就等着对他们两个公布了。对于这件事核桃和花鼓以前都有所耳闻，村上的邻居们在他们身后指指点点的，他们也隐隐约约听到了一些，但他们都不相信，虽然他们心中都仰慕对方，但上过高中的他们都知道亲兄妹是绝对不能结婚的。

李绪娃和铁栓及根牢再次商议之后决定由老人家召集全家人，正式宣布给核桃和花鼓择日成亲。当把大家叫到堂屋时李绪娃睁着有些混浊的眼睛看了看这两个年轻人，越看越认为真是天作之合，用老先人说的郎才女貌来形容这两个娃娃真乃恰当不过，何况花鼓也是高中生，按说让她去上大学也一点不差。绪娃坐在堂屋老核桃木八仙桌旁的核桃木太师椅上，高兴得情不自禁地说："核桃、花鼓你们听着，经我们这些长辈商量，在核桃上大学之前，把你们的婚事办了，你们不要惊奇，也不要难为情，今天就实话实说花鼓不是核桃的亲妹妹，是根牢和荣华在一棵大核桃树下捡来的。"

"不会吧，怎么是这样的呢？"核桃和花鼓听了都张大了嘴巴，这个消息既让他们震惊，又让他们惊喜。

"根牢、荣华你们把当时的事情说说清楚，不然还当我老糊涂了。"绪娃笑吟吟地说。

根牢和荣华听了，马上将当年在白浪巧遇弃婴的事原原本本说了一遍，但他们都没有说女婴遭遇野狼的事，只说是兵荒马乱，花鼓的父母因被土匪追赶匆忙之中把她放在核桃树下的。同时根牢夫妇都说在核桃树下的包裹里，花鼓手里恰巧拿着一颗花菇，所以就取名花菇，后来由于祖奶奶、奶奶和妈妈都喜欢唱花鼓戏，就直接改叫成花鼓了。而核桃的名字也是因为当时他手中拿着一颗从核桃树上掉落下来的核桃，加之曾祖父和爷爷爸爸都爱种植核桃，就取了核桃这个名字。看来如今是兑现当时收养花鼓时我们许下的心愿了。荣华还高兴地说也可能是我把心思全用到你们两个身上了，老人们一直想让我再给你们生个弟弟或妹妹，但都没有成，说明我们永远都不分开呀，我永远都是你们的妈妈哟。花鼓听了脸红红的有些羞怯地说："那我还能把核桃叫哥哥吗？"根牢说："当然了，核桃比你大一岁，永远是你哥哥，你永远是我们的女儿。"

核桃此时只觉得幸福来得还真有些突然，要上大学了，又要和心爱的花鼓结婚了，以前不敢想却十分渴望的梦想即将变成现实，他高兴地向祖奶奶等几人磕了个头，拉着花鼓向王郭两家位于村中间的祠堂跑去。

王家和郭家祠堂在王家庄正中间，是一个有五间正房的大院子。坐南向北的五间上房建在院子的南边，院子内三面盖了房子而北面是祠堂的正门了。从正门进了院子，远远望去供奉王郭两家祖先牌位的五间祠堂门，实际上是五块大大的雕花格子窗门，原先这里面供奉的是王郭两家的祖先牌位，祠堂中间用能挪动的木格子隔了起来，由于王郭两姓有通婚的习惯，所以清明节时后辈们先敬祭自己的祖先，再敬祭各自的外祖家。也正因为如此，原先的祖庙是分开的，为了体现世代和好和通婚的血亲关系，经两族族长倡议才将祠堂修在了一起。在中华人民共和国成立前每年的清明节，王郭两姓祭祀时只允许男性入内，女性只是远远观看。后来破四旧了，各家祖先牌位被德高望重的族人收留保管，这个祠堂就成了如今的大队办公室了，高高在上的祠堂也成了大队成立不久的剧团的戏台子，两边的厢房也成了大队的库房。里面放着大队和宣传队的锣鼓家什，还有一些农机具等杂物。

大队部的正房既是大队会议室，又是三个村子联办剧团，当地叫大剧团的演出时的戏台子。平时戏台子上是由三块各七八尺的木格子隔着，唱戏时拉开这些能装卸的木格子就成了戏台子了。五间戏台子正好是三大间作演出，两边各一间坐着文武场面和拉幕帐及后台帮忙的人员，用现代话说一边是乐池，一边是剧务人员。

核桃和花鼓一块坐在祠堂厢房的台阶上，只开始他们是紧挨着坐着的，坐了一会儿花鼓突然觉得有些别扭，平时兄妹两个出双入对或头抵着头坐在一起也觉得没有什么，今天不知怎么了却别扭起来。花鼓的脸绯红绯红的，心跳也觉得加快了许多。再看核桃时也脸红红的，呼吸也急促起来。

核桃："妹妹，你说这隐隐约约的传言咋立马就成了真的了，咱们还真的不是亲兄妹。"

花鼓："哥哥，我也感到很突然，一直盼望传言是真的，如今果然是真的，还真有些不相信呢。"

核桃："哥哥一直既把你当妹妹，也一直把你作为将来寻找媳妇的标准，看来我的梦想成真了。"

花鼓："我也一直把哥哥当成今后选择丈夫的标准，如今真是喜出望外，如在梦中。"

说完这些话，核桃伸手拉住花鼓的手，花鼓羞怯地向核桃身旁靠了靠，一时间他们无语了，一块沉浸在美好的回忆之中。

他们回忆到幼年时一块跟在父母身后捡核桃，一块在院子房檐下玩丢核桃的游戏，核桃总是丢窝丢得很准很多，还总是不忘把赢到的核桃分给花鼓一大部分。

他们清楚地回忆到少年时核桃总是爱爬上高高的核桃树为花鼓捉正在高声吟唱的知了，而花鼓总是用童声童音给核桃唱刚刚从奶奶、祖奶奶和妈妈那里断断续续学来的花鼓戏。

他们还清晰地回忆起幼时一块与邻居小朋友过家家，而他们兄妹俩总是扮小夫妻，引得同伴们大声嬉笑追逐。还有一次另一个男孩要让花鼓扮他的媳妇，核桃还伸手打了这个男孩，根牢爸爸知道后狠狠批评了核桃，并吓唬他说坚决不准和小朋友打架。

他们还清晰地回忆到从小学到高中他们都同坐一张桌子，其他同学的桌子中间都用小刀刻下一条叫三八线的红线，而他们从来不刻。因为他们是兄妹，很亲近，不用避嫌，而他们的学习成绩一直在班上数一数二。

他们清晰地回忆到一块在清澈的丹江河里捉鱼；在丹江岸旁茂密的芦苇荡里掏鸟窝抓知了；一块到丹江北岸的专区农校看电影；手拉手一块晃晃悠悠地走过丹江上的木板桥的情景。

他们更清晰地回忆到这几年从商州中学回家后不忘学业自学高中课程的情景。同时核桃越来越喜欢祖辈代代相传的种植核桃，花鼓越来越喜欢祖奶奶、奶奶、妈妈等代代相传的花鼓戏且学得真传，已多次登上戏台演唱自编的花鼓小戏……

他们想象着，追忆着，直到夜幕降临，繁星满天。

“花鼓妹子，我坚信我一定能上大学，学好林果专业，学成回来还搞核桃产业，把咱们这个地方特产核桃产业做强做大，为咱们这里的每户人家增加收入，过上好日子努力加油。”核桃激动地把花鼓拉到胸前。

“哥哥，我相信你能学成，如果明年还有推荐名额我也争取一下，如果不行，我非把花鼓戏学好唱好不可。我也坚信经过我和一大批花鼓爱好者的不懈努力，商山花鼓这个地方小戏一定能够大放异彩。”花鼓双手抱住核桃也信心百倍地说。

“那你就给哥哥唱一段临时编的专门为哥哥上大学的花鼓小戏如何？”核桃低头吻了吻花鼓芳香的发丝说。

“好，你稍等一下，我要想一想再给你唱。”花鼓松开抱着核桃的双手，伫立沉思一会儿后认真地唱道：

哥哥就要上大学，
妹妹在家干杂活。
你上大学要学好，

我在家里务核桃。
哥是妹的铁保镖，
妹是哥的小棉袄。
哥要学成回家乡，
核桃花鼓真幸福。

花鼓唱罢，静静地看着核桃。

核桃还陶醉在花鼓那甜甜的歌唱之中。

“哥哥，你怎么不说话了，我唱得好不好？”花鼓轻轻推了一下核桃。

“真好听，特别是最后一句核桃花鼓真幸福真是耐人寻味，妹子你是说待我学成归来，咱们家乡的核桃肯定是大发展了，花鼓戏是越来越繁荣了，你这么一说我还真有些舍不得走了，就想跟大家一块儿努力干一场，把咱们商山这两大传统宝物发扬光大呢。”核桃再次把花鼓搂抱在胸前……

当核桃和花鼓回到家里时，根牢和荣华已经帮着雪云做好一桌只有过年才能吃到的好菜，而年已 79 岁的李绪娃和刚刚到商州探望亲姐的李木林已坐在核桃木方桌旁了。郭春正也到根牢家帮忙招呼李木林来了。大家兴高采烈地说着核桃和花鼓的婚事，又为核桃能被推荐上大学而高兴。

由于从来没有像刚才在王郭祠堂那样春情荡漾过，核桃和花鼓进到屋内时满脸通红。根牢和荣华知道他们两个虽然青梅竹马，两小无猜，而一旦从兄妹变成了恋人肯定多少有些难为情，当然他们无法知道其实那两个年轻人已经打开心结情投意合了，看着二人红着脸越发觉得真是郎才女貌天生的一对。

“祖舅爷好，舅爷好！”核桃和花鼓一齐向李木林和郭春正问好。

“我说怎么搞的我家院子的千年老核桃树今年突然枝繁叶茂挂果很多，原来是有大喜事呀，核桃可是咱们亲戚里第一个上大学的呀，值得庆贺，值得庆贺。”李木林欣喜地说。

“核桃能被推荐上大学还真亏了舅舅给帮忙。”根牢和荣华由衷地对郭春正表示感谢。

“我说铁栓和根牢你们父子还真行，下午到你们大队林场看了一下，可以说是这山顶上戴帽，半山果树林带缠腰，近处瓜果间套，看来你们真是革命生产两不误呀！”李木林虽然也70多岁了，但身板硬朗，声若洪钟地赞赏道。

“这些都是我们应该做的呀，咱们共产党带领农民闹革命不就是为了耕者有其田吗？如今虽说是三级所有队为基础，但如果大家不齐心协力也就什么事情都干不成，好在我们大队有春正一直当支书，这农业林业生产也一直没耽搁，民兵训练和修大寨田一样都没有落后。”王铁栓心悦诚服地夸奖着郭春正。

郭春正见大家夸奖他，他也不多说话只是点点头，算是默认了。雪云插话说：“听村上走亲戚的人说，舅舅那里种核桃修梯田也搞得很红火，还被专区表扬了呢。”李木林听了接话：“我也当了十多年支书，咱们那里的人就认民以食为天这个死理，少数年轻人跟着起哄写大字报，也就是把那几个阶级成分不好的拉出来斗了斗，县城稍凶些，乡下就清淡多了，基本上是该干啥还干啥，一天两晌干农活，三顿饭后睡大觉。就这么过来了。”

李绪娃见他们几个聊得热闹，让雪云和荣华快招呼大家喝酒吃菜，说是难得凑到一起。李木林也说都七老八十的人了，聚一次少一次了，今后就看核桃和花鼓这一代人了，根牢和荣华笑言我们还正当年哩。

核桃和花鼓按几位长辈的辈分分别给他们敬酒，根牢解释说这酒是刚刚从公社供销社的大酒缸里打的，虽然是散酒，但是从一个刚开封的大缸上面舀的，酒和油一样，漂在最上面的都是精华，劲大，味香，纯正。李木林和郭春正以及铁栓、根牢几个男人喝了几下都说这酒不错，就是劲太大了。高兴之余李木林问李绪娃准备啥时候给核桃和花鼓办喜事呀，绪娃耳朵有些背，木林又大声说了一遍。绪娃挥了手让大家静下来，只见她正了正身子，一本正经地说："择日不如撞日，我看就大后天吧，正是阴历的十九，人常说三六九往上走，咱们核桃、花鼓就是走的上坡路，咱们家也是要越来越兴旺红火。"大家听了都说好，核桃和花鼓更是高兴万分，接着又不停地给几位长辈敬酒并连说祝各位老人家九（酒）九（酒）长寿。

王家说办就办，第二天，王铁栓就吩咐王根牢分别请了王郭两姓中居于舅家的亲戚，还有老表姨家的主要亲戚。由于当时物质条件还不好，核桃和花鼓的新房布置得很简单，铁栓把他和雪云住的房腾了出来，原因是他们房子炕大，是双人炕。李绪娃人老心里明，早在去年就让人在灶房隔墙里盘了个小火炕，说是连锅炕冬天睡暖和，她坚持让铁栓和雪云住她那一间房子，雪云说让根牢和荣华住，她暂时住林场原来铁栓那间房子。邻居说让住他们家，春正知道了急忙跑过来说让他姐雪云和姐夫铁栓暂住他家的一间空房子，并说等核桃和花鼓结婚后在上房旁加盖一大间房子就行了。核桃和花鼓见大家忙里忙外，他们一块找父亲和爷爷，说是有炕有一床被子就行了。铁栓见两个孙子如此通情达理，诙谐地说再给买两个水壶一个洗脸盆，这就叫革命化的婚礼。

结婚的当晚，闹洞房的年轻小伙子们都走了，房间里只剩下核桃和花鼓，在红红的烛光映照下花鼓的脸红红的，让核桃惊讶的是花鼓的眼睛也红红的，脸蛋上还挂着几滴泪珠。核桃轻轻将花鼓拥入怀中关心地问道："花鼓妹妹，不，应该叫你媳妇或妻子，你怎么流泪了呢?"花鼓抬起头来，看着核桃，等了一会儿，轻声应道："哥，不，应该叫你丈夫，我是太高兴了，是感到太幸福了，在高兴之际，我突然非常想念我的亲生父母，尽管我不知道他们长得是什么样子，我却仍然十分想念他们，是他们给了我生命，我永远不会忘记是咱们根牢爸爸和荣华妈妈收留养育了我，还让我成了你的妻子，我一定要终生感恩他们，孝敬他们，还要与你相亲相爱一生一世。"

核桃轻轻抚摸着花鼓的脸，又轻轻吻了吻她带泪珠的脸蛋，深情地对花鼓说："这就是缘分呀，当年我父母抱着襁褓中的我遇到了在大核桃树下的你，一晃 20 多年过去了，我们从兄妹变成了夫妻，小时候过家家变成了现实，我想我那不知还在不在人世的岳父岳母应该放心了，咱们一定要和和美美、恩恩爱爱地过一辈子。"

"不，我想下辈子还和你做夫妻。"花鼓高兴地投进核桃怀里……

接下来的日子是焦急不安的等待。根牢带着核桃跟随郭春正去公社找过几次书记，书记说报到县上去了，估计马上就批下来了，让他们在家耐心等待，通知一到马上就派人送到家里来，绝不会耽搁了孩子上大学。全家人都相信书记的话，于是该干啥还干啥。花鼓每天把给核桃准备上大学的木箱子打开看一次，生怕遗忘了什么。

等待确实是一件非常让人焦急的事情。郭春正在铁栓督促之下又几次去公社找了书记，书记还是那句老话，快了，快了，耐心等待吧。还有几次春正去找书记，公社文书说书记请假回老家大荆看望年迈的父母了，郭春正只好转身回家，并很快告诉铁栓和根牢他去公社的情况。随着时间的推移，李绪娃一家在等待中有些疲惫了，但仍然在等待着。

终于有天春正打听到书记去了东沟大队的消息，他马不停蹄沿沟紧追二十里在东沟口见到书记。书记看到满头大汗的郭春正，立马脸色沉了下来。二人坐在沟旁的大石头上，春正给公社书记点上一支宝成牌香烟，这是当时公社一级干部能抽到的最好的香烟。书记猛吸了几口烟，吐出一口浓烟后站起来伸了伸懒腰，拉下脸告诉春正，核桃的大学上不成了，他也是前天下午得到消息的。书记说实在不好意思见春正的面，本来铁板钉钉子的事，谁知名额被调整了。郭春正追问名额调整到哪里去了？书记说不方便说，在春正再三追问下，书记说名额给区上徐书记的一个亲戚了。春正说没办法再调整一个名额了吗？书记说没办法了，入学通知已发到个人手上了，根本没有可能了。春正说这可怎么回话呀，书记说他也没办法，如果今后还有什么招工上大学的事，他一定记着给春正留一个名额，好让核桃去。俩人又说了一会话，郭春正就返回村上。

郭春正刚一回到家里，王铁栓就赶了过来。还未等铁栓张口，春正立即让铁栓坐下并轻声说道："姐夫，核桃的事黄啦，兄弟我没把此事办好，你打也行骂也行。"铁栓听了还以为春正开玩笑，春正板起脸一本正经地把他和公社书记的谈话讲了一遍。铁栓坐在凳子上半天没有说话，临走了他说知道了，怎么对核桃说由他和根牢给说，还说谢谢春正，你是尽了心的。春正听了连说这下他就放心了，如果核桃受不了这个打击，有个三长两短，他这个舅爷真成了罪人了。

王铁栓从郭春正家向自己家走着，心里盘算怎么向核桃解释这件事。这几年核桃在林场除了坚持自学高中课程，还借来一些大学的课本练习，看来这孩子真想读书深造哩，但如今眼巴巴地等着大学通知书，谁知却被人顶替了。铁栓暗想核桃知道了能不能承受得了这一残酷的现实和致命的打击，会不会从此一蹶不振消沉下去，就连他这个当亲爷爷的心中也没有底。

核桃和花鼓还沉浸在新婚的喜悦之中。以前他们是亲兄妹时出双入对毫无顾忌，如今成了真夫妻在大人面前反而拘谨起来，特别是花鼓见了祖奶奶等长辈人更是谦恭礼貌，让大家一时还感到不习惯，只好都夸奖花鼓知礼数，贤惠孝顺。

铁栓一进自家堂屋就看到母亲李绪娃如平常一样端坐在堂屋的八仙桌旁把玩那一对不离手的油光发亮的野山核桃。他让雪云把根牢荣华以及核桃花鼓叫到堂屋来，他有要紧事情给大家讲。铁栓这样安排是他从春正家往回走时就考虑好了，长痛不如短痛，当着大家的面说开了，大家都明白了，就释怀了，也好让全家人都不背包袱，一心一意各干各的事。

一家人又一次聚在堂屋了。王铁栓声音略显沉闷地说："告诉大家一个不好的消息，核桃上大学的事吹了。一是请大家不要生气，二是要振作起来，世事大得很，咱们要向前看。世上的路很多，条条大路通北京，不上大学了咱们能干的事还多呢。"铁栓说完看着一家人。

李绪娃虽然耳朵背一些，但也听清了，立马问铁栓："谁把咱娃给顶了，我去找他狗日的。"

郭雪云和郭荣华、王根牢也一齐问："不是说好了吗，怎么说吹就吹了，说黄就黄了呢？"

花鼓听到铁栓说核桃上大学的事吹了，立即惊讶地睁大了眼睛，半天说不出话来。

只有核桃冷静得出奇。只见他从柜子上拿起竹皮保温水壶给祖奶奶、爷爷奶奶和父亲母亲各倒了一小碗开水，又给惊慌失措的花鼓倒了一碗，接着给自己倒了一碗滚烫的开水并吹着凉气喝下一口，眉头也不皱一下地说："祖奶奶，爷爷奶奶，父亲母亲，还有花鼓，你们不要伤心，其实这件事我早已有预感，这么多天过去了还没有接到通知，不就说明这件事情吹了吗。说实在话我是一心想上大学，想专门学林果专业，想一辈子研究核桃，促进核桃产业开发发展，造福商山民众。如今上大学的事吹了，但咱们大队的林场还在，咱们四乡八邻零星的、成片成林的核桃树还在，这就是我的用武之地，有位伟人说实践出真知，我相信这一点。请你们放心，我从咱村上当过大学老师的王老师那里借来了高等数学，还有不少林果专业的书籍，准备自学大学课程，同时坚持在林场继续研究核桃，一定要学出、干出一点名堂来。”

“对，我相信你能干出名堂来，你不上大学了，咱们还能天天在一起哩。”花鼓一扫愁容，竟然不顾害羞当着几位长辈人的面忘情地在核桃的脸上亲了又亲。

“难得你这样想得开，只是太委屈你了。”铁栓和雪云以及根牢、荣华一齐说。

“爷爷你放心，你经常说人要受得了委屈，经得起磨难，经得起风雨，方能成长，这话孙子牢牢记着。李太白不是说天生我材必有用吗，我要好好干，好好学，做个对社会、对家庭都有用的人。”核桃再次表示自己不会纠结没上大学这件事，而是要顽强拼搏，绝不后退。一家人见核桃如此深明道理，也就放心地各干其事了。

当天晚上核桃和花鼓夫妻两个睡在新婚的大炕上，花鼓摸了摸核桃健壮的胸脯问：“今上午你说得那样轻轻松松的，难道你真的想通了，这上大学的机会可是千载难逢的呀，也是你梦寐以求的事，你怎么说放下就放下了？”核桃把手绕在花鼓的腰上轻轻地拍了拍，又亲了亲花鼓的脸蛋说道：“上不成大学我已有预感，也就是书上说的心理准备。你看祖奶奶已80岁了，爷爷奶奶也年过花甲，爸爸妈妈虽然年纪不大，但不能让他们为此事伤心费神，咱们还年轻，今后的路还长，我坚信心中有希望，就一定会东方不亮西方亮，黑夜过去就会有阳光。我这样做既是给老人们宽心，也是给自己打气，如果咱们从此一蹶不振，那才是没出息的表现呢。”花鼓听了心里释然了，她又把身子向核桃靠了靠说：“这才是你的真心话，要我说既想让你去上大学，又舍不得、离不开你。这样也好，你搞你的自学和核桃栽植研究，我除了干农活挣工分，还要整理花鼓戏的精髓，搞好历史传承，不然咱祖奶奶这个花鼓戏魂不在了还寻不到这样的人呢，还有咱妈妈教了我不少现代花鼓戏唱腔唱法，我正积极探索把传统和现代整合，让其传承下去哩。”核桃听了让花鼓把头枕到他的胸脯上，又拍了拍花鼓的后背说：“不知陶有善大叔和钱小英姨现在怎么样了，改天你找一下他们，一块学习交流，人家可喜欢你了，要认你作干女儿呢。”花鼓轻轻抚摸着核桃的肚皮说她想尽快给核桃生个小核桃，核桃说那咱们就共同努力吧……

人说商州地方邪，说鳖就来蛇。前一天晚上核桃和花鼓在炕上闲聊说到陶有善钱小英夫妇，第二天中午时分陶有善、钱小英夫妇就风尘仆仆地从老家赶到核桃家里来了。进了院子看到门上的对联，方知道肯定是核桃和花鼓结婚了，所以一进堂屋看到根牢和荣华都在，立即连说恭喜了。根牢也客气地说因时间紧没来得及请二位，还望见谅。钱小英笑着说没什么，要怪就怪我们没有正式把花鼓收为干女儿，不然怎么说也该过来庆贺的。

核桃和花鼓从自己的房间走了出来，花鼓赶忙走上前拉住钱小英的手说是正准备抽时间向姨请教唱花鼓戏的事，你就来家里了。钱小英看着越发漂亮的花鼓，立即从口袋掏出五元钱说这是姨的一点意思，算是祝贺你们新婚之喜了。花鼓还要推辞，钱小英强行将钱装到花鼓口袋里，并说这个干女儿是收定了，就算是干娘给的。花鼓听了心里一热，自己从来没见过亲生母亲，一直把荣华当妈妈，如今妈妈成了婆婆，但她心里还是把荣华当作亲生妈妈。漂亮的钱小英要认她作干女儿，可以说从天上掉下来一个妈妈，因此她很高兴，立即开口亲热地叫了声“妈妈”。钱小英听了笑得流出了眼泪，也高高兴兴地说“女儿呀，从今后我就是你的娘家妈”，说完与花鼓拥抱在一起。

看到花鼓与钱小英亲亲热热的样子，核桃心里敞亮了许多。在他看来荣华妈妈一直非常疼爱花鼓，甚至在许多地方超过了对亲生儿子的疼爱。也正因为如此，乡邻们一直把花鼓当作核桃的亲妹妹，而核桃也一直把花鼓当作亲妹妹的。如今角色转变了，他怕花鼓突然间转不过弯，加上他上大学的事情吹了，花鼓肯定心里难过，如今认钱小英作了干妈，也是对花鼓莫大的慰藉。想到这里，核桃笑着说这下好了，花鼓喜欢唱花鼓戏，有两个妈妈都是花鼓戏的戏骨戏魂，再加上陶叔叔这个吹拉弹唱样样精通的干爸，花鼓肯定有出息了。

“我们对亲女儿哪有不倾心教授的，花鼓女儿，我们告诉你，这几年我和你干爸利用业余时间走村串乡收集了不少流行于咱们这一带的花鼓戏唱腔唱调和戏词，已经整理了几本子了，改天咱们和你荣华妈妈，还有你奶奶、祖奶奶几个再切磋切磋，咱们千万不能让商山花鼓失传呀。”钱小英深情地说，同时在花鼓的脸庞上疼爱地摸了摸。

“干妈、干爸，我正要向你们说哩，这几年我在我们三个村成立的大剧团学了不少花鼓戏，还学了些秦腔，前一段学唱革命样板戏，我还扮演了《红灯记》里的李铁梅，大家都说我学得快唱得好，不过我看咱们这四乡八邻还是喜欢听花鼓戏，特别是老一辈传下来的戏词和我们自编的花鼓戏，我爷爷说这叫抓革命促生产。这不，我妈和我借大剧团到各村演出之机也收集了不少流传在丹江两岸的花鼓戏腔调和戏文，我妈妈让我都记在本子上了，还没来得及认真归纳整理。”花鼓说完从一个小匣子取出两个平常从不示人的笔记本递给了钱小英。

钱小英接过笔记本快速地翻看着，看着看着就两眼放出惊奇的光亮，这花鼓不愧是高中生，本子里记的口述人姓名、时间，口述人的花鼓腔调格式及戏文清清楚楚，有些她也是第一次看到。她转手将本子递给陶有善，陶有善翻看了十几页，如获至宝，连说：“稀奇、稀罕，花鼓呀，你真是功德无量啊，你记得比我们记得详细周全，听说商山剧团近期要恢复了，我一定要让你妈妈把你带到剧团去，把你放在这村办大剧团太可惜了。”陶有善有些情不自禁，把花鼓记的笔记本抱在怀里深情地亲吻了起来。

就在陶有善和钱小英核桃花鼓几个愉快地探讨如何挖掘和发扬光大花鼓戏这一商山文化传统的时候，根牢和荣华从林场回家来了。这几天根牢在林场组织人员割青沤肥，荣华和郭雪云等人也去林场帮忙，王铁栓作为林场的党支部书记指挥人们干这干那，还计划把林区的防火带挖出来，以防冬天到了后发生火灾。郭雪云几次让铁栓回家住一段时间，铁栓总是说党和政府刚刚给他平了反，落实了政策，还补发了 5000 元的工资，他要继续把林场办好，并从 5000 元里拿出 3000 元购买了良种核桃和化肥。郭雪云见铁栓不愿回家住，就和根牢商量回家再给铁栓拿些换洗衣服。

荣华一见陶有善夫妇，立即高兴得与钱小英拥抱在一起。钱小英笑着说你们这一家真是幸福，告诉荣华自己把花鼓认成干女儿了。荣华听了连说那太好了，我们家花鼓有你作干妈真是有福了，你看这快十年了你还这么年轻漂亮，衣服永远都是穿的得体合适，你也真会打扮自己。钱小英笑着说：“咱没生一男半女，虽然也受了不少苦，却也怪了就是不显老。我还真羡慕你们，一儿一女的如今女儿成了儿媳妇，你看你还这样不胖不瘦，漂亮大方。”荣华见小英这样说立即接过话茬说：“如今是新社会了有儿女和没儿女差别不大，你认花鼓作干女儿我高兴，花鼓有两个妈妈是她的福气，咱们共同把花鼓再培养培养。”荣华又对小英说，“花鼓这孩子对花鼓戏是如痴如醉的，最近老是半夜三更地整理资料，唱腔也越来越有味了。”小英问荣华难道这近十年你闲着，把花鼓戏忘了不成？荣华说：“你咋样我就咋样，你看看虽然咱们整天风里来雨里去的，这不仍然细皮嫩肉的嘛，这就叫天生的样子改不了，你说咱们这些人怎么会把花鼓戏忘了呢，实话告诉你吧，这些年我在家里整天跟奶奶和婆婆生活在一起，还真正有意无意之间学了许多老先人口口相传的民间花鼓戏。咱女儿花鼓是高中生，记性好，文笔快，记了几本子了，将来肯定有用处。”钱小英听了使劲拉了一下陶有善的袖子，连说：“看来大家都没闲着，我听说商山剧团要逐步收回散落各地的演员，还要招收年轻的学员，咱们也快归队了，过两天我和有善就去城里打听打听，一旦有了准信，立马来叫你，我们还想把花鼓也推荐上去。荣华高兴地说那好，我就盼望这一天哩，不过花鼓刚结婚不久，老奶奶整天喊要五世同堂。花鼓要去剧团怀个娃不是办法。小英说看情况吧，反正说定了，一有消息，我第一时间就告诉你。”二人又叙了叙话，一块到后面准备做饭。

李绪娃今日起得比往日迟了许多，实际上她早就睡醒了。她想让核桃和花鼓多睡一会儿，年轻人瞌睡多，何况她的五代同堂梦要靠他们来圆哩。睡醒之后她故意在炕上多躺了好大一会儿，又在炕台上坐了半晌，这才穿戴整齐，一手拄着老核桃木拐杖，一手把玩着野核桃，一步一步走向堂屋。

看太奶奶走出来了，花鼓悄悄伸了一下舌头。花鼓对李绪娃既尊敬又特别喜欢。老奶奶平时很威严，但从不胡乱批评人，花鼓小的时候晚上总是睡在老奶奶的怀里，老奶奶口中唱着地道的商山花鼓戏，就像催眠曲，花鼓听着听着睡着了，老奶奶仍然还要唱一会儿，等花鼓睡实了才停下来。所以说花鼓从小就受老奶奶的熏陶，脑子里记了不少花鼓戏词，也得到老奶奶的真传。而李绪娃也越来越喜欢花鼓了，她一直想把花鼓嫁给核桃，怎奈雪云和荣华碍于面子不好说破花鼓的收养之事，说是怕伤了花鼓的心。现在好了，核桃和花鼓已正式成亲了，李绪娃的心也放下了，她还暗暗庆幸花鼓并没有因为身份问题伤心，却反而更加孝敬家里的长辈，更加体会到老人们常说的“若无一事挂心头，便是人间好时节”这句话的意思了。

“看我重孙子今日怎么这样高兴呢？”看到花鼓吐了一下舌头，脸上红光满面的样子，李绪娃笑吟吟地问。

“禀老奶奶，重孙子今日认了个干妈，就是商山剧团大名鼎鼎的小旦钱小英。”花鼓故意学着花鼓戏里的腔调躬身向李绪娃行礼。

“钱小英认你作干女儿了，好好，这个干妈好，漂亮，花鼓戏和你妈荣华不分上下。”李绪娃满脸微笑说。

就在这时候，根牢、核桃和陶有善从里间走了出来，说是灶房挤不下这么多人，花鼓问今中午吃啥饭？核桃抢着说难得吃上一顿白面条，花鼓听了拍手笑着说还是我干妈面子大，平常只有老奶奶感冒了才能吃上白面条呀。陶有善听了有些吃惊，追问：“你怎么搞的，你们王家村是商州的白菜心呀，平地这么多，麦田一大块一大块的，怎么面条成了稀奇东西了？”根牢看有善疑问，就正儿八经地说我们村里是平地多，但正因为平地多当年查田定产时就给我们这些川道的村分配的公粮任务大，所以一年夏收后大多数麦子作为公粮上缴到粮站上去了，平时我们吃的是玉米等杂粮，家里的麦面少，只有老人病了，或来至亲好友，或有驻队工作组的派饭轮到家里了，才肯给吃白麦面条或烙白面馍。有善听了心里一沉，连说你们这里的人真厚道，我们那里虽然是半山半川，白面还是隔三岔五地吃着。根牢听了忙说比旧社会强多了，这几年政府号召修大寨田，我们村上的土地小块变大块，河滩地一料改两料，我看这粮食生产肯定越来越好，我们村的核桃林场也初具规模，人们觉得越来越有盼头了。

大家一块有说有笑着，陶有善问核桃今后有什么想法，核桃说还是想上大学，人们不是常说知识改变命运嘛，我个人认为知识不一定改变命运，但知识一定会让人更加明白道理，更加明白怎样做人做事。有善说核桃是高中生懂得不少，现在搞推荐上大学，说不定哪天就改过来了，还是要通过考试上大学的。根牢见有善提到推荐上大学，怕引起核桃心事，忙插话说核桃如今跟我和他爷爷在大队林场经管核桃树，很卖力气也学了不少东西。有善说你们家的家风真好，男的都喜欢种植核桃，女的都喜欢唱花鼓戏，真是男耕女唱一虚一实，虚实结合，越干越活，虚实搭配，只进不退呀。根牢说有善越来越会编戏词了，一段一段顺口就成了。花鼓看了看陶有善，又看了看根牢，又拉了拉核桃的袖子说看来认个干妈还不行，要认陶叔叔为干爸了。陶有善听了连说实际上你认小英作了干妈，我就是你干爸了，干爸不会种植核桃，但编花鼓戏文，谱花鼓戏曲子还行，我和你干妈一定倾其所能把你培养成花鼓戏的传人。根牢等人听了一齐说说定了，有善说定了。李绪娃听大家议论着，一字一顿地说："你说的我觉得很好，但有一点我不认同，你们说戏是虚的，我认为不对，人常说戏是高台教化呀，咋能说是虚招？我看按老一辈说的种庄稼是武，唱戏是文，应该是一文一武，两个恐怕都虚不得。"陶有善和根牢等人马上说还是老奶奶说得准确。

已经是正午了，郭雪云和郭荣华以及钱小英一起把面条端到堂屋的核桃木八仙桌上，郭雪云指着一碟鲜红鲜红的辣椒说对不起了，家里油瓶里的油不多了，所以这红辣椒里的油太少，不过可以凑合。陶有善用筷子夹起辣椒放在鼻子底下闻了闻，连说火候刚好，能闻到辣椒味，也能闻到豆油香味，也算正宗的商州油泼辣子，说罢将夹的辣椒放在嘴里有滋有味地嚼了起来。雪云见状忙招呼大家吃面条，李绪娃等人立即端起碗，夹上辣椒吃了起来，钱小英看看花鼓，花鼓点点头。陶有善也边吃面条边望着花鼓笑，心里乐开了花。

吃过晌午饭，陶有善和钱小英就要回去了，花鼓恋恋不舍，刚刚认下的干妈要回去了，日子还要一天天地过下去。她和核桃把有善夫妇送到丹江岸旁，但总觉得还有事没办，想了又想之后，她让核桃再陪干妈在丹江河堤的大卧牛石坐一会儿，她要回家取一样东西送给干爸干妈。钱小英说改天到家里来了再送给她不迟，花鼓说怪她刚才太高兴了，把那么贵重的一件东西忘了送给干爸干妈。说罢快步跑回家，不一会儿又大步流星地跑过来，将她这几年收集整理的流行于丹南一带的花鼓戏腔调、曲子，还有不少民间口口相传的花鼓戏词，整理记满了的三个笔记本，一齐交给陶有善。只见花鼓长长出了一口气，说是终于把这些资料送给专门收集整理并坚持创新的陶爸爸手里了，相信这些东西总有用处的。陶有善把花鼓送过来的笔记本紧紧拿在手中，动情地说今天的收获太大了，不仅认了个聪明绝顶、漂亮非凡的干女儿，还收到干女儿送来的珍贵无比的礼物，这真是太惊喜了，有了这些资料，再结合这几年的收集，我要静下心来研究，让商山花鼓这个具有地方特色的剧种在我们手里发扬光大，并要一代一代传下去。花鼓听了激动地说她要跟祖奶奶、奶奶、妈妈继续学唱花鼓戏，还要拜干爸干妈为师。陶有善和钱小英连声答应这个徒儿收定了，这些民族的传统文化就是要靠一代一代传承，才能发扬光大。花鼓听了心潮澎湃，就在卧牛石旁请陶有善夫妇坐好，她跪在地上连磕三个头，说是认定了师父师母。陶有善和钱小英笑得合不上嘴，口中说这既是女儿又是徒儿，是亲上加亲了。核桃站在一旁一个劲地鼓掌，口中也连说干爸干妈，师父师母，好！好！好！

望着陶有善和钱小英远去的身影，核桃感慨地对花鼓说难得他们认你作干女儿还收你做徒弟，你的礼物也太独特了。花鼓坐在巨大的卧牛石上，看着清澈见底的江水和游来游去的红色丹江鲤鱼，迎着徐徐江风，深情地回应核桃："也难得他们这样执着地热爱花鼓戏，我把资料交给干爸干妈也放心了。"核桃说："这就是咱们商山人的性格呀，你看咱们家祖祖辈辈相传下来的规矩就是男人种核桃女的唱花鼓戏，你爱唱花鼓戏我是坚定不移地支持。"花鼓说："你喜欢种核桃我也是一千个一万个支持。"核桃说："我总觉得咱们的核桃质量还不高，产量也不算大，但要整出名堂我心里还没底，所以一直想到大学上学，专门把林果专业学一学，看来一时还真难以如愿呀。"花鼓从卧牛石上站了起来，指着岸边的河滩说："要试验，要实干呀，你看驻队工作组让咱们把河里的涝地起旱，一料变成两料不是大增产了吗，还有队上正搞合理密植，不也成功了，产量也上去了吗。"核桃听了高兴地把花鼓抱了起来，连说："还是你聪明，我从矮化稻子产量高这件事想到核桃也可以搞矮化，也可以密植，我回去就跟爷爷和老爸商量试一试。"

核桃还真的说干就干，回到家里给荣华说他要去和爸爸爷爷住了。荣华说你新婚不久，不住家里怎么去住大队林场呢？核桃说花鼓同意了，他要吃住在林场。花鼓已准备好核桃吃住林场的衣物碗筷，还把新婚用的大花被面的被子也用民兵训练时用的背包带捆绑得方方正正的。临去林场时核桃到祖奶奶李绪娃房间说是去林场住一段时间，复习复习功课，如果明年大学招生了，就是上刀山下火海他也要去。李绪娃听了连说重孙子有志气，你舅爷这次非给你帮忙不可，他儿子不是在公社当了武装部长了嘛，争取个上大学的名额应该没问题。核桃见祖奶奶说个不停，只好站着听她说完了才背着铺盖卷等物件去大队林场。

当核桃背着行李到达林场时，王铁栓和王根牢等人正在商量如何扩大核桃建园问题。老支书郭春正也亲自参加此次林场扩建会。由于林场已有八名党员了，郭春正就向公社打了报告，为林场专设个党支部，当然很快就被公社党委批准了，还是多亏了在公社当武装部长的郭建宏。郭建宏是郭春正的小儿子，1966 年的高中毕业生，当了两年兵复员后被招为公社武干，经过几年努力如今已是公社武装部长了，也是公社革委会的副主任，还是公社党委副书记。按说郭春正快 70 岁的人了，一直担任王家村大队支部书记，主要是村上信任他，公社也信任他。这次大队林场成立党支部，郭春正点名让王铁栓当支书，铁栓说他年龄大了不合适，春正说党章没规定农村支部书记的年龄，关键是你热爱你的家乡，热爱核桃。郭春正还说铁栓是领退休费的，当支书能给大队省一笔钱。铁栓见春正这样说也就不好坚持推辞不干，根牢也说这个林场支书老爸干合适，服众。铁栓在大家一致同意下担任了林场党支部书记，并且一如既往地认认真真干了起来。

“核桃你咋把被子都带到林场里来了？花鼓同意了吗？”根牢看核桃背着铺盖卷，劈头就问。

“花鼓同意的，我要在林场与你们一块搞核桃生产。”核桃放下铺盖，擦了擦头上的汗。

“你祖奶奶也说通了？”铁栓问。

"说通了，我想一边与你们搞核桃生产，一边静下心把高中课本再复习复习。"核桃一本正经地说，同时仔细说了关于核桃园扩建，高枝嫁接，试行矮化密植的设想。

听了核桃的意见，王铁栓和郭春正大为惊讶，说："你小子真胆大，咱们这里祖祖辈辈种核桃都是靠老天爷管哩，你还试什么高枝嫁接，矮化密植，这行吗？"核桃听了也认真地说："那为啥驻队工作组说玉米合理密植就行了，还有那矮化水稻不也在咱们这里试验成功了吗？"根牢插话说："那是人家在其他地方试验成功了才来咱们这里推广的，你不是农技人员，也不能拿咱们核桃做试验，失败了咋办？何况我看这玉米密植，矮化水稻增产还要靠化肥哩，目前化肥是紧缺货，庄稼地里都不够用，谁还拿来给核桃树用？"

核桃见大家对他的建议不认可，但他认定了的事是一定要试、要干的。他低头想了想诚恳地说："爷爷、舅爷爷还有老爸老叔们，咱们不试一试咋能就说不行呢？咱们能不能腾出一块坡塬地搞试验，成功了再逐步推广？"铁栓和春正等人听了觉得有道理，不由自主地点了点头。根牢见二位支书点了头，也说算你娃胆子大，试就试一试，但没化肥恐怕不行，队上调不出多余的化肥给林场。核桃说："这个我想过了，我和咱队上下乡的知识青年魏小燕关系不错，她爸是专署财政局长，请她回家一趟，让她爸找人给咱村特批两吨化肥应该问题不大。"郭春正听了啪地拍了一下桌面，大声说："你还想得真周全，我看把林场靠坡根的20亩缓坡地划出来给你做试验，不过这化肥如果争取下了，不能全给你，要拿出一半给大队养猪场，让他们多种玉米作饲料，多养猪多产粪，咱村现在大田里缺肥料呀。"核桃说："行，只要划出地让他做试验就行了。"

事情就这样确定下来了，核桃立马从林场抽出几名劳力，在林场划出的20亩缓坡地上搞规划，挖坑整地并同时栽上了幼树，同时他和魏小燕去了一趟商州城，见到了财政局的魏局长。魏小燕向父亲把来意说了，魏局长满口答应，还说感谢王家村的干部和群众对小燕等十几个知青的关心照顾。当天下午核桃就拿到了专区氮肥厂的两吨化肥批条。第二天大队派人去氮肥厂把氨氮化肥拉了回去，核桃也按村支书郭春正说的只拿一吨给试验田用，由于他精心指导亲自一手经管，试验田里的核桃长势非常好，郭春正和王铁栓等人看了赞不绝口，花鼓也隔三岔五前来送饭洗衣，倒是李绪娃如今不再追究生玄孙了，按她的话说这重孙子已经卖给种核桃的了。

转眼间就到了一九七七年，这一年核桃在试验地块搞的高枝嫁接成功了，矮化密植试验田里的核桃长势很好，不久又传来恢复高考的消息。核桃知道之后立即与花鼓商量一块参加高考，李绪娃、王铁栓、郭雪云和王根牢、郭荣华等人表示大力支持。核桃也从林场把铺盖背回家里住了，郭春正和王铁栓等人商议凡是村上青年愿意参加高考的可以不参加集体劳动了，但工分照记，如果谁考上大学了，村上用林场上缴款奖励200元。这200元在当时几乎是两个劳力的全年劳动收入，由此也可见王家庄对读书人的尊崇，也难怪王家庄的农户几乎家家楼门门楣上都写着“耕读传家”。

核桃和花鼓在自己的小房间里认认真真地复习功课。已经是晚上十一点多了，放在书桌上的闹钟嘀嗒嘀嗒地走着，核桃站了起来，伸了伸懒腰，他看了看灯光下的花鼓，花鼓正聚精会神地做一道数学题，隆起的腹部一起一伏，她仍然没有理会。核桃又发现了花鼓满头大汗，心疼地取了块干净的毛巾轻轻为花鼓擦了擦有些浮肿的脸庞。

“花鼓，看到你这样辛苦，实在让人心疼，要不你不参加高考算了。”核桃轻轻将耳朵贴在花鼓隆起的肚子上说。

“这怎么能行呢？咱们年龄不小了，国家刚刚恢复高考制度，这个机会难得呀。”花鼓坚定地说。

“你看你怀着孩子挺着大肚子太累太苦了，我是怕你身体吃不消。”

“咱农村人没那么金贵，听妈妈和奶奶说她们怀孩子时还整天下地劳动，洗衣做饭呢。我就是想考个艺术学院，再深造深造，回来正儿八经地到地区剧团唱花鼓戏。”花鼓显得既自信又坚强。

“那好，你的数学题不会我给解答，也算是免费给你当辅导老师了。”核桃拿过花鼓的练习本，一道题一道题地给花鼓做起了解答。

郭雪云和郭荣华同时来到核桃和花鼓的房间，她们为核桃和花鼓熬好了米粥，看到两个大孩子还这样刻苦用功，她们心里很着急，只好每天晚上熬上两碗大枣米粥，让孩子们补补身子。特别是花鼓挺着大肚子还通宵达旦地复习功课，李绪娃让雪云和荣华每晚除了熬粥就是督促花鼓睡觉，不能让花鼓肚子里的小孩受累。

“花鼓，你不要再熬夜了，这样对胎儿不好。”雪云和荣华劝花鼓。

“奶奶，妈妈，时间太紧了，要抓紧赶啊，虽然我们坚持复习和自学，但毕竟放的时间太长了，特别是数学、物理和化学，有的还真解不了。不过多亏核桃的底子扎实，不然我还真不敢参加高考了呢。”花鼓故意轻松地说。

“你们不要太紧张了，人常说磨刀不误砍柴工，快把粥喝了，补补身子，明天我把家里的老母鸡杀了熬鸡汤，再给花鼓喝，你祖奶奶整天唠叨玄孙哩。”雪云深情地摸了摸花鼓的腹部，叮咛着要花鼓早些歇息。核桃感激地说：“请奶奶和妈妈放心，我们一定努力考上大学，一定要让奶奶和老妈抱上重孙和孙子。”

高考考试的日子说到就到了。由于是刚恢复高考的第一年，考场设在县中，即商山中学内。明天上午就要正式参加考试了，王铁栓让在公社担任武装部长的郭建宏找到一辆去熊耳山煤矿拉煤的解放牌大卡车，头一天下午就把郭雪云、郭荣华和核桃、花鼓拉到商州城，在距离商山中学最近的一个商山旅社住了下来。临出家门时李绪娃拄着拐杖送她们几人，再三叮咛一定要照顾好临产期到了的花鼓，说着说着老太婆就掉眼泪，王铁栓好说歹说才将李绪娃劝了回去。

这次参加高考，由于准备充分，核桃和花鼓也都发挥得正常，所以很顺畅。只是在考最后一门学科时，花鼓突然感到肚子疼得很厉害，试题只做了一半就疼痛难忍，虽然是寒冷的冬天却疼得花鼓大汗淋漓。监考老师见花鼓一个劲地冒汗，且脸由通红变成了苍白，双手也不停地抖，似乎有些坐不住了，急忙叫来考场医务室的医生，医生看了后说花鼓将要生孩子了。花鼓听了心里一紧，肚子又是一阵剧烈的疼痛，腹部的起伏也越来越厉害，但她仍咬紧牙关，挣扎着凭日常所学尽快做题，医生敬佩地轻轻抚摸花鼓的腹部，说放松再放松……

试题终于做完了，随着心情放松，花鼓只觉得肚子猛地动了几下，一股热流从下身喷了出来，当即湿了裤子，鲜血顺裤子流了下来。医生见状让几个女老师扶着花鼓走出教室，核桃早已做完试题，在门外不远处等候，看见几个老师扶着花鼓出来了，他快步上前扶着花鼓，刚走出学校大门，雪云和荣华早已叫的一辆三轮车在门外等候，大家一起将花鼓抬上三轮车推着向商山医院而去。

商山医院产房，花鼓平躺在产床上。

一阵紧似一阵的宫缩，花鼓双手紧紧抓住床沿。

站在产房门外的核桃侧耳听着房内花鼓声嘶力竭地喊叫。

他想进入产房，但产房的门紧紧关闭着。

在当时有规定，妇女生孩子时男子不能站在旁边，一切由接生的医护人员办理。

产房内花鼓已经快昏过去了，她觉得自己就快要死了。到了现在她才实实在在体会到“人生人吓死人”。

“花鼓，花鼓，放松，再放松。”耳畔传来一直爱唱花鼓戏的郭雪云和郭荣华的声音。

“奶奶，妈妈，我想听花鼓戏，只有听了花鼓戏我才能放松。”花鼓讷讷自语。

“好，好，我们给你唱《夫妇观灯》，你看那猪娃灯、牛娃灯、马娃子灯，最好看的人娃灯！”

“最好看的是人娃灯，有了娃娃心里不空，一代一代往下传，世世代代享太平！”

花鼓听着听着，身体也放松了不少。也就在此时，花鼓觉得腹中的娃娃头直冲下身，她觉得很温暖，也觉得疼痛稍稍轻了些。她想放屁，她使了一个劲，孩子的头一下冲出产门。

“出来了，出来了。”医生护士齐声轻喊，助产医生轻轻托着孩子的头向下拉了拉，孩子就脱离了母体。

“快看看是个男娃还是女娃？”雪云和荣华异口同声。

“是个带把的。”医生认真看了看婴儿的胯间。

“好，好，男娃好，女娃也好。”雪云和荣华长出一口气。

“快看，产妇产门又张开了，又一个黑乎乎的头伸了出来！”一名正准备为花鼓擦拭的护士惊呼。

“是个娃娃头。”助产医生把手里的男孩送给护士让她给男婴洗澡。

“放松，再放松，看来是个双胞胎。”助产医生轻轻拍着花鼓的腹部。

花鼓此时已筋疲力尽了，听到医生的话，她又使了使劲，第二个娃娃生了出来。

“是个女婴，龙凤胎。”助产医生轻声欢快地说。

“真是一对龙凤胎！”雪云和荣华一起惊喜地喊。

听到“真是一对龙凤胎”的惊呼声，已经昏迷了过去的花鼓慢慢睁开眼睛，流下了喜悦的泪水。

核桃在产房外焦急不安地等待着，一名助产护士开门出来了，他急忙拦住护士问产妇怎么样？生了没有？护士笑着说恭喜你了，产妇平安，生了一对龙凤胎。核桃听了大喜过望，连连向护士拱手说谢谢你们了，谢谢你们了。护士再次微笑着说要谢就谢你爱人吧，我们天天就干的这活儿，这是我们的责任。护士说完飘然而去，核桃去推产房的门，里面却关着，只好在外等候。他觉得心跳很快，他知道这是太激动了的缘故，他当父亲了，还是一对龙凤胎的父亲。

花鼓刚刚从产房搬到病房，陶有善和钱小英夫妇就前来探望了。由于花鼓刚刚生完孩子身体还很虚弱，加上病房住的都是产妇和待产的孕妇，陶有善就和核桃站在楼道上说话，钱小英带着奶粉和婴儿衣服到花鼓床前探视。看到一对双胞胎，钱小英得意地说她来时不知道买男婴衣服还是买女婴衣服，还是陶有善有远见男婴女婴各买一身，反正婴儿时期都能穿，没料到这两身衣服都用上了。钱小英还夸奖花鼓真厉害，她也一下子有了孙子和孙女。钱小英问花鼓考试考得怎么样，花鼓轻声说还可以。钱小英说如果花鼓考上大学了，两个孩子中由她和陶有善管一个，如果没考上他们夫妇也管一个。并说她和陶有善已回商山剧团上班了，荣华等人很快也要回剧团工作，团里准备再招些年轻演员，尤其是具有一定花鼓戏功底的。陶有善已被任命为副团长和编剧，并兼音乐创作，整天忙得团团转，如果花鼓不上大学，就招到剧团来，现在剧团像花鼓这样的高中生且花鼓戏底子厚的太缺了。郭雪云和郭荣华听了忙说那就先谢谢花鼓的干爸干妈了。

核桃和陶有善在楼道上交谈着。陶有善羡慕地说核桃有福气、运气好，一下子生了一对龙凤胎，儿子女儿一下子全有了。核桃知道陶有善夫妇一直没生养，心里很不是滋味，何况这么多年他们离开了剧团，离开了熟悉且热爱的舞台，心里不知有多难过。好在有善说他们夫妇回剧团了，还有钱小英认花鼓作了干女儿，花鼓也是陶有善的干女儿，去年以来两家还不断走动，也使他们夫妇开心不少。如今花鼓生了龙凤胎，他们闻讯马上过来看望，表示非常喜悦，核桃对他们也深怀感激，所以他向陶有善说这龙凤胎也是你们的孙子孙女，咱们是一家人呀。陶有善听了也高兴地说对，咱们一家人。陶有善问核桃今后有何打算，核桃非常自信地说："上大学，和花鼓一起上大学。"

陶有善说："这就好。我的梦想就是上大学，但没上成，是没考上。"

这天是核桃和花鼓的儿子女儿满月，农村给小孩子过满月是要请至亲好友的。

"恭喜，恭喜，王家的一对双胞胎。"来人恭贺着，同时将给婴儿买的奶粉和自己缝的粗布衣服放在主人家堂屋的桌子上。

"恭贺，恭贺，咱们村上第一次生了龙凤胎。"

说话的是王家庄的一位长者。因为王家庄以前也生过几对双胞胎，都是两个男娃或两个女娃。

看着前来恭贺的亲朋好友和邻居，李绪娃坐在堂屋的核桃木八仙桌旁笑得合不拢嘴。

她终于活到有了玄孙的年纪了，她很高兴。

王铁栓和郭雪云在院门外迎接前来恭贺的亲朋好友。王铁栓很兴奋，今天是重孙子重孙女过满月，他当老爷爷了，必须尊重前来祝贺的。

堂屋的八仙桌和堂屋一顺溜靠墙而放的两个三格木板柜盖上堆满了前来祝贺的亲朋好友送的礼物，有小孩子衣物，有小米，有鸡蛋，还有用白面蒸的各种动物造型的花馍。这些花馍多以老虎、鲤鱼、龙凤、麒麟等动物造型为主，且个个栩栩如生。

郭春正作为核桃舅爷爷辈的提前就过来了，按说花鼓如果有亲生母亲，那就是主要外亲了，但由于没有，所以陶有善和钱小英夫妇就充当了花鼓娘家的角色。而荣华的娘家弟弟已迁到北京去了，因请不下假并且路途遥远，就专门发来一封电报祝贺，还邮寄来了礼品。

前来恭贺的人中有一位贵客，这个人就是十多年没有见过面的原商山专署副专员杨抗战。

杨抗战这么多年回老家居住，近来落实了他的离休待遇，正好专署为离休副地师级以上干部修建了一幢六层高的家属楼，还是独立的一个小院子，这幢楼上就住着 20 多户副地师级以上离休干部，杨抗战也分配了一套。刚搬来不久就打听到王铁栓得了重孙子了，他就让司机用专署唯一的一辆白色伏尔加轿车把他送到王家庄对面的沙河子，让司机把车开回去，他由保姆陪着过了架在丹江上的木板吊桥，一步一步走向王铁栓家。

杨抗战来到王铁栓门口时，王铁栓远远望去一眼就认出了老领导。铁栓诚惶诚恐地快步走向杨抗战，连说老领导你好，老领导你怎么来了！

杨抗战看着和自己年龄差不多但身体比他还健康的王铁栓大声说道："难道你把我忘了不成？这近十年我虽然住在外地，但心还在商山，还惦记着咱们那些共过事的老家伙呢。"王铁栓说："看到老领导红光满面仍然健康刚强，真让人高兴万分，快请屋里坐。"说完陪杨抗战一同到堂屋坐下。

李绪娃今天太高兴了，她不仅活得健康，而且十分快乐。虽然已经是80 岁的人了，但除了耳朵有一点背，其他都很好。铁栓把杨抗战介绍给李绪娃，李绪娃连说是大贵人、大贵客。杨抗战说不敢当，按说您老是我的父母辈的，您老如今已是五代同堂了，真是既高寿又高兴啊。李绪娃见杨抗战这样一说，更是高兴万分，她把手中的山核桃转了转说老了，我是经大清、民国和解放这三个朝代的人，托共产党的福，还真是五代同堂了，你也该四世同堂了吧。杨抗战说还只是三代同堂，我们那个时候不仅家里穷，出来闹革命整天打仗呢，这结婚就晚，自然生娃就晚了，如今比铁栓差一代人呢，孙子才上高中呢。绪娃说没问题，你来道喜了，你们家的喜事还在后面呀。

几个人正在有说有笑，李木林从外面进来了。看到杨抗战急忙问话，说是多年没见杨专员了，没料到杨专员仍然这样有气势。杨抗战说你还守着你那几棵老核桃树吗？木林说还守着，那几棵核桃树还真成神了，现在还枝繁叶茂的，一年还结千十斤核桃呢。

一说到核桃，大家就都来了劲。铁栓说：“我们大队林场已有近2000亩核桃树了，截至今年已是连续五年丰产了，也多亏这几年风调雨顺，还有根牢和核桃这些人搞科管、勤施肥、灭虫害等工作抓得紧。如今村上的统筹提留款也由我们林场扛大头呢，所以群众也很拥护，这家家户户房前屋后都栽植着核桃树，一些觉悟高的人还喊着说是响应中央和政府的号召哩。”

杨抗战说：“是啊，咱们这里不仅土地适应核桃栽植，还有老百姓有这方面的传统习惯，只要政府号召和支持，肯定会搞强搞大的。咱们这里的基础好啊，我们渭南那地方就推不开。这次我回专署老干部楼居住，也打算再不挪窝了，商山地区山清水秀，空气清新，适居宜养呀，何况新中国成立后我一直在这里工作，有感情呀。”杨抗战剥着荣华递过来的核桃边吃边说。

“看来杨专员的心态好啊，也保养得好，一点都不显老呢。”李木林诚恳地说，同时也拿起核桃剥壳吃了起来。

“我这个人就是凡事能忍，不会生气。前几年有人诬陷我是叛徒，实际上是在一场战斗中队伍被打散了，暂时与组织失去了联系而已。好在有两位战友后来出面为我做证，这才把咱解放了。如今已落实了我的离休待遇，现在还真感到以前受的委屈不算什么了。”杨抗战深有感触地说。

“看看，这才是干大事的人。”李绪娃竖起大拇指，她已听了个大概，马上接过杨抗战的话。

“老李，你们那里还像以前一样大种核桃树吗？”杨抗战问李木林。

“还在种，老传统没有丢。我们那里这几年修了不少梯田和河滩地，地坎上大多栽的是核桃树。只是大片大片的核桃林还不多，但群众房前屋后几乎全都栽的是核桃树。”李木林想了想认真地回答。

李绪娃见大家都谈说核桃，她笑着对杨抗战等人说道：“今日是我老婆子玄孙的满月之日，感谢大家来贺喜，特别是杨专员都来了，让人特别高兴。我想能不能请杨专员和大家共同商量给我的玄孙子起个名字？”李绪娃说罢期待地看着在座的人们。

“对，请杨专员给娃起名字，你经见多，起的名字肯定高级。”李木林和郭春正一起说道。

“这要看铁栓老兄和孩子的祖奶奶、爷爷奶奶、爸爸妈妈的意思了，我可不敢专权呢。”杨抗战谦虚地说，同时指了指王铁栓。

坐在堂屋里小板凳上的根牢和核桃听到杨抗战这样说，立刻站了起来，异口同声地说：“还是请杨专员给起名字。”说罢看了看杨抗战，又看了看王铁栓。

“杨专员，你就不要推辞了，我们一致同意请你给娃娃起名字。”王铁栓郭雪云也异口同声请求。

"好，让我认真想一想，到底起个什么名字为好。给一对龙凤胎同时起名字，我还真是第一次呢。"杨抗战点了点头，接着认真思考起来。

在花鼓的房间里，钱小英抱起男孩亲了又亲，接着又抱起女孩亲了又亲，嘴里不停地说龙凤胎真可爱，快让外婆抱起来。陶有善责怪地说孩子还小，你看你没轻没重的。钱小英向陶有善吐了吐舌头，你看我轻轻地抱着娃，娃还睁大眼睛给外婆笑哩。陶有善过去轻轻地分别在两个孩子脸上亲了亲，接着深情地说咱们一定要在这两个小外孙中培养出一个花鼓戏传人，我们和荣华已渐渐变老了，花鼓不知是否考上了大学，原先我可是准备把花鼓招到专区剧团培养哩。花鼓听了感动地说不论上不上大学，她都要唱花鼓戏，要把妈妈和干爸干妈的事业传承下去。陶有善动情地说那太难为你了，外面堂屋正商议给孩子取名字哩，我也去掺和一下，孩子的名字一定要取好了。说罢就去堂屋了，小房内花鼓和钱小英继续拉着家常。

陶有善来到堂屋，看到大家都目不转睛地看着杨抗战。杨抗战见陶有善从内屋走了出来，立即开口说秀才在屋里藏着，还愁给龙凤胎起不好名字。陶有善说自己肚子里那些墨水杨专员是知道的，全凭自学的一知半解，杨专员走南闯北经见多，还是专员给起名字合适。

"好，那我就真的给龙凤胎起名字了。铁栓老兄呀，我看你们人经几辈都是男的坚持种植核桃，女的喜欢唱花鼓戏，你说能不能就从核桃着手给娃起名字呢？"杨抗战像是自言自语，又像正儿八经征求王铁栓的意见。

"对，就按专员的思路来起名字。"王铁栓、陶有善等人异口同声。

"你们看看，王家几代单传，铁栓老兄的老父亲为了种植核桃，可以说是穷极一生而为之，他之所以给自己的儿子起名铁栓，一是说明核桃树的木质坚硬如铁，他老人家想把自己唯一的儿子拴在这坚硬如铁的核桃树上，让他也终生从事核桃产业，铁栓老兄是做到了。而铁栓老兄给自己唯一的儿子起名为根牢，也是为了让王家世世代代种植核桃的传统牢牢扎根于商山大地，而根牢更是从小就子承父业，不仅种植核桃，而且懂得并善于经营核桃产品，让其更好地造福于商山民众。而根牢给自己唯一的儿子起名，更是具有传奇色彩，据我所知是襁褓中的小儿竟然抓住核桃紧紧不放，根牢由此萌发了儿子的名字，直接就叫核桃，这个名字朴实真切。核桃也果然不负父辈祖辈期望，从小就热衷于核桃的栽种和品质的摸索研究，可以说是我们商山之中新生代农民的佼佼者。听说核桃这次参加高考也报了西北农业学院的林学系专攻林果专业，我想如此有志向的优秀青年肯定能如愿以偿。”杨抗战侃侃而言，滔滔不绝。

“专员呀，你快说到底给娃娃起啥名字吧。”铁栓和李木林等急急切切。

“不急，不急，这龙凤胎龙儿的名字已是成竹在胸，这凤儿的名字我还要再揣摩揣摩，试想你们王郭两家几代联姻，这李老太太是咱们商山花鼓的鼻祖之一，嫂子郭雪云也是当年红遍南北二山丹江两岸的花鼓小旦，而荣华更是花鼓戏的后起之秀，她演的《夫妇观灯》更是享誉天下，你们给核桃的妻子直接起名花鼓，更是寄托了传承花鼓戏的良好愿望。听说花鼓从小喜爱花鼓戏，且声情并茂，扮相极佳，如今刚参加完高考就一口气生下一对龙凤胎，看来你们王家男的代代是务核桃的行家里手，女的都是花鼓戏的天生传人。”杨抗战说着说着站了起来在堂屋手舞足蹈。

“杨专员，杨专员，请快把给孩子起的名字讲出来，等会儿在满月宴席上我们就正式宣布出去。”王铁栓、王根牢和李绪娃、李木林、陶有善等人再次异口同声请求。

杨抗战兴奋地端起八仙桌上的茶水："你们看，这男娃就叫满仁咋样？这满嘛，就是饱满的意思，这仁嘛，就是核桃仁的仁，也是仁义的仁。核桃的儿子嘛，叫个满仁岂不美哉！"杨抗战讲到这里还故意文绉绉地来了一句"岂不美哉"。

"好，满仁好，我们王家几代单传，且只有男的，如今从满仁这一代起已是一男一女了，看来这满字仁字都全了呀。"王铁栓无比感慨地说。

李绪娃听了也非常高兴，站起来用花鼓唱腔说："专员呀，快把我那乖妞妞的名字讲出来，我都等不及了。"

"老太太你别急，这妞妞的名字我已斟酌了一会儿了，我看就叫香穗，你看如何？这香嘛，是说咱们商山的核桃味道香，这穗嘛就是核桃的花穗，这核桃在初期就有一股芳香味，花絮穗还是一道凉菜，前几天我在一个朋友家吃过，味道不错，还有这穗轻飘飘的，可以喻义商山核桃皮薄，可见这核桃仁和核桃穗都是宝，也可以喻义我们商山花鼓戏的语音婉转绵长，听音也香啊。"杨抗战笑嘻嘻地对李绪娃等人说。

"好，专员给娃娃起的名字真好，我看香穗、满仁都起得恰到好处，把我们商山核桃个儿大、仁饱、味香都说全了，看来我们王家要改变以前都是媳妇唱花鼓戏这个传统了，这小香穗从月子里就看出是个唱戏的料，你听她那声音脆生生、绵绵的，这满仁还真天庭饱满，好好好！"李绪娃和李木林拍手称赞。

快到正午了，王家的院子里院子外的路道上都摆满了桌椅板凳，郭春正的儿子郭建宏回到堂屋说来客都坐好席了，整整30桌。郭建宏还问铁栓要不要给杨专员等在堂屋安排一桌，铁栓说请示一下杨专员，杨抗战听了哈哈大笑，说还是放在院子里好，人多热闹，再说咱就是工农干部嘛，不搞特殊化。铁栓就让建宏在院子上首正中间安排一桌，让李绪娃、杨专员、李木林、郭春正还有郭雪云等给孩子当爷字辈的坐在一起。杨抗战说这样最好，等会儿咱们这些祖爷辈的坐一起喝酒吃肉，还要公布给孩子起的名字。杨抗战说罢，上前扶李绪娃走向院子，李绪娃笑着说专员还真没架子，我老婆子80多岁了，走路还行。杨抗战说您老人家高寿，也是我们的榜样。李绪娃要让杨抗战坐主位，杨抗战说今天您是老寿星，辈分最高，咱们按年龄和辈分排座位，李绪娃就坐了主位，杨抗战、李木林等按年龄和辈分依次落座。

满月宴席已摆上来了，按商州的风俗习惯是十三道菜，称十三花。一般情况下是六个凉菜，六个热菜，一个大烩菜，也有八热四凉的搭配，但这个大烩菜却是必不可少的。商州大烩菜实际上是红烧肉、粉条、豆腐、红萝卜、白萝卜等烩在一起，吃起来味道极美，所以至今还在商山一带流传。

杨抗战看到如此丰盛的宴席即赞不绝口，他对王铁栓说你们这里的人真讲究，在物资还不丰富的今天还做出这样丰盛的宴席，真是令人刮目相看。铁栓见专员夸赞也自豪地说："我们这一带民风淳朴，皆以耕读传家为祖训，所以孩子们都勤奋学习，成年人勤劳吃苦。你看这桌上的十三道菜，都是我们本地生产的，这莲菜是我们前河老淤地产的，尤其是从前年栽矮稻这一品种，产量大增。还有这红烧猪肉，也是我们家自己养的一头黑猪，已经养了两年多了，才长到200多斤。前几年我们家养的一头猪上交到沙河子收购站，公社还给戴大红花，说是我们村这几年养的最大最重的一头猪。"杨抗战见王铁栓如数家珍，就插话问能让公社戴大红花的那头猪多少斤？铁栓高兴地说260斤，收购站给定的是一等这个等级。铁栓说完指着坛子里的酒说："这酒不是我们自产的，是从公社供销社买的，三角钱一斤的散装酒，实在不知专员驾到，让你喝这酒不像话了。"杨抗战听了大笑道："老兄你这就见外了，咱本身就是农民出身，平时喝的多是散装酒。"说完端起小酒杯就要喝，铁栓和木林拦住说等会吃些菜垫肚子，干喝酒对胃不好，杨抗战这才放下小酒杯。

十二点整，随着一阵鞭炮声，村支书郭春正宣布王家龙凤胎满月宴正式开始。同时宣布请杨专员为龙凤胎赐名。院内宾客都睁大了眼睛，心想王家还把专员请来了。只见钱小英和郭荣华一人抱着一个婴儿和核桃花鼓一起来到首席，杨抗战站了起来看了看两个睁着一双大眼睛的龙凤胎，接着面向宴席大声说道："王家祖祖辈辈种植核桃且以核桃为业，其家中的女眷也代代长于唱花鼓戏，根据这一特点，刚才经过我们和老太太、铁栓兄以及王家的长辈商议，一致同意给李老太太的玄孙起名满仁，寓意王家种的核桃仁饱满充实，给李老太太的玄孙女起名香穗，寓意王家种的核桃香甜，而穗字寓意核桃穗，也寓意王家的花鼓意味绵长。"杨抗战的话音刚落，李绪娃和其他席位的人都站了起来拍手，连呼："好，好！"

郭春正见宾客们异常高兴，就问王铁栓讲不讲话，王铁栓憨厚地大声说："谢谢各位亲朋好友了，请大家吃好喝好！"郭春正站在台阶上大声喊"开始吃，开始喝"，却见沙河子区邮电所的汪勋挎着邮包大步流星从院子大门口走了进来，手里举着两个大信封，大声喊："喜报，报喜！"已经准备开始吃喝的宾客被汪勋的大嗓门给镇住了，大家的目光齐刷刷看向汪勋。汪勋却并不理会，快步走向郭春正，说是核桃和花鼓的大学录取通知书来了，刚走到村口，听人说王家正在办龙凤胎满月宴，他立即骑车子赶了过来，看来是喜上加喜了。郭春正听了心中大喜，连说这叫双喜临门，也叫喜上加喜，汪勋你来得真及时，就请坐下吃菜喝酒，我这就向大伙读一下通知书。春正说完把手做成喇叭状，大声喊请大家静一静，感谢汪勋送来了核桃和花鼓的大学录取通知书，大家看，这就是大学录取通知书。春正把通知书举起来晃了晃，大声说："核桃和花鼓都被西北农学院录取了，这是我们村十多年以来第一对大学生，也是恢复高考的第一届大学生，来吧，祝贺王家双喜临门，干杯！"

满月宴正在进行之时，王家大院门口有一个穿着僧袍的和尚悄然来到院子，看到院子里的场面，僧人一声佛号"阿弥陀佛，善哉，善哉"，走向首席。

王铁栓刚刚与杨抗战碰了一杯酒，回身立即看到了疾步上前的僧人，稍一迟疑，马上招手相请："请大师指点。"

僧人径直走向杨抗战，连说："施主慈善，必有善终。"

杨抗战问道："大师从哪里来？"

僧人答："从石佛寺而来。"

"石佛寺在哪里？"抗战又问。

"在州城东二十五里丹江南岸的蒲峪沟里。"僧人侃侃而言。

"那里的石佛像多吗？不然怎么叫石佛寺？"抗战再问。

"是的，那里石佛众多，各具形象栩栩如生，据说遭遇战乱，众僧将大量的石雕佛像就地就近掩埋。"僧人接着回答。

王铁栓见僧人滔滔不绝，立即快步上前给僧人盛上莲藕粥。

"感谢施主舍了粥，贫僧也是寻梦而来。"僧人喝了几口粥后淡定地说。

"今天是王铁栓重孙的满月之日，敢问石佛寺的高僧要寻什么？"杨抗战知道在商山地区如今真正的僧人已经很少了，而这个慈眉善目的僧人如此飘然而至不由得令人深感惊奇，于是他想问个究竟。

“说是寻梦，也可以说循梦吧。”僧人说他一月前的一个晚上梦见丹江南滨的王家庄腾飞起一只五彩凤凰和一条玉龙，特别是当时王家庄的大核桃树上祥云笼罩，让他深感惊诧。后来听说王家庄王姓家里生了一对龙凤胎，他暗想难道与此梦有关？他记得那龙和凤围绕核桃树和一只大鼓旋转不息，载歌载舞，今日正好寺内香客不多，他就抽空从寺里下来，信步而行，听到一阵鞭炮之声，便走了过来，看来来得真巧。僧人说罢双手合十连说：“阿弥陀佛，善哉，善哉。”

“大师梦见龙凤，而我们王家正好生下一对龙凤胎，看来是吉祥之兆啊，还请大师在这屈尊一下，吃过午饭再回寺里，我马上让家人将孩子抱来让大师看看。刚才大师说一龙一凤围绕核桃树和大鼓旋转，正好与我们给孩子起的名字暗中吻合，我们是想这男娃继承祖传之业，长大后专务核桃这营生，女娃传承她老祖奶奶及上几辈奶奶妈妈唱花鼓戏的手艺，所以一个叫满仁，一个叫香穗。”

“满仁，香穗，这名字是谁起的，真好，真好！”僧人念念有词，大加赞赏。

“就是这位杨抗战杨专员给起的名字。”王铁栓指着杨抗战说。

“你就是杨专员呀，恕贫僧眼拙，我早就听说杨专员忠厚勤奋务实，且恤民爱民多有贤名，贫僧这里有礼了。”老僧人一声佛号，向杨抗战躬身施礼，杨抗战急忙还礼。王铁栓招呼老僧人和杨抗战入席吃饭，这时荣华和雪云各抱一个孩子来到桌边，老僧看了看男婴又看了看女婴，用一只大手分别在两个孩子的额头轻轻拂了一下，两个刚满月的婴儿竟然露出了灿烂的笑容。雪云和荣华一同说过几天一定去石佛寺进香，让佛祖保佑两个孩子健康成长。

李绪娃在一旁听了好大一会儿，她慢慢走到僧人面前，虔诚地说道：“这个石佛寺我年轻时去过几次，建在半山腰上的石佛寺真真是个石佛众多的寺院，那里的石佛据说有人数过，整整百十尊呢，这些石佛与真人大小相当，个个跟真人一样，一尊佛一个模样，我们去过的人都一一参拜，不知什么时候一夜间这些石佛都消失了，后来有人说是被人偷走了，有人说石佛看世事混乱逃亡了，还有人说兵荒马乱的年头附近的老百姓担心石佛被毁坏，所以几个村的百姓在一个晚上偷偷挖了个巨大的坑将石佛埋起来了，不过听说后来有不少人在石佛寺寻找这些失踪的石佛至今都没有找到。”

“施主所言极是，据我们推断也可能被当地老百姓藏起来了，但这么多年过去了却毫无踪影。贫僧昨晚还做梦梦见石佛回寺了，你说怪不怪？”老僧人点头回应李绪娃。

李绪娃听了却很坦然，她说：“石佛们失散时间长了肯定想回寺院了，佛不离寺，寺必有佛嘛，大师此梦正应了盛世修寺这句老话，来，我这里就将我存的私房钱共一百块全部捐献给石佛寺，也算为重修石佛寺出点力吧。”说罢从上衣口袋里掏出每叠一元面额的钞票，虽然有些皱皱巴巴，却又叠得整整齐齐，恭恭敬敬地递给僧人。

“老施主，这怎么能行呢，那可是您老人家一生的积蓄啊。”僧人有些迟疑地接过这叠人民币。

“心甘情愿，心甘情愿。”李绪娃面带笑容诚恳地说。

“好，那贫僧就收下了，我还要再化善缘，为重修石佛寺积蓄资财。”僧人坚定地说。

“大师辛苦了，但愿佛祖保佑我们这里风调雨顺，安居乐业，保佑我们家仁儿穗儿平安吉祥，等到石佛寺重现荣光之时，我们一定去上香跪拜。”李绪娃等人笑着而言。

“我们党的政策是信仰自由、宗教自由，只要爱国爱教就行。大师今后需要我帮什么忙尽管说，也算本人为宗教事业正常发展尽些微薄之力吧。”杨抗战也诚恳地说。

“谢谢各位了，贫僧这就去其他地方化缘去了，但愿我们国泰民安、天下太平，阿弥陀佛。”僧人一声佛号迅即离去。

席终客散。杨抗战等宾客都各自回家去了。王铁栓根牢和核桃招呼帮忙的亲友吃了晚饭，待大家都回家了才松了一口气。王铁栓看家人都累了就说：“今天太高兴了，我也多喝了几杯已疲乏得很，现在都回房歇息，明天再商量怎么安顿养育满仁和香穗的事，核桃和花鼓这大学是非上不可了。”说罢与雪云回自己房子去了，根牢和荣华听了也回自己房间。

核桃和花鼓在自己房间里，夫妻二人都考上大学了，还是一个大学，这大大出乎他们的意料。花鼓报考的是戏剧学院，如今调剂成农林大学，让她一时难以理解，但毕竟是考上大学了，也感到十分高兴。

望着一双脸上还带着笑容睡着了的儿女，核桃和花鼓坐在炕沿上相视一笑。

“花鼓，老天爷真的开眼了，咱们真是双喜临门，生了一对龙凤胎，咱夫妻双双考上了大学，真让人高兴呢。”核桃拉着花鼓的手轻轻摇了摇。

“是双喜临门，但我总觉得美中不足呢。”花鼓依偎在核桃胸前。

“咋还美中不足了？”核桃问。

“我想上戏剧学院哩，咋招录到农林学院了呢？”

“咱们是农业大国，农林学院招的人多，再说咱俩一块去可以互相照顾，这多好呀！”

“反正我想学唱花鼓戏，咱们家有你一个学农林的就行了。”

“这也是碰巧呀，到时候我学林果，你学农学不就把专业分开了嘛？”核桃爱恋地在花鼓脸上摸了摸，他觉得花鼓生孩子后脸上更加润滑软绵了。

接受着核桃的轻抚，花鼓感到幸福无比，但却有一股淡淡的忧愁涌上心头，两个人都上大学了一双儿女谁来管。虽然妈妈荣华年纪不大，但总不能让她一人管两个孩子，还有她听钱小英说剧团正收拢原来在剧团工作过的人员，但绝大多数转行或不愿意再回剧团工作了，如果剧团要让妈妈重新回去工作，自己怎么能让她不去呢？雪云奶奶还要照顾绪娃祖奶奶，这家里老的老，少的少，怎么办？想到这里花鼓心里越来越沉重。

“花鼓，你怎么不言语了？还有你怎么脸色变沉重了呢？”聪明的核桃一下子看出了花鼓异样的表情。

“核桃，我不想上大学了。”花鼓沉默了好大一会儿后认真地说。

“你说啥？你不想上大学了？多少人想上考不上，咱们辛辛苦苦复习好不容易考上了，你怎么能说不想上了呢？”核桃十分震惊。

“核桃你想过没有，咱俩都上大学了，家里的祖奶奶、爷爷奶奶还有咱爸咱妈谁来照料，特别是咱们这一双儿女谁来照管，咱们总不能丢下孩子不管，把两个嗷嗷待哺的婴儿都交给老人们经管吧？”花鼓清澈的目光投向充满疑惑的核桃。

“你说的这个我还真的没有细想，我只想到咱俩出双入对徜徉在高等学府的样子，却把我们这对宝贝给放一边去了呢。要不咱们把孩子带去上大学。”核桃有些自责地说。

“咱们一块上大学肯定不行，咋带上两个娃去上学呢？所以我想你上大学去，我留下来经管咱们的孩子，也帮妈妈料理料理家务，随便再向几位前辈讨教花鼓戏，我还真想去刚刚恢复的地区剧团去哩。花鼓见核桃脸上疑云稍散，马上接着而言。

“你不想上大学了，我总觉得机会难得，太可惜了，还有这怎么向家里的长辈们说呢，咱爷爷和爸爸还高兴地说明天就给咱们准备上学的铺盖和脸盆暖水壶等物品呢。”核桃有些担心地说。

“只要你能想开就行，老人那里我去说，说实在的我真的舍不得离开儿女，也舍不得荒废了我钟爱的花鼓戏。”花鼓见核桃基本同意了，马上高兴地说。核桃听了也顺势说：“时候不早了，睡吧，有什么事明天再说。”说完便躺下睡了，由于累了一天，一会儿夫妻俩就沉沉地睡着了。

第二天天刚亮李绪娃、王铁栓、郭雪云、王根牢和郭荣华就起来了，王核桃和王花鼓也早早起来。

早睡早起是王家多年来的传统习惯，并且早早由雪云和荣华做好了早饭。

李绪娃永远穿戴整齐，浆洗过的衣服永远有棱有角，手里永远拿着一对磨得红光发亮的山核桃。

王铁栓永远穿着中山装，叼着斯大林烟斗，修着大背头，尽管头发已经稀疏但仍然梳得油光油光。

王根牢却永远穿着对襟衣裳，一排扣子也永远扣得严严实实，永远留着小平头，脸上永远带着笑容。

郭雪云也是永远穿着整洁合体的衣裳，尤其是说话的腔调永远都是一股花鼓腔调，让人听了如同听她在唱花鼓戏。

而郭荣华仿佛永远都年轻漂亮，四十五六的人了，脸上竟然没有一点皱纹，腰身仍然婀娜，人说她是仙女下凡，永不显老。

核桃和花鼓从自己的房间走了出来，看一家人都起来了，堂屋已打扫得干干净净，早饭已端上桌子。祖奶奶坐在核桃木八仙桌旁把玩着山核桃，一改往日威严的样子，慈祥的目光一直瞅着从小房子里出来的核桃和花鼓。

由于一家人对花鼓月子里照顾得非常细心，花鼓的身体恢复得很好，基本恢复了原先没生孩子时的样子，并且脸色比以前更红润滑嫩了。等花鼓到了桌子旁坐下，一家人开始吃饭，吃过早饭李绪娃让大家又坐到桌子旁，说是要商量事情。

老太太目不转睛地看着花鼓，郭雪云和郭荣华也将目光转向了花鼓，她们不约而同地感到惊奇，这花鼓真是越来越漂亮好看了，简直像个熟透了的大苹果。

花鼓也看到了祖奶奶、奶奶、妈妈也是婆婆的异样的目光，不由得脸上泛红，低头说道："祖奶奶、奶奶、妈妈早上好，有什么就请吩咐。"

"没事，没事，花鼓呀，你为咱王家争了气，咱们王家已经四代单传了，如今你生下了一对龙凤胎，说明你有大富大贵之相，还有，你和核桃一起考上了大学，这可是咱们这十里八乡头一个，是夫妻状元啊。"李绪娃赞不绝口地说。

"对，核桃和花鼓给咱们王家扬名立万了，一家人就不再说夸扬的话了，再过一个月你们就要上大学了，今日咱们商量给你们都准备什么，特别是商量一下满仁和香穗的养育问题。"王铁栓叼着烟斗却没有点火，慢慢地说。

"没啥准备的，拿些换洗衣服，一床被褥，洗脸盆热水壶就行了。"核桃笑着回答。

"花鼓你咋不说话呢，需要啥你说，上大学了，咱们可不能让你受委屈。"郭雪云和郭荣华询问花鼓。

"花鼓有她的想法。"核桃见花鼓脸上通红不说话，就接过话茬。

"有啥想法，你快说说，只要我们能办到的，一定尽力办好。"王铁栓、郭雪云、郭荣华和王根牢异口同声。

“这……”，花鼓欲言又止。

“花鼓呀，你有啥想法就直说，妈妈从来没把你当儿媳妇看待，你是妈妈的亲闺女呀。”郭荣华上前拉住花鼓的手亲切地说，又轻轻拍了拍花鼓的肩膀。

“花鼓你说，尽管我把那积攒的100块捐献给石佛寺的僧人了，但你爷爷还有退休工资哩，他的钱就是你的，你说想要啥？”李绪娃急急切切地追问。

“祖奶奶、爷爷、奶奶、爸、妈，我想好了，我不上大学了。”花鼓仿佛下了很大的决心，声音虽然有些低沉，但话语却一字一顿，堂屋里的人都听得清清楚楚。

“啥？你不想上大学了？”李绪娃等人听了大惊失色！

“对，我不想上大学了。”花鼓提高嗓音说道。

“你这娃咋的了，胡说啥哩。”郭荣华杏眼圆睁惊叹加生气地斥责花鼓。

“花鼓呀，你这想法太不合常理了，多少人眼巴巴想上大学考不上，你辛辛苦苦努力一场考上了，怎么能说不去就不去了？”郭雪云劝说着，并向荣华使眼色，不要逼孩子，慢慢来。

“去，必须去，这还由了你了不成？”李绪娃威严地轻轻拍了一下桌子，言下之意谁敢违抗我这个老祖宗！

“花鼓呀，你可不敢任性呀，能考上大学真不容易，机不可失，时不再来，你可要慎重慎重再慎重。”王铁栓和王根牢也劝说花鼓并讲了不少大道理。

看到家里的长辈这样急急切切语重心长地劝导，核桃也一时没了主意。昨天晚上他被花鼓的一番话说动了，但上午家里长辈们的话他觉得也不无道理。他想替花鼓说几句，但一时想不出合适的言辞。

“祖奶奶，爷爷奶奶，爸和妈说得都有道理，都是为了我好，但我要说的是我已想好了，也决定了。你们想想，祖奶奶 80 多岁了，爷爷奶奶也 60 多岁了，爸爸妈妈也快 50 岁了，而我和核桃又生了一对双胞胎，现在刚刚满月，我们夫妻俩都上大学了，把两个婴儿放在家里全部交给你们来养育这怎么能行？何况我实在舍不得离开这两个小宝贝呀。”花鼓深情地说着，眼里泛着泪花。

“这事情好办，我和你奶奶一人经管一个，保管把满仁和香穗喂得白白胖胖的。”郭荣华听了笑着说。

“花鼓你放心，祖奶奶还能动，还能给雪云和荣华打下手，你上你的大学去。”李绪娃脸上露出笑容。

“对了，你不要担心满仁和香穗没啥吃，我的退休工资就全拿出来给两个娃娃买奶粉或炼乳。”王铁栓一边取火柴擦火点烟，一边认真地表态。

“家里的农活我全包了。”根牢憨厚地说，接着挥了挥拳头，显示自己虽然人到中年，但身体很好。

听了各位长辈的话，花鼓心里热乎乎的，多么通情达理，多么亲切亲爱的长辈呀，你们的心情心意我都领了，懂了，但我真的不想四年里只有寒暑假才能与一双儿女在一起，还有我真的喜欢唱戏，喜欢咱们家乡的花鼓戏呀。花鼓心里想着，也渐渐坚定了原先的想法。

“怎么样，想好了没有？想好了就表个态，我们为你和核桃准备行李去。”王根牢和郭雪云郭荣华问花鼓。

“想好了，不上大学了。”花鼓下定了决心。

“你这娃咋这样不听话，你要气死妈妈吗？”郭荣华生气地说。

“妈妈，请不要生气，女儿想好了，也决定了。请你听听我的心里话，妈妈呀，祖奶奶这么大年纪了，我怎能还让她老人家帮忙管小娃呢；而奶奶也快70岁了，她老人家还要料理一家人的生活；妈妈你已到中年，但你也一直钟爱唱花鼓，剧团恢复了，你们这些人才肯定要招回剧团去。如果我上大学了，家里只有奶奶一人忙活，这怎么行？何况两个小娃咋经管呢？特别要说的是我一直喜欢唱戏，喜欢唱咱们的商山花鼓戏，也是想将花鼓戏传承下去。小英妈妈说我底子厚扮相好将来肯定能唱好花鼓戏，剧团恢复时要招收一批年轻演员，她说我的条件是数一数二的。我想如果妈妈回到剧团了，我也去剧团了，这该多好，一来咱们都有工资了，有收入了，家里经济条件就改善了，更重要的是我能一直和两个娃娃在一起，从小就抚养教育他们，让他们健康幸福成长，这样也可以让核桃专心致志地上大学，这该是多么美好呀。”花鼓不知怎么了，竟然一口气说了这么多的话，说完后长长出了一口气。

没有料到平时嘻嘻哈哈、大大咧咧的花鼓竟然说出以上一番话来，让李绪娃、王铁栓、郭雪云、王根牢和郭荣华惊叹不已！

这些话更让核桃震惊，这花鼓真下了决心！

李绪娃和郭雪云郭荣华交换了一下眼色，刚才花鼓说她一直喜欢唱花鼓戏，还说要去地区剧团当演员，深深打动了她们三个一辈子都喜欢唱花鼓戏的。而花鼓说剧团可能要把荣华等人收回去，也让荣华心头一热。

李绪娃郭雪云郭荣华这三个互为婆婆的人眼前一亮！

共同的爱好使她们心潮澎湃！

看着花鼓坚定的目光，她们感到无比欣慰和高兴！

为了花鼓的坚定执着，为了花鼓的孝心和爱心！

王铁栓、王根牢和核桃看到李绪娃等人喜悦的面孔和钦佩的眼神，他们知道三位内当家的意见是统一了。

“好！我们同意花鼓的选择，我们支持你。”李绪娃等人会心一笑齐声而言。

核桃听了更是热泪盈眶，家里长辈们这样通情达理，花鼓如此珍爱一双儿女且为了支持他读好大学甘愿做出如此牺牲，真是太难得了。他也激动地表态：“我一定要努力学习和实践，学业有成一定回商山从事核桃研究和发展工作。”铁栓和根牢也顺势说咱们大队林场就是你每个假期的实习基地。雪云和荣华见大家高兴，说是今上午一家人好好聚一聚。说罢二人到灶房操作去了。花鼓此时觉得双乳很胀，立即想到该给两个宝贝喂奶了，于是去自己小房间给满仁和香穗喂奶，核桃紧跟着去了小房间。

午饭很丰盛，昨天给龙凤胎过满月备的食材还剩了些，所以雪云和荣华没有费多少劲就做好了满满一桌菜，当然了，桌子上的一道大菜，也就是最好的一道菜还是商州大烩菜。从公社供销社买的散酒还剩三斤左右，铁栓让根牢把酒拿出来，说是一家人再祝贺祝贺，主要是祝贺核桃要上大学了。铁栓还说核桃平时不喝酒，今日可以学着喝些，男子汉嘛，哪有不会喝酒的。

一家人刚刚坐到桌子边，正准备喝酒吃菜的时候，只听门外一声脆生生的呼叫：“核桃、花鼓，我给你们报喜来了。”大家循声望去，只见钱小英一阵风似的快步走进院子，接着直奔堂屋。花鼓见状马上起身迎了上去，连叫几声妈妈好，快来一块吃午饭。

钱小英也毫不客气，一屁股坐在荣华让她坐的椅子上，一口气喝完花鼓递过来的一碗开水，立即郑重其事地说：“告诉你们一个好消息，陶有善当了商山剧团的代理团长了，准备报请招回郭荣华回团里当副团长，专门负责培训新招的演员。团里还要招录花鼓正式去剧团当演员。有善说了花鼓考上大学了，要上大学还是去剧团当演员，由花鼓家的人和花鼓定。"

"妈妈，我们一家人商量好了，让核桃上大学去，我留下来，这是我们一致的意见，也正遂了我当演员唱花鼓戏的心愿了。"花鼓也高兴地说。

"好是好，花鼓你要拿定主意呀，这上大学毕竟是多少人梦寐以求的事，你能舍得这样难得的机会吗？"小英故意问花鼓。

"定了，决定了，人常说有舍才有得，鱼与熊掌不可兼得。还有人说萝卜青菜各有所爱，女儿就爱唱花鼓戏，我想跟太奶奶、奶奶、两位妈妈还有有善干爸学唱戏哩。"花鼓一口气说完这些话。

"我就说花鼓有主见有骨气，果然果然。刚才我的那些话是试探我女儿呢，实话告诉你，我就觉得你从小就是唱花鼓戏的料，这几年虽然剧团停办了，但你跟你太奶奶、奶奶和荣华妈妈学了不少花鼓戏的真传，可以说是有天赋，基础好，底子厚，高人指点，自学成才。咱们地区剧团现在是青黄不接，你去了肯定能热蒸现卖，就是台柱子了。"钱小英兴致极高，滔滔不绝。郭荣华听说要让她当副团长，心想这担子太重了，钱小英一眼看出荣华面露难绝，马上转身对荣华说大姐不必担心，依你的资质当个副团长没问题，我听有善说只让你负责培训新演员，虽然担子不轻，但这却是你最拿手的。有善是代理团长，还兼编剧和音乐，导演还是咱剧团的老田，大家都盼望你快回去哩。

李绪娃听了钱小英的一番话，高兴地说咱们王家真是喜事一件接一件，今日我也喝几杯酒，说罢让铁栓招呼大家开席，一家人有说有笑，个个喝得红了脸。

吃过午饭，钱小英到花鼓房间看了看龙凤胎，她一手抱着满仁，一手抱着香穗，亲了这个又亲那个，嘴里不停地说我有孙子孙女了。花鼓从小英手里接过香穗，与小英和荣华商量等核桃上大学去了，她再到剧团里报到，两个孩子太小，等过了百天再上班。小英说这个没问题，她今天下午就回城里，荣华明天就到团里报到，把住的地方安排好，到时候她们一块来接花鼓。

过了这年的春节，核桃就去大学报到上学了。

后来的事情果真按小英说的进行了，郭荣华重新回到了恢复不久的商山剧团，并且当上了副团长，专门负责新招收青年演员的培训工作。花鼓也到剧团来了，小英为其在剧团隔壁租了一间平房，房子不大有 20 个平方米，房子里支了两张床，一大一小，一个是花鼓和两个孩子的床，一个是雇了一个 13 岁的女孩当保姆的床。荣华是副团长，有一间 13 平方米的宿舍，她的事很多很忙，只有到晚上抽空来帮忙照看一下满仁和香穗，好在这两个小宝贝胃口很好，过了百天之后花鼓为了保持身材苗条给他们断了奶，基本上给两个孩子喂食奶粉和米粉，他们却也来者不拒，吃得有滋有味且白白胖胖。雪云也隔三岔五地来城里一趟，晚上就回家去了，她要负责给铁栓根牢和李绪娃做饭和做家务。特别是李绪娃的精神越来越好，村上的人都说这老太婆五世同堂了还这么精神，看来是成神成仙了。

放暑假时，核桃一下车就到剧团花鼓的住处看望花鼓和两个小宝贝。商山剧团地处商州城中心位置，剧院正门前是个大广场，既是州城开大会和聚会的场所，也是州城最热闹的地方。核桃一到花鼓那里，就抱起满仁亲了亲，又抱起香穗亲了亲，两个孩子也仿佛很懂事，睁着大眼睛看着自己的爸爸。核桃动情地对两个娃娃说小宝贝实在对不起，爸爸上大学了没有好好照管你们，爸爸虽然舍不得离开你们，但上大学是爸爸人生必须干的一件大事，机不可失时不再来呀。你们要听妈妈的话，健康快乐地成长，爸爸每次放假了都回来看望你们，不，爸爸大学毕业了一定回咱们家乡来，咱们一家人永远不分开。花鼓笑着说你对两个啥都不懂的吃奶的孩子讲这些他们能听懂吗？核桃说能听懂，你看他们给我点头呢，花鼓怀疑地看了看两个娃娃，谁知那两个小家伙真的被核桃逗得一摇一晃好像点头称是，夫妻二人不由得哈哈大笑。

花鼓再次叮咛核桃上了大学一定要好好读书，珍惜这来之不易的机会。核桃说这个没问题，保证完成老婆大人交给的任务。核桃又对花鼓说练功很辛苦，要注意休息。花鼓说你放心，这次能到地区剧团当演员，遂了她多年的心愿，她是下决心学好花鼓戏唱好花鼓戏。接着夫妻二人相拥一起，都表示把学习和练功当成快乐的事情，学精学专早日成才。到了晚上，钱小英郭荣华把小保姆和两个娃娃接到荣华住处，说是让核桃和花鼓两口子再说说知心话。

光阴荏苒，不知不觉一年过去了。花鼓在剧团排练的花鼓小戏中担任了一次主角，演出之后大获好评。这天，荣华和小英一起来到练功房，只见整个房子里只有花鼓一人，荣华问花鼓已经下班了怎么还没回家，花鼓回答有几个动作她觉得还不精练，还有几处的戏词也有些生硬，她在边练功边想能不能改一下戏词。荣华说台上三分钟台下十年功，你能这样做就对了，你要知道掌声是用汗水甚至泪水换来的。荣华说完，小英说花鼓练功非常刻苦认真，这一批招来的演员中花鼓不仅热蒸现卖，而且悟性高，除了一点就通还在有些动作上大胆创新。有善夸花鼓是个难得的人才，有几次还就花鼓戏的腔调音乐与花鼓交换意见呢。花鼓听了忙说那是团长偏爱他这个干女儿，不过她确确实实在与陶团长干爸的交流中学到了很多东西。说到这里，荣华马上慎重地对花鼓说："你刚才说什么有些戏词你觉得不顺口，这话可不能随便说，咱们剧团的编剧和导演都是年长资历深水平高的人，人家编写的东西是不能改的。"花鼓说："我知道了，但我觉得不顺口还是应该提出来，团长干爸说鼓励我们这些青年演员互相学习交流，还要大胆向老人手请教切磋呢。”钱小英听了马上接过话说：“对，花鼓你大胆地创新，我和你干爸给你撑腰。”荣华笑着指着钱小英说：“看你们把花鼓惯成啥了。”花鼓小心地表示自己一定会注意方法，既要说明自己的意思，又不能让编剧和导演面子上过不去。荣华和小英说如此就好。

转眼之间已是深秋时节了，这天天快黑时花鼓从排练室回到自己的住处，保姆正给满仁和香穗喂饭。两个孩子已经快一岁了，也习惯了每天晚上吃商州拌汤，即麦面加点水用筷子搅拌而成的疙瘩汤。今天晚上的面拌汤保姆特地炒了些葱花放了进去，满仁和香穗觉得味道很香，小保姆用勺子喂了这个喂那个，两个孩子吃得津津有味。花鼓看到满仁和香穗狼吞虎咽的样子心里十分高兴，过了一大会儿，她让保姆也去吃饭，由她拍着两个吃过晚饭的孩子睡觉。

夜深人静的时候，是想念亲人的时候。花鼓睡在硬板床上辗转反侧难以入睡，她在思念着在西北农学院的丈夫核桃。今年暑假的时候，核桃从学校回到商山剧团住了两天就去了王家村，核桃一回家铁栓和根牢就把核桃叫到王家村大队的核桃林场去了，当时花鼓和商山剧团的学员们正在紧张地培训和排练，也没有顾上回家去看核桃。核桃在大队核桃林场一待就是30多天，只是临近回学校的时候才回城里与花鼓团聚了两天。那短短的两天至今仍让花鼓难以忘怀，那两天除了夫妻恩爱，还有两个儿女让人心里甜。

花鼓在灯下想着她和核桃的故事，想着想着就拿起笔来，她想给核桃写一封信，她有千言万语要对正在读大学的丈夫说。

花鼓摊开信纸，用钢笔写了起来。

核桃你好！我现在在租住的房间里趁两个孩子睡觉了才给你写信。今天下午我们排练几个小节目，剧团里现在缺大剧本，所以只好排些以前演过的观众还很喜欢的剧目。

我刚刚洗了洗排练时湿透的头发，现在我舒服多了，今年暑假你回来一头就扎到林场去了，这个我不怨你，正如我现在毫不后悔我放弃了上大学的机会。如今我反而越来越庆幸当初的选择，因为我选择了我喜欢的并且力所能及的事情，还有我可以与我们的儿女朝夕相伴，还有我在剧团有两个精于唱花鼓的妈妈和一个精通花鼓音乐和腔调的干爸。他们都很忙，整天脚不落地跑，但都会抽出空余的时间指导我，特别是钱小英妈妈，除了在花鼓戏的音调唱腔和动作上悉心指教我，对两个孩子更是疼爱有加，擦屎擦尿，喂吃喂喝。我现在深深地体会到大家庭的温暖，更感到学唱花鼓的乐趣。当我看到满仁和香穗稚嫩的脸上的笑容，听到他们可爱的哭声和刚刚会喊的爸爸或者妈妈的时候，我不由自主地热泪满眶。当我一次又一次在丹江河畔巨大的卧牛石旁吊嗓子的时候，当我看到丹江里游动的丹江鲤鱼的时候，当我看到天空上的白云飘飘的时候，我会由衷地感到生活真美好呀！

核桃，如果你问我排练累不累？我会实事求是地说很累很累，但比起在农田里劳动的农民来说，我认为这些累是微不足道的。在排练时荣华妈妈说台上三分钟台下十年功，要求我要一丝不苟的排练。小英妈妈说功夫要练好，一年三百六十个早，刀在石上磨，功在苦中练。陶有善干爸说一身之戏在于脸，一脸之戏在用眼，旦角走，风摆柳，还要行不露足，笑不露齿。有善干爸还说卖面的凭汤，唱戏的凭腔，钉鞋的掌子，唱戏的嗓子。他要求我们唱戏要字正腔圆，声情并茂，绝对不允许荒腔跑调。所以最近以来，我一直在练眼神，练腔调，练体形。当然啦，唱词是一定要背诵得一字不差。

核桃，说真的，我很想你，希望你好好读书学习，我在剧团好好唱戏，天快冷了，要穿暖和些。

爱你的花鼓，一九七八年十一月。

花鼓在第二天就把写的信从邮电局的邮筒寄了出去。接着又在一个星期天乘坐熊耳山煤矿给商山电厂送煤的车回到了王家庄。

满仁和香穗由花鼓和荣华一人抱一个回到老家。王铁栓和王根牢也刚刚从大队林场回来，看到满仁和香穗的脸上蒙着一层灰，郭雪云马上给两个孩子擦脸，原来是拉煤车上的煤灰，再看荣华和花鼓也是满头满脸的煤灰，只好叫她们二人自己先洗脸了。

王铁栓见几个都洗了脸，就把大家召集起来，问道："回来有事吗？不是听说你们剧团最近排练正紧张吗？"

荣华见铁栓追问，她看了看根牢，又看了看雪云，看到她们鼓励的眼神，荣华轻声说道："我们剧团排戏遇到了困难，演员出去演出缺少服装，能不能从咱村的林场借上一两千块钱？"

"借一两千，你让我算一算，我现在的退休金每月 60 块，一年才 720 块，两年还达不到 2000 块，何况咱们林场正在搞良种育苗，正需要钱，虽然林场这几年有些积蓄，但大多数都交乡统筹村提留了，也没剩下多少钱。"铁栓扳着指头算账。

几个人正在说话，却见李绪娃拄着核桃木拐杖从房子走了出来。她的耳朵虽然已不如从前，由于铁栓几个在堂屋说话的声音很高，她听出了大概。

"你们是不是正在说钱哩，还说剧团没钱买衣裳，我这里还有几十块，我也捐给剧团，让他们好好唱花鼓戏。"李绪娃大声说道。

根牢看奶奶拿出一块两块和一角二角五角汇集成的百元钱，他也很受感动，马上从上衣口掏出200块钱说：“这是他准备到外地购核桃树苗的钱，捐出去让剧团买演出服，没有树苗咱们自己育，人说自力更生两只手，只要实干啥都有嘛，咱们自己育苗，一定要育出自己的高产核桃苗。”

“对，自力更生两只手，实干苦干样样有！”铁栓挥了挥手，大家都坚定了信心。

平时寡言少语的根牢看到他的话得到家人的一致赞同，心里十分高兴，他对荣华轻声说让你几个受累了，两个小孙子全靠你们几个看管，我也没帮上多少忙。荣华听了忙说我们心甘情愿受苦受累，我和花鼓的工资都花在两个小娃身上了，也没给家里补贴。只要你们几个把核桃新品种鼓捣出来了，我们也跟着高兴，听核桃说他准备放寒假时要去地区核桃研究所看看，到时候你也去一下，毕竟人家是正儿八经的专门机构。根牢说他以前也去过，核桃研究所已把咱村的林场作为核桃新品种试验基地了，荣华说那就好。

一家人正在说核桃又说剧团的事情的时候，花鼓拿出她给太奶奶李绪娃织的毛线帽子，说是天冷了，让太奶奶戴上防风寒。李绪娃让花鼓给她戴到头上，用花鼓调说当初把你的名字由花菇改成花鼓改对了，就是为了让你们把花鼓戏一代一代传下去，听说陶有善已经收集整理出一厚本子材料，什么时候能正式出版了才好，不然我们这些老古董都不在了还真说不清了。花鼓一边将毛线帽子的下沿拉了拉，一边回答说：“陶有善干爸忙得很，前一段收集了不少资料，准备把商山花鼓的音乐、唱词、腔调等分别整理成书，但由于当代理团长，事务缠身，所以出书的事要放一放了。”李绪娃认真地说：“我是盼望尽快出书，虽然我认的字不多，到时候你给我念一念，我还要提意见呢。”铁栓见老母亲有腔有调地说着，就插话说：“老妈肯定活过一百岁，你等着就是了。”

花鼓见太奶奶很高兴，又取出她给李绪娃和王铁栓王根牢买的商州鞋厂技术改造后新出的手工“两尚”布底鞋。说是穿上这种布鞋脚底下软，走路干活都方便，同时还拿出几斤路过沙河子时从集市买的东乡挂面，说是让家里的大人们改改口味。雪云看了后说花鼓到剧团去后越来越孝顺了，花鼓诚恳地说是奶奶传帮带做出了榜样。几个人听了都说花鼓不仅传承了王家的孝道，还传承了王家人唱花鼓的戏道。花鼓听了感到很幸运和幸福。

第二天花鼓和荣华带着孩子又乘坐邻居的拉煤车回到了县城，刚刚给两个孩子洗过脸，钱小英和陶有善夫妇就过来看望满仁和香穗了。钱小英亲了亲满仁，又抱着香穗亲了亲，说你们王家人都头发好，个个乌黑发亮，你看你爷爷王铁栓六十四五的人了，头发还那么黑，根牢也没一根白头发，核桃就不用说，头发又黑又硬，这满仁和香穗才一岁又是满头乌发，真让人惊叹呢。陶有善接过钱小英的话茬说你没看人家家里的太奶奶李绪娃，那才叫神仙呢，80多岁了头发还很密，只是有几根白发而已，我真真正正服了她老人家了。花鼓听了说这恐怕与他们常年吃核桃有关吧，陶有善和钱小英听了笑个不停，口里却说我们看她们是经常唱花鼓戏，心情好所致。花鼓看了看钱小英和陶有善夫妇两个也都头发很好，也就点头称是。

钱小英和陶有善夫妇回自己住处去了，花鼓迫不及待地开门，一进门就捡起地上的一封信。这封信是核桃写给花鼓的，只见信上写道：

花鼓爱妻，来信收到，勿念。

看到你的来信和信中所言，我十分高兴和欣慰。高兴的是你的豁达阳光，欣慰的是你的正确选择。实事求是地说这一段时间我既盼望你的来信，又害怕你的来信。因为你和我一同考上了大学，你为了咱们的一双儿女，为了你喜欢唱的花鼓戏，为了不给太奶奶、祖父母和父母增加麻烦而放弃了上大学的机会。

你说你现在快乐学习，快乐工作，快乐生活，这些话也给我以启示和启发，在我面对枯燥的数字和计算方程式时给我以灵感，让我苦苦追求的同时乐在其中。

花鼓爱妻，自从我到西农以后，我才知道大学图书馆里的书这样多，看也看不完。

听老人讲术业有专攻，通过常在图书馆看书，我才深深理解了这句话的含义，人不可能面面俱到，弄懂弄精一两种就行了。

紧张而有序的大学生活，我已经慢慢地适应了，也好像鱼儿游到了大海。如果说我们商山里的丹江是条波浪滚滚的大河，那么知识就是广阔无垠的海洋。我愿在知识的海洋里自由遨游。

在大学里，我第一次看到了那么多的书籍。

在大学里，我见到了众多的老师和师兄师弟师姐师妹，你若要问我现在怎么样？我的回答是我正在如饥似渴地学习林果专业知识，包括土壤学、气象学、植物学等等。

现在我才知道，我们的学识如此浅薄。

还有，咱们儿女的照片我已经让同班同学看了，他们都很羡慕。

还有，我们年级成立了党支部，我们班里只有我和张杰两个党员，由于我年龄比张杰大一岁，就让我担任了党支部的委员。

花鼓爱妻，咱们的全家黑白照片就在我的床头。我们宿舍共住八个学生，只有我和另一个同学结了婚有孩子了，其余都还没有结婚。他们都很喜欢咱们的双胞胎，更为羡慕的是咱们一家五代同堂的天伦之乐。

花鼓，感谢你的付出，感谢你在家养育儿女。

核桃写于一九七八年十二月。

看完核桃的来信，花鼓兴奋激动得半晚上都没有睡着觉。她觉得人生如此美好，大家庭如此美满，能够干着自己喜欢的事情真好。看到核桃来信上说同学们都特别羡慕他们一家五世同堂的天伦之乐，花鼓暗想每年过八月十五中秋节的时候，她把两个孩子带回家去看望李绪娃等老人。

每年八月十五中秋节前一天晚饭前，李绪娃都要给去世几十年了的老伴，也就是王铁栓的老爹的灵位前摆上一碟核桃，点燃三炷香插在香炉里，默默祭奠一番。

铁栓的爹是那年七月十四从核桃树掉下来摔坏了头去世的。中年丧夫让李绪娃悲痛不已，她和农村失去亲人的妇女一样，从此时起心里记惦的就是哪天是头七，哪天是二七、三七、四七、五七、六七、七七。即亲人去世的七七四十九天里，每逢七日都要让子女们到坟上给去世的亲人烧香烧纸。接着就是亲人去世的一百天那天叫百日，也要去烧香烧纸，再接着就是在去世人去世一年的时候过头周年，再接着是二周年。而三年时要隆重地举行过三年仪式，请亲朋好友来给去世的亲人坟上烧香烧纸，并要给孝子们去掉头上的孝布，至此去世的人的事也就结束了。但李绪娃做的与其他人不同，就是每年八月十四，都要给铁栓他爹灵位烧香烧纸，并专门供奉一碟细心挑选的几乎一般大小的核桃。用她的话说老伴一生种植核桃，还是从核桃树上掉下来要了命的，要让他在天堂里年年吃上核桃。还有她必不可少的是给老伴哼上几句花鼓戏，说是要让他在天堂里听她唱戏高兴。

这一年的八月十五正好是个星期天。花鼓一大早就给满仁和香穗穿戴整齐，与荣华一人抱着一个孩子去车站买票乘车到了沙河子，再过丹江河回到了家里。

花鼓荣华几乎是和铁栓与根牢同时回家的。原来这天铁栓和根牢天刚亮就带着两布袋鲜核桃去了州城，他们是去给杨抗战专员送八月十五的。自从杨抗战从渭南老家住到专区老干部家属楼之后，每年八月十五铁栓和根牢都要给他家送去一袋鲜核桃。

这次去给杨抗战送鲜核桃时铁栓和根牢在杨抗战家里遇到现任副专员张正义，他们一见如故，相谈甚欢。张副专员说他分管财贸和林业，铁栓说如今核桃在咱们这里已经初步形成一个产业了，但仍然是产量不少，却以自食自用，卖带壳核桃为主，附加值和深加工远远不够。杨抗战说能不能办个核桃加工厂什么的，把咱们的核桃销出去，张正义说他正让工业局的人在外考察，看能不能搞核桃加工或搞成外贸产品。杨抗战听了眼前一亮，说这个主意好，他在渭南时听一个人说核桃在外国还很吃香哩，张正义说他回去过了十五马上就督促这个事。铁栓和根牢听了大喜过望，没想到自己顺口说的事情两位专员都这样重视。回家的路上铁栓一个劲地说真是不虚此行。

看到铁栓和根牢脸上洋溢着喜气，李绪娃和郭雪云一齐问今天得了啥喜事了，看你们父子俩高兴成这个样子了？王铁栓立即放下手里提的两条红色丹江鲤鱼说是有大喜讯了，今天我和根牢在杨抗战专员家遇到了现任的张副专员，我们也就无意说了句闲话，人家两位专员都很重视，说是要考察调研兴办外贸加工厂哩。如果真的办厂子了，咱们的核桃就漂洋过海了，价钱也肯定上去了，这可是利国利民的大喜事呀。根牢紧接着父亲的话说真是大喜事，回家过丹江时我顺手在丹江河堤的卧牛石下摸了摸，就逮住两条大鲤鱼。荣华也接过根牢的话，说她们剧团的陶有善经过修改，新编的一部花鼓戏也快成功了。

绪娃和雪云听了连说看来今年是喜事多多了。

李绪娃让雪云和荣华去灶房做饭，并叮咛要把那两条丹江鲤鱼煎嫩些，让满仁和香穗多吃些鱼肉，孩子多吃鱼肉就长得聪明。

铁栓说："老妈你常说吃核桃能润肺补脑，这孩子聪明不就是脑子好使嘛！"绪娃说："吃鱼和吃核桃都好，你昨天还跟老妈抬杠呢，等会儿你们几个都要给灵位磕头呢，我看满仁和香穗也能跪下磕头了。"铁栓回答说："那是必须的，咱家是五代同堂呀。"

铁栓看了看根牢，问他昨天晚上在锅里暖的水花柿子甜了没有？根牢说甜了，早上出门前他就尝了一下，又甜又脆的。铁栓说那就好，等荣华和花鼓回城里时把暖好的柿子带上些，送给陶有善和钱小英夫妇。

一家人吃午饭前，个个都在铁栓父亲的灵位前磕头，按照李绪娃的要求，满仁和香穗也给太爷爷磕了头。

午饭是米饭，大米是村前河滩地里产的稻子碾的。李绪娃还特地让雪云做了一道凉菜，是今年春天核桃开花时掉在地上的核桃穗，她特意捡了一些，放在阴凉处晾干了，用牛皮纸包起来。今天用温开水泡了泡，在开水锅里拉一下，做成了一道凉调的小菜。大家吃着都说不错，绪娃还让雪云做了用核桃作馅的月饼，并不停地夹鱼肉给满仁和香穗。

绪娃笑着问满仁："核桃月饼好吃吗？"

满仁眨着眼睛，看着慈祥的太奶奶回答说："甜甜的、香香的。"

绪娃又问香穗："鱼好吃吗？"

香穗也眨着一双大眼睛，笑着回答说："滑滑的、肉肉的。"

李绪娃和郭雪云都夸满仁和香穗聪明可爱。正在吃着饭，李绪娃又问荣华陶有善把商山花鼓的有关书编成了没有，她心里总是牵挂此事。荣华把一盘炒鸡蛋向绪娃面前挪了挪，说还没编出来，陶有善是代理团长，整天忙行政事务，编书的事也是提一提放一放，不过陶有善说了这些年收集的东西真不少，还说出书不能急躁，要字斟句酌，要对得起先人和后人，他这样的态度还真是让人佩服。绪娃听了连连点头，接着饶有兴趣地说："不是我催促他，是我年纪大了，有些等不及了，总想为你们掺合掺合哩。"雪云端起炒鸡蛋盘子给绪娃碗里拨了些，笑着说："您老人家是咱们家的寿星，人家国家讲国宝，您是咱家的家宝，陶有善如果编出了花鼓戏的专著，肯定有您老人家一份大功劳。"花鼓见每个上辈人都这样热衷花鼓戏这个话题，心里暗下决心一定要传承好商山花鼓这一文脉。

看到 80 多岁的老母亲念念不忘商山花鼓的传承，特别是近年来愈加关注陶有善对商山花鼓音乐腔调的搜集整理，王铁栓心中一热，暗想商山核桃虽然早已名声远扬，但随着种植面积的扩大，新品种的培育推广和低产园林的改造显得越来越重要，而由于农村的核桃树多以农户一家一户经管，技术培训就必须赶上去，不然老靠传统的方法还真不能够适应核桃生产发展的需要。暑假核桃从学校回来也提出了这个问题。想到这里铁栓抬头看了看憨厚的根牢，根牢见父亲盯着他看，就问道："老爸有啥事吗？"铁栓说："核桃暑假回来提的问题你想过没有？"根牢说："就是培训核桃种植户技术的事吗？"铁栓笑了，说："你记得就好，我看就由你和核桃商量结合咱们的实际拿出技术培训的讲稿或材料，再让核桃研究所的专家给改一改，依托人家干起来就容易些。"根牢马上回答已写了一部分了，待寒假核桃回家了，他们再写些就给核桃研究所送去，争取开春就搞培训。

商山地区剧团团长陶有善这段时间忙得不可开交，上级在上个月宣布取掉了"代"字，他就是名正言顺的团长了。尽管他还是一如既往地那样勤勤恳恳地努力工作，但仍然感觉到这个“代”字被取掉后大家看他的眼神与以前有些不一样了，他安排部署的工作比以前顺当了。他也顺势借取掉了“代”字放心大胆地请文化局长带着他去找了几回分管文化的副专员，效果比原先预料的要好得多。经分管副专员协调，不仅解决了剧院更换布景大幕、剧场灯光和音响设备的款项，还为剧团争取了十个正式编制。他把这些钱用在了刀刃上，剧组的灯光和布景及大幕焕然一新，让人们马上感到眼前一亮。接着他用新增加的十个编制从各县剧团挑了几个业务尖子和演奏能手，充实加强了文武场面，强化了导演制，由导演统一规划表演、音乐、舞美、服装、化装、道具、效果等各个环节。接下来他要加班加点修改已经成型的剧本，争取尽快排演出一两部大戏，不然愧对商山父老和各级领导的关心支持和期望啊。

陶有善正编写的剧本名字叫《状元屠夫》，为了这个剧情他与几名创作人员讨论了多少次连他自己也记不清了。大家提的修改意见越多，他觉得剧本越成熟了。按说这年的八月十五中秋节他是准备去李绪娃家看望她和王铁栓夫妇的，但由于最近确实太忙了，就让钱小英托荣华给李绪娃和王铁栓夫妇捎了些糖果月饼，他自己却在办公室改了一整天剧本。

陶有善为修改《状元屠夫》这个剧本可谓费尽了心思，从剧本筹划到人物设置等等都精心安排，而写这个剧本的初衷却是为了彰显商山人的忠厚正直和勤劳质朴，同时也按照惩恶扬善这个套路安排剧情发展，而人物的命运也与剧情的发展一样跌宕起伏，当然了，还特意安排了知恩图报这一中国人传统美德的闪光情节。甚至在修改过程中陶有善自己也情不自禁地融入剧情之中，在房子里手舞足蹈起来。

“陶团长，八月十五中秋节你咋不回家却在办公室呢？”门外郭荣华提着一包李绪娃让她带给陶有善夫妇的自制核桃馅月饼和水花暖柿子敲着关着的门。

陶有善听见敲门声，这才从如痴如醉的剧情想象中醒了过来，快步走到门口打开了办公室的门。

“这是我家老太太给你和小英的自制月饼还有水花柿子，我刚才到你家小英也不在，我猜你在办公室呢，果不其然呀。”郭荣华笑容满面地说。

“小英肯定和她的几位好姐妹闲聊去了，这不，我是加班改咱们剧团准备参加省上会演的剧本呢，这可是咱们商山花鼓的一本大戏，我和导演商量了，正想听听你的意见，由谁演女主角呢。”陶有善接过荣华手中的月饼和柿子，迫不及待地打开拿了一个就吃了起来。

看到陶有善狼吞虎咽的样子，郭荣华笑着说道：“你看你这个取掉了‘代’字的团长越来越拼命了，这个剧本已经上上下下翻腾了多少回了，也该确定下来了。至于谁当女主角还是你和导演说了算，我这个副团长主抓演员培训，我要向你汇报的是咱们剧团从县上抽调的几个演员都很不错，还有咱们团原先那几位老演员也甘当铺路石，他们把自己戏曲表演的收获和特点，毫不保留地端了出来。特别是能在咱们花鼓戏的表演上既继承传统的手法，又引进借鉴京剧、舞剧、歌剧、话剧的表演特长，丰富完善咱们花鼓戏这一古老剧种在表演上所塑造的每一个剧中的人物形象，真是太难得了。依我看咱们这次排演你们编写的花鼓大戏《状元屠夫》一定会一炮打响。”

“哈哈哈，咱们郭团长还真是口吐莲花了，你不仅唱得好，总结得也很好呀，我看你就演《状元屠夫》里的朱氏，花鼓就演常凤英。”陶有善又拿起一个月饼，连说核桃馅的月饼别有风味，就是好吃。

“陶团长，让我们母女二人都演女主角恐怕不合适吧，再说咱们剧团能唱能演的人多的是呀！”郭荣华连说不妥，并一再推辞。

“我看正合适，你演朱氏是亏了你了，但花鼓演常凤英却再也合适不过了。”陶有善肯定地说。

“我是怕咱们团里有人要说闲话了，说咱们是亲戚，说你偏心眼。”

“实话告诉你，让你和花鼓出演女主角是导演提出来的，当然我也同意，我们可没有掺杂私心。”

“可我还是担心哩。”

“我看你是担心影响了你那两个宝贝孙子，我让小英多操些心，你就多担待些吧。”陶有善边吃月饼边笑着说。

看到陶有善主意已定，郭荣华只好说那行，临走时她问陶有善能不能尽快把剧本敲定，好让演员们提前熟悉戏词。陶有善见郭荣华答应了，马上说没问题，一旦定稿马上印发给每个演职人员。

郭荣华从陶有善办公室出来，径直走到花鼓的房间去，花鼓与保姆正在逗满仁和香穗玩耍。看见荣华急急切切的样子，花鼓放下孩子给荣华让座，荣华坐在床沿上抱起满仁逗了一下，认真地对花鼓说：“团里要排演大本戏了，就是讨论多次的《状元屠夫》，陶团长说让我和你分别扮演朱氏和常凤英，我担心咱们演不好。”花鼓听了高兴得跳了起来，大声说：“让我演常凤英那太好了，我正想去给陶团长说呢，妈妈不是担心你演不好，恐怕是担心我演不好吧？这个请妈妈放一百二十个心，女儿这点自觉自信还是有的，前一段的学习实践我是下了功夫的，不仅向年长的请教，还虚心地向年轻的学习，加上有你和我奶奶、祖奶奶的言传身教，我现在可是跃跃欲试呢。”花鼓说罢端端正正站在荣华面前，一副坚定的样子让荣华也感到出乎意外。

“花鼓啊，刚才我说了，这次团里排演的可是大本戏，也是多年以来用花鼓戏形式排演的第一本大本戏，创作人员下了大功夫，全团上下甚至社会上都睁大眼睛盯着哩，如果咱们母女俩出演女主角就必须演出高水平，否则难以向社会交代呀！”荣华还是有些不放心。

“妈妈，你演朱氏肯定没问题，我演常凤英也没问题，实话告诉你，从参加讨论剧本的时候起，我就捉摸着演常凤英这个角色了，可以说讨论稿中常凤英的戏词我都能背过，至于怎么让这个角色出神入化形象逼真，我也暗暗揣摩并渐进角色。你看看，这是上次团里给你的那本待定剧本我就没丢，整天在背戏词练动作呢。”花鼓说罢把手中的剧本晃了晃又收了起来。

“看来你是早就想演常凤英这个角色了？”荣华略显惊讶地说。

“是的，难道妈妈还不相信女儿吗？那好，我不给你背戏词，我给你朗诵一下剧情简介，因为我想演好常凤英这个角色就要明确常凤英在整个剧情里的角色定位，就要明确剧本的剧情。请妈妈听一听，我朗诵的剧情简介咋样！”花鼓说完，清了清嗓子，用花鼓戏的腔调朗诵了起来：

“《状元屠夫》剧情简介：该剧主人公侯山在往商州贩猪羊的路上，救了进京应试病倒在雪地里的常金龙并与其结拜为异姓兄弟。常金龙高中状元后，忘恩负义卖身求荣，认杀父仇人杨猎为义父，还与救命恩人侯山反目为仇。常金龙之母朱氏，携女凤英，进城寻找金龙，却被儿子三次用脚踢于灞桥之下，幸被侯山搭救认作干妈。后来侯山又救了与母亲失散，欲投河自尽的常金龙之妹常凤英，使其母女得以团聚，从此一家三口其乐融融。时隔不久皇上张榜寻找护国珠宝——夜明珠，用以扶持太子登基。侯山误揭皇榜，将被刑罚，情况危急之际，朱氏将保存的夜明珠交予侯山献出，侯山被封为献宝状元，官拜西台御史。奸贼杨猎与常金龙欲趁侯山夸官亮宝之日借机夺宝。在此期间，常金龙再次与母亲朱氏及妹妹凤英相遇，常金龙竟丧心病狂，执剑杀母。侯山被激怒，将忘恩负义的常金龙扔进莲湖并诛杀奸臣杨猎。于是龙颜大悦，钦命侯山加官一品，辅佐太子登基。朱氏加封一品诰命夫人，常凤英与侯山日久生情，且凤英对侯山感恩报恩，二人遂结为夫妇，真是双喜临门，喜上加喜。”

“好，好，一字不差，一字不差，字正腔圆，字正腔圆！”郭荣华拍手叫好。

“妈妈，要不要女儿再给您老人家来一段常凤英‘叫哥哥你莫要如此介意’的唱段？”“叫哥哥你莫要如此介意，妹妹的手艺拙不要嫌弃，我母女得重生多亏了你，一辈子报不完哥的情谊。”花鼓边唱边表演，仿佛就在剧院的台子上。

“好，好，声情并茂，形神兼备。”陶有善和钱小英推门进来，同时大声赞誉。

“团长，你看我正和花鼓说演《状元屠夫》女角的事，你就来了，要说花鼓还真胆子大，这不都偷偷进入角色了。”荣华见陶有善夫妇一进门就对花鼓大加赞赏，也附和着。

“怎么样，我说花鼓演常凤英没问题，果然如此吧？”陶有善笑着问郭荣华。

“陶团长，我是担心花鼓没演过大型历史剧，这《状元屠夫》里的常凤英可是官宦人家的千金小姐呢。”郭荣华郑重地说。

“我看花鼓行，刚才那一声叫‘哥哥’，这‘叫’字和‘哥哥’语音婉转，可谓含情脉脉，韵味无穷，既唱出了咱们商山花鼓的原生态之味，又唱出一丝京剧的余韵，听得让人心醉呀。还有最后一句‘一辈子也报不完哥的情谊’里虽然一个‘哥’字，却也加重了语气，与后边的情谊二字相得益彰，真是天籁之音呀。”陶有善再次拍手叫好。钱小英却在一旁点评，说花鼓演戏出神入化，那手势真的传神，眼光真的销魂。

“看你们把娃夸成一朵花了。”荣华看了看花鼓，亲昵地说。

“这叫实事求是，我老陶可轻易不表扬吹捧人，刚才我又和导演交换了一下意见，决定明天最后一次敲定剧本，争取元旦上演。”陶有善肯定地说，同时向花鼓投去信任的目光。花鼓见状忙说是编剧编得好，也是两位妈妈教得好。

“哎呀，这时间是不是太紧了，两三个月时间咋行？”郭荣华着急地说。

“荣华你放心，咱们剧团的人都憋着一股劲呢，何况这剧本讨论多次了，几个主要角色的演员通过讨论剧本恐怕早都把戏词背得滚瓜烂熟了，只要抓紧排练，应该没问题。”陶有善自信地说，同时双手握拳在空中使劲挥动了几下。

商山剧团在第二天上午就召开了全体演职人员大会，讨论审定了《状元屠夫》剧本。陶有善和导演在会上宣布下午准备，晚上带妆排练，此话一出，大家既惊诧又兴奋，这可是剧团历史上的第一次直接带妆排练，以前哪一本戏不是排练许多次后才带妆排练的，看来团长真是背水一战了。演职人员二话没说下去准备了。到了晚上，大家提前到了剧院，陶有善等人也早早就在剧院正式演出的后台等待，灯光、音响、乐队也准备停当，大幕拉开，《状元屠夫》的首场彩排就开始了。彩排结束，大家一致认为效果出奇的好。演职人员三个一簇五个一堆讨论着，都说没有料到演侯山和常金龙的两个男演员和演朱氏的郭荣华演得这样好，简直可以直接正式演出了，特别是大家对花鼓的演出表示惊叹，那唱腔几近完美，那手势、眼神、造型真是让人眼前一亮。而那演侯山的演员说如果生活中真能是这样多好，他是心甘情愿让荣华给他当丈母娘，心甘情愿娶花鼓为妻的。演常金龙的演员也说如果生活真是这样，他也心甘情愿让荣华给他当妈妈，让花鼓给他当妹妹。陶有善和田导演说你们这就叫入戏了，所谓人生如戏，戏如人生。虽然已是深夜了，人们还是不忍离开剧场。田导演在话筒上喊说大家回去休息，明天上午继续排练，人们才恋恋不舍地离去。

花鼓回到家里，帮助保姆做好哄孩子睡觉的事情。荣华推门进来，看到花鼓仍然是喜气洋洋的样子，她坐了下来语重心长地说："花鼓呀，今天彩排很成功，大家也说了许多赞美的话，但妈妈还要叮咛你要谦虚谨慎，所谓人上有人天外有天，学无止境，艺无止境。"花鼓听了忙说："谢谢妈妈提醒，我也时时警告自己千万不能骄傲自满，特别是干爸和你都在剧团当领导，我整天提心吊胆，生怕做错什么给你们带来麻烦，所以请妈妈多指教，我一定不辜负你们的希望。"看到花鼓这样通情达理，荣华拍着满仁和香穗睡着了，叮咛花鼓也早些歇息，明天还要排练，说罢就回自己房间去了。

第二天剧团的演职人员按团长和导演的要求准时开始彩排，且一次比一次认真，每次都像正式演出一样。如此一来，短短的时间里居然排练一出大戏，且在元旦正式演出，果然是一炮打响，引起轰动。接着又参了全省地方戏剧会演赛，荣获编剧和演出一等奖，省电视台还专门进行了全场录像，并在电视上播放，更是吸引了无数观众，从而使商山花鼓戏这一剧种广为人知。扮演侯山和常金龙的演员，尤其是扮演常凤英的花鼓一时间声名大振，有几次花鼓上街买东西被观众认了出来，引得众人围观。还有几个毛头小伙子竟然给花鼓写求爱信，说什么常凤英有沉鱼落雁之貌，还说她是千娇百媚，万种风流，是什么柳叶眉杏仁眼，是个比花花解语，比玉玉生香的大美女。花鼓看了也不言语，有一天故意和保姆一人拉一个孩子到街上转了一圈，孩子一个劲叫妈妈，人们才知道这个扮演常凤英的演员已是两个孩子的妈妈了，遂对花鼓显得如此年轻美貌而赞叹不已。那几个悄悄给花鼓写求爱信的知道了此事，从此也不再给花鼓写信了，但只要剧院演出《状元屠夫》，他们仍然是场场不落地看了一遍又一遍。

当然，几次在地区剧院的正式演出，花鼓都根据陶有善和田导演的要求，和荣华一块回到老家王家庄专门把李绪娃和郭雪云请到台下观看。而李绪娃和郭雪云每次都要对演出提些意见和建议，尤其是对戏词和唱腔的建议，让几位主角扮演者每每获益不浅，看到这些，陶有善和田导演更是暗暗高兴。

花鼓在商山地区是名声远扬了，但她仍时刻惦记着李绪娃郭雪云和郭荣华多次告诫她的话：世上的事情没有最好，只有更好。为了更好，她要永远努力。在此期间她还收到核桃一封热情洋溢的信，说是他从电视上看到商山地区剧团演出的《状元屠夫》，他们学校的不少同学和老师都知道了商山深处还有如此美妙的花鼓戏，他们班上的同学知道了朱氏和常凤英的扮演者是核桃的妈妈和媳妇后更是赞叹和羡慕不已。核桃还在信中说看到花鼓取得了如此好的成绩，逼得他也要猛赶直追。花鼓把核桃的来信看了一遍又一遍，思念之情也愈加浓烈。

转眼间就到过春节的时候了，核桃从学校回来，一下车就直奔花鼓的宿舍。花鼓还在排演场没有回来，满仁和香穗由保姆陪着在地上打滚玩耍。房子里安装有蜂窝煤炉子，一根铁皮筒子从炉子上伸到窗子外面，房子里暖烘烘的，两个孩子竟然玩得满头大汗。保姆见核桃来了，忙招呼核桃在凳子上坐下，并让满仁和香穗叫爸爸。两个孩子有些怯生地叫了声爸爸，就躲到保姆身后去。核桃感慨地说：“才几个月不见，两个孩子就隔生了。”保姆说：“孩子小怕生人，一会儿就好了。”果然被保姆说中了，核桃从包里取出几颗水果糖，在手中晃了晃，两个孩子就争先恐后地向核桃扑了过来，童声童气地“爸爸爸爸”叫个不停。

下午晚饭时花鼓和荣华一块回到花鼓的宿舍，推门进去看到核桃正一手抱着一个孩子在逗着玩，两个孩子见了妈妈立即喊着妈妈并从核桃怀中挣脱出双手向着花鼓。花鼓欣喜地说：“放寒假了，快把孩子给我，你歇会儿。”荣华也伸出双手与花鼓一人抱了一个孩子。核桃笑着说：“一放假我就乘车往回赶，你知道我太想你们了，有家的感觉我是越来越有体会了。”荣华看了看一直清秀爽朗的核桃，感到儿子这一年多变化很大，特别是原先言语不多，现在很健谈且有时还真幽默。于是她高兴地说：“儿呀，咱们商山剧团编排的大型花鼓戏《状元屠夫》真是一炮打响了，获了大奖，上了电视，听说十几个省市都准备移植咱这部戏哩；还有人说就连其他几个国家都看上了，准备进口这部戏，咱们家的花鼓也成了名人了。”核桃见妈妈夸《状元屠夫》这部戏，还夸奖花鼓演得出了名，他知道妈妈是想让他高兴高兴，马上笑着说：“我在电视上看到了，要说花鼓之所以演得这样好，还是得益于祖奶奶、奶奶和妈妈的言传身教，当然也有花鼓的辛勤努力。说实在的，你们都这样出色出彩，让我也感到了很大的压力呢。”核桃说完故意吐了一下舌头。

“那你就把压力变成动力吧。”花鼓笑着对核桃说，接着把满仁交给核桃，说是你们父子亲近亲近，她要和荣华妈妈去做饭，好好招待一下放寒假回家的大学生。

饭后刚刚洗完碗筷，荣华和保姆就把两个孩子抱去荣华的房子去了。核桃和花鼓知道妈妈的意思，是让他们小夫妻多在一块亲热亲热，所以荣华和保姆一走核桃就迫不及待地和花鼓亲热了起来，花鼓快活得几次大喊我的亲哥哥，我的亲哥哥。核桃也很满足，连说王家上辈子积了福，让他娶了一个贤惠漂亮的好媳妇。

激情过后，核桃和花鼓静静地躺在床上，花鼓把核桃的一只手拉住放在自己的胸口上，轻声说："我真想咱们就这样一直静静地躺在床上，彼此能够听到心跳声。"核桃说："我也想这样呢，但现实是我要继续完成我的学业，你还要传承和发扬咱们家世代相传的花鼓戏。如今社会需要我们顽强拼搏，我们要担负社会和家庭的责任，可以说是时不我待呀。"花鼓听了也动情地说："是啊，虽然我也很想长相厮守，但我也明白我们作为晚辈和为人父母的责任。虽然演戏练功很辛苦，但我觉得与我们在农村田地里干农活相比轻省多了，要说辛苦，农民才真正辛苦。所以剧团说要下乡为农村农民唱戏，我和妈妈一场不落，并且我们还十分认真毫不马虎，看到农民赶十几里路来看戏，我们很是感动。"核桃用大手在花鼓的肚皮上抚摸着，他也动情地说："是啊，农民们太辛苦了，相当一部分农村人还很贫穷。我想我们这一代人，一是不要忘记农民，二是努力为农村农民做些事，告诉你吧，我现在除了学习专业课知识，整天想的是咱们商山核桃品种的改良和如何扩大核桃栽植面积以及科学管理，提高核桃产量，提高种植户的经济收入。这次放假我也只准备在你这里待两三天就回大队林场去，还要去核桃研究所和师傅们探讨问题，不能多陪你和两个孩子了，你能谅解吗？"花鼓娇嗔地扭动了一下身子，连说："我理解，不存在谅解，反正你干啥我都同意和大力支持。"核桃说："那就好，睡吧，你看天都快亮了呢。"

第二天早上十点多，核桃和花鼓才从床上起来，刚刚简单洗漱了一下准备开门，王铁栓和王根牢就站在门外敲门了。核桃急忙把门开开，见是爷爷和父亲来了，核桃和花鼓都一下红了脸。铁栓和根牢却什么也没看见似的说核桃放假了，核桃应声说昨天刚回来，还没来得及回家。铁栓说这里也是家里嘛，不要胡说了，回来了就在这里多住几天，家里也没多少事。铁栓告诉核桃，他和根牢准备去一下地区外贸加工厂，去厂里联系一下，让根牢组织人到山区收购核桃的事。根牢笑着给核桃说如今老爸重操旧业了，带几个人走村串乡收购零散的核桃，集中起来送到外贸加工厂去。核桃问外贸加工厂收核桃是连壳卖了还是加工成核桃仁卖。根牢说原先是连壳整麻袋装的统一装车送到西安，听说还出国哩，今年咱们建议杨专员给现任专员说去外地考察了一次，原来可以把核桃壳砸了专门卖核桃仁，并且核桃仁的价格比连壳卖价值贵多了。这不，你奶奶还组织咱们村 30 几个中青年妇女去外贸加工厂砸核桃，每天收入比在家里挣工分值钱多了，而我们去偏僻的地方收购核桃也是补充了公社供销社收购不足的问题，还解决了偏远地方农户上城不方便的问题，可以说是一举多得的事儿。核桃听了十分高兴，他知道这个外贸加工厂前几年主要是加工龙须草绳，还有麦秸草编草帽，前一段又搞玉米苞编提篮等编织农产品，听说出口到国外去了，如今大量加工核桃，那可真正为农民增收开了方便之门。

铁栓和根牢核桃商量去外贸加工厂去看一看核桃加工情况，核桃说奶奶也算古稀年龄的人了，还引着村里的妇女去外贸加工厂砸核桃拣核桃仁，真让人敬佩。铁栓说你奶奶是闲不住的人，她只是鼓励中青年妇女尤其是能离开家的妇女农闲时间干零工。她今日来也是想看一看满仁和香穗，由于正好路过外贸加工厂，几个同来的妇女硬拉着她去厂里转转，我们原先计划吃中午饭时接她过来，既然核桃想去厂里看看咱们就去一下。于是三个人一路走着，不时看到有大卡车拉的麻袋装的核桃往外贸加工厂方向而去。根牢告诉核桃，这些大车里装的核桃都是从区上和各公社供销社拉的，全商山地区各县都有，如今的外贸加工厂正红火着哩。核桃心里想，看来自己选择林果专业并投入不少精力钻研核桃种植知识是选对了，想着想着不由得加快了脚步，根牢见核桃走得太快了，就喊叫说让走慢些，不然爷爷赶不上。

到了外贸加工厂门口，看门的和根牢是熟人了，稍微寒暄几句铁栓和根牢核桃就来到核桃加工车间。只见偌大的厂房里一片砸核桃的响声，妇女们排成几行坐在小凳子上砸着核桃，同时飞快地拣好核桃仁，并根据核桃仁的颜色和完整情况分别装在低箱子里。郭雪云正帮助几个同村的妇女拣核桃仁，核桃加快步子走向奶奶脆生生地叫了声奶奶说我回来了。郭雪云听到核桃叫她，转过身应了一声，转身又对几个妇女说一定要严格按标准分好等级，分别装箱，这个不能有半点马虎。几个妇女齐声说请老人家放心，郭雪云这才跟着核桃走出了加工间。

核桃边走边问根牢，不知道核桃研究所研究核桃新品种情况怎么样了。根牢说他和大队林场的技术员去过几次，听所里人说咱们这里是核桃的适生区域，外来的品种一般都能种植。这几年随着核桃外贸出口量的增加，看来咱们这里既需要扩大核桃栽植面积，还要在提高核桃产量的同时提高核桃的品质。而咱们现在的主要问题还是品种老化和在科学管理以及规模化栽植上没赶上去，你现在学的专业就是林果，要多和研究所联系。这时铁栓插话说根牢说得对，实践出真知，你们在学校学的理论一定要和实践相合，也就是用理论指导实践，用实践丰富和发展理论。核桃听了高兴地说爷爷哲学学得好，我也是这么想的，刚才在外贸加工厂我看到妇女们砸的核桃真是参差不齐，看来我们的品种改良和科学管理还真是没赶上去。我准备下午和明天都去核桃研究所找王所长谈一谈，把我从学校拿回来的有关资料送给所里，看能不能帮上忙。核桃又问郭雪云奶奶下午怎么回家去，要不要去车站买车票，郭雪云笑着说不用花钱买车票了，下午公社拖拉机站有送核桃的大拖拉机来外贸加工厂，她和铁栓、根牢坐拖拉机回去就行了。

回到家里，花鼓和荣华已经做好了午饭，一家人高高兴兴有说有笑地吃了饭。铁栓和根牢核桃一块去地区核桃研究所找到王所长，核桃和王所长见过两次面，而王所长和铁栓根牢很熟悉。核桃把一些有关核桃栽植的资料送给王所长，王所长接过资料连说核桃这是雪中送炭来了。接着铁栓和根牢给王所长说明了大队林场栽植核桃研究所送给的新品种核桃生长情况，说是从目前来看新品种核桃长势良好，估计后年就能挂果了，所长说你们大队林场是咱们研究所确定的三个实验林场之一，多亏了铁栓老同志和根牢场长的坚持不懈的努力，所里已研究了准备在你们林场搞一个育苗基地，咱们现在的良种苗太缺了。铁栓和根牢听了马上表态一定把此事办好。接着几个人又就如何加强核桃冬春季管理谈了许多，临走时所长说让核桃继续提供有关核桃栽植的资料。核桃满口答应，还请求如果学校毕业前要实习，他要来研究所实习。王所长满口答应并表示热烈欢迎，还说如果核桃学成毕业后愿意来地区核桃研究所，他们是求之不得。核桃听了心里热乎乎的。

郭雪云等人在铁栓根牢核桃爷孙三人去核桃研究所的时候，坐在花鼓的房子里聊天。荣华说："家里多亏了妈妈，里里外外地忙着，千万不要累着了。"郭雪云说："你们在城里工作很辛苦，现在农村运动少了，大家都想多产粮食吃饱饭吃好饭呢，虽说我快 70 岁了，却越活越精神了，就连老奶奶也说咱们家的女人个个不显老。你看花鼓快 30 岁了，让人看起来像 20 岁左右呢。"花鼓笑着说道："托奶奶老奶奶的福。"郭雪云说："花鼓就是有福，老奶奶天天念叨你给咱们家生了一对金童玉女，还经常说你唱的花鼓戏比她唱得好。"花鼓听了说："不敢和老奶奶奶奶和妈妈比。"雪云听了马上说："谦虚使人进步，骄傲使人落后，你有此态度我们老一辈人就放心了，改天你和你妈回趟家，老奶奶想面对面听一回你们母女唱《状元屠夫》呢。"荣华立即接过话说："那是一定的，到时候请二老一定多指教。"雪云见荣华这样一说，也客气地说："老奶奶经常说现在的剧团真厉害，把商山花鼓这个地方小戏都唱到电视上了，让全国人都知道商山花鼓了，她还说你们赶上了好社会，成了城里人了。"说着说着雪云来了兴趣，让荣华和花鼓唱了《状元屠夫》里的一段戏，说是又饱了一下耳福和眼福。

就在荣华和花鼓给郭雪云演唱《状元屠夫》片段的时候，陶有善钱小英夫妇和剧团的田导演、陆编剧听说铁栓和雪云等来了，于是相约到花鼓家来看望雪云等人。铁栓和核桃也从核桃研究所回来了，花鼓的小房子里一下坐都没地方坐了，保姆见状拉着满仁和香穗到荣华的房子玩耍。花鼓招呼陶有善等人在床沿边和小凳子上坐下，雪云和铁栓连说你们工作都很忙，真是打扰了。陶有善和钱小英、田导演、陆编剧也客气地说应该的，你们家出了荣华和花鼓，是咱们商山剧团的骄傲，还有李老太太、雪云姨为商山花鼓的贡献不小。陶有善还激动地向雪云说剧团最近还由田导演陆编剧继续创作花鼓戏新剧本，而他自己抽时间编写的《商山花鼓音调集》已完成了上编的初稿，他还要再去王家村向李老太太和雪云姨请教呢。雪云听了也十分高兴，嘴里却说："我们老辈唱的是野调子，经你们这么一整编肯定是不一般了。"陶有善看见雪云这样说，马上一本正经地说："你们那叫原生态，我们只是在传承上下功夫，在创新上拓路子，这样才能让老传统世世代代传下去。"

大家伙你一句我一句地聊着，不知不觉两个小时就过去了。铁栓伸手臂看了看手表，说是公社拖拉机站开拖拉机的人说好的时间快到了，他们要赶到外贸加工厂乘拖拉机回王家村了。陶有善拿出刚才买的二斤红糖送给铁栓和雪云，说是专门给李老太太买的，让老太太补身子。雪云也拿出几斤核桃送给陶有善夫妇。陶有善将雪云送的核桃分成三份，每份约二斤，分别送给田导演和陆编剧，说是三一三十一，见一面分一半。田导演和陆编剧连说谢谢了，还真是要用核桃补补脑子了。

陶有善等人回去了，核桃送爷爷奶奶和父亲去外贸加工厂，临走时雪云从口袋掏出五元钱递到核桃手里，说是让给满仁和香穗买麻花或糖果。望着坐在大拖拉机车厢里的爷爷奶奶和父亲，核桃心里很难过，特别是爷爷奶奶那么大年纪了，自己一分钱都舍不得花，爷爷的退休工资除了一少部分补贴家用，大部分都捐给大队林场买了核桃树苗。拖拉机驶出越来越远了，浓厚的柴油味已随风飘逝，核桃站在312 国道旁一直望着远去的拖拉机，直到看不见了才反身回去。

晚上，核桃和花鼓早早就上床歇息了，两个孩子和保姆仍然住在荣华那里。核桃本来想和花鼓亲热一番，但花鼓说白天太累了，加上昨晚上夫妻俩几度云雨，让花鼓有些不适应了。花鼓说明了情况，核桃也就顺了花鼓的意，俩人躺在床上说着家里、剧团里、学校里的一些事情。核桃说看到爷爷奶奶至今还如此辛苦地劳累奔波，他深感不安，也更加明白了咱们王家几代人为什么这样热衷于种植核桃和唱花鼓戏了，也更加坚定了他学习专业知识，努力加强实践的信心。核桃还说想想咱们农村原先栽种核桃是为了自食自用和卖些小钱换些油盐，到如今规模种植批量加工，增加现金收入和扩大外贸出口，还真是节节高，也说明咱们的路子是对的。我真有些恨不得马上就毕业回到咱们家乡大干一场。花鼓听了核桃的话，激动得枕在核桃的胸脯上，轻声说：“我也盼望你快些毕业回来，咱们一家人团团圆圆多好，还有我也越来越觉得唱花鼓戏唱得入了戏，越唱越精神，咱们家老奶奶、奶奶、妈妈和我已有四代媳妇都唱花鼓戏，用老奶奶的话说如今剧团把原先乡下的野戏登上大雅之堂，咱们也是没给先人丢脸了。”核桃伸手在花鼓细嫩的脸蛋上抚摸着，这张他十分熟悉的脸越来越漂亮，越发光滑柔嫩了。花鼓被核桃抚摸得有些痒痒，轻轻拍了拍核桃说：“睡吧，你不是明天要去核桃苗圃吗？”核桃说：“肯定要去看看。既是实践，也是学习，我还准备亲自试验新品种嫁接技术哩。”花鼓说：“我们剧团也正在加紧排练节目，准备过春节时在剧院演出之后到各县去进行春耕生产慰问演出。”核桃说：“看来你们剧团还真忙活呀。”花鼓在核桃脸蛋上亲了一下，接着说：“我们剧团是群众忙时我们助兴鼓劲，群众农闲时我们给大家唱戏娱乐提神，所以一年四季都忙呀。”核桃也认真地亲了一下花鼓，连说：“忙些好，人勤地不懒，人忙时间短，只是辛苦你了。”花鼓深情地说我一百个心甘情愿。

人常说“五豆、腊八、廿三，离过年还有整七天”。腊月初五一过，商州城里人就越来越多了，农村几乎能走动的人都要逛一回城，且多数是为了办年货，同时如果能到商山剧院看一场花鼓戏，就高高兴兴准备过年了。花鼓几乎每天晚上都要在剧院参加演出，如今剧团排演的《状元屠夫》火得很，场场爆满，一票难求。核桃与保姆带着满仁香穗连看两个晚上，满仁和香穗这两个孩子虽然刚刚两岁，但特眼尖，花鼓一登台他们就认出了妈妈，高兴得用小手指着台上的花鼓喊妈妈，惹得座位前后的观众都笑个不停，小保姆却一本正经地解释台子上演常凤英的真是孩子的妈妈。演出结束后核桃到后台去接花鼓，说是如果能和花鼓照一张带彩妆的全家福多好，花鼓说那就去城东街照相馆照一张吧，于是核桃和花鼓带着保姆和满仁香穗去东街的东方红照相馆。虽然是晚上十点了，照相馆的门还开着，原来照相馆的工作人员也去看《状元屠夫》了，刚刚回到馆里，看到花鼓等人来照相，感到十分意外。核桃急忙上前说明原因，摄影师马上答应，并说难得大明星来小馆照全家福，一是保证照好，二是免费。照好后核桃把钱付了，摄像师推不掉，请求花鼓给他买一张戏票。花鼓满口答应，说是明天下午让核桃给送过来，顺便把洗好的照片带回。

第二天下午核桃准时拿着戏票去了东方红照相馆，照相馆的摄像师很细心认真，把昨天晚上给核桃花鼓照的全家福准备了玻璃相框，还把一张放大的照片装在玻璃相框里摆放在门前做招牌。核桃把戏票交给摄像师，摄像师要给核桃戏票钱，核桃要给摄像师镜框钱，两个推来推去，最后摄像师说谁也不给谁钱了，玻璃框子和戏票钱抵账了。核桃说那么你吃亏了，摄像师说吃亏是福，不过我这块玻璃框子换你一张戏票，我还是占了便宜了。

核桃把装有他和花鼓、满仁、香穗的全家福照片的玻璃框子放在房子桌子上，这时候郭荣华和保姆还有满仁、香穗回来了，看到了放在桌子上的全家福照片，荣华一边看一边赞赏说这张照片照得很好。核桃说："是很好，人家照相师傅把这张照片放大摆在照相馆门前当招牌了。"荣华想了想说："全家福是不是人少了些。"核桃立即明白了，他低头说："妈妈我们错了，这全家福应该是祖奶奶、爷爷奶奶、爸爸妈妈和我们一起照才叫全家福呢，妈妈，你看这样行不行，等过完年我们把祖奶奶、爷爷奶奶和我爸接到城里过元宵节，到时候妈妈也带妆，咱们正儿八经照张全家福。"荣华笑了笑说："你知道错了就行了，你要记住永远不能忘老一辈人的养育之恩，人常说百善孝为先啊。"核桃点头称是。

接下来就是忙忙碌碌置办年货了。好在当时农村家里基本是自给自足，过年的气氛浓，但真正需要花钱买的东西不多。荣华和花鼓要演出，直到腊月二十六他们才和到城接孩子的根牢等一块回到了王家庄，回村上到汽车站乘车时，花鼓在地摊上给满仁和香穗各买了两个东龙山农民用泥捏的狗娃咪，两个孩子一路吹个不停。核桃说他小时候也经常吹这种状似小狗的口哨。花鼓说这个她知道，东龙山这一带农民用泥捏的狗娃模样的口哨留传了不知多少年了，如今还一个五分钱呢。李绪娃见两个玄孙回来了，高兴得整天乐呵呵的。满仁和香穗把花鼓买的狗娃咪分给邻居的孩子们，于是满院子都是狗娃咪的叫声了。

农村人常说年好过，日子难过。五天年不知不觉就过完了，正月初六上午核桃就和荣华花鼓带着满仁香穗回到了城里剧团的宿舍。由于腊月二十九那场雪至今未完全消融，房子内很冷，核桃抓紧时间生了一盆木炭火，这样一来房子里就慢慢暖和起来了。核桃把盆子里的红木炭夹了些到荣华的房子里又生了一盆炭火。荣华对花鼓说晚上她来带两个孩子，这几天年过得乏了，让核桃和花鼓多歇一歇，初七就上班了，初十后剧团几乎每天晚上都要演出，小保姆回家过年还没来，两个孩子就由核桃带了。核桃说没问题，反正他是正月十九才去学校报到的。花鼓说去冬定的元宵节要把祖奶奶、爷爷和奶奶接到城里照全家福的。核桃说记着哩，爷爷和老爸说不用接没问题。我已经给郭村的表弟说了，让他开煤矿的车把几位老人捎上来，我准备抽空去照相馆联系一下照相师傅，到时候咱们一定要照一张不差一人的全家福。

正月十五下午，李绪娃、王铁栓、王根牢、郭雪云四人乘坐郭家村给熊耳山煤矿拉煤的车到了商州城里。见到祖奶奶等人以后核桃告诉几位长辈，今晚到剧院化妆室化妆去，等晚上演出一结束，他请的东方红照相馆的师傅就在剧场给咱们照全家福。核桃还说剧院新增加了一些舞台灯光，照相师傅说照出来效果很好的。绪娃问荣华和花鼓不卸妆的带妆照相吗，核桃回答是的。绪娃对雪云说看来咱婆媳俩没这带妆的福分了，咱们那个时候唱花鼓戏哪有现在这样排场漂亮。雪云轻声轻语地说时代不同了，咱们那是旧社会，人家这是新社会，如果让我到大戏台上唱花鼓戏我还怯火呢。绪娃大声说我才不怕呢，只是老了唱不动了罢了。核桃要给几位长辈做饭，雪云说让她来，核桃说面已经压好，就吃酸菜面。雪云让核桃陪李绪娃等人说话，她去刚刚分给荣华的半间灶房做饭。

今年的正月十五，商州城里比往年都热闹。有几个经济条件好的专区单位放了不少烟花爆竹，县文化馆门前搞猜灯谜，商山剧院里演《状元屠夫》不仅座无虚席，路道上也挤满了人。陶有善见人太多了，让剧务在喇叭上喊注意秩序不准拥挤，并让工作人员强行关闭了剧院两侧的门，剧场这才安静了下来。演出一结束，观众刚刚走完，照相师就来了，核桃招呼李绪娃等人照相，陶有善和钱小英也参加了进来。李绪娃眯起眼睛，看看明亮的灯光连说漂亮，又说这才是全家福，亲的干的都在。陶有善连说沾光了沾光了，李绪娃赞扬说你们这才叫把商山花鼓唱精了，唱红了。

照罢相陶有善问晚上怎么住，要不要剧团给调整一下。铁栓说不用了，他和雪云及老太太住城关旅社，根牢就住荣华那里，小保姆还没来，两个孩子跟他爸爸妈妈一块就行了。

花鼓和核桃在宿舍里哄两个孩子睡下了，但二人却还没有睡意。核桃说："花鼓你今晚唱得真好，台下的掌声不断呀。"花鼓说："老奶奶、奶奶这两个花鼓戏神来了，我格外小心，她们两个可认真了，人常说内行看门道，外行看热闹，她们是大内行呢。"核桃从上衣口袋掏出一百块钱递给花鼓说："正因为你演得太出色了，老奶奶和爷爷奖给你100块钱，说是当初咱俩结婚也没给你置办三转一响(即自行车、缝纫机、手表、收音机)，这100块钱让给你买一块上海牌手表。"花鼓接过钱说："真要感谢几位老人家呢，他们的养育之恩让我终生都报答不完呀。"核桃说："是啊，老奶奶给我钱时我不要，老人家说住在农村不需要，爷爷说不要嫌少，虽然说他一月几十块钱的退休费，且多数投入到核桃林场了，但他高兴和快乐。"花鼓告诉核桃她现在每月也有28块钱的工资，只是满仁和香穗的奶粉钱开支大些，2岁的孩子是正能吃的时候，咋都不能亏欠了孩子，手表就不买了，还是给孩子们买奶粉吧。核桃说他真想早些毕业，听说大学毕业生工作后一月工资50多块呢。花鼓说才上两年大学，还有两年，你毕业时咱们的儿子都上幼儿园了，夫妻俩又说了一会闲话就歇息了。

正月十九那天，核桃要去学校了，荣华专门抽出时间来送儿子，她给核桃30块钱，说是让核桃买笔记本和课外书籍。核桃从30元钱中抽出10元，剩下的20元仍然还给妈妈，说是让妈妈不要太辛苦了，剧团里当副团长累，回到家里照顾两个孙子更累。荣华告诉核桃，花鼓今天要给刚刚招收的十几个小演员讲课，就不回来送核桃去公共汽车站了。核桃说花鼓文化底子厚，讲课没问题。荣华说主要是培训小演员学习花鼓戏的基本知识，这次花鼓是下了气力的，要说能演唱和能讲课还真不是一码事，今天剧团的团长、编剧、导演都参加第一堂课的听讲，我是给陶团长请了假的。荣华边说话边和核桃走向汽车站，直到核桃上车走了，她才快步回到剧团。

花鼓正在向新招收的小演员讲花鼓戏的唱腔、音调、动作等基本知识。陶有善和田导演陆编剧坐在小排练室的第一排，面前放着小茶儿，后面放了三排课桌，十几个小演员都记着笔记。陶有善等人也认真听着记着，小演员们见剧团的三位重要人物都在场，一点大气都不敢出。

花鼓讲得很认真，特别是她结合商山剧团自编自演的在社会上演出取得轰动效应的几部花鼓戏，深入浅出，言简意赅，并不时直接演唱一段戏文，再做必要解说。小演员们心领神会，直到花鼓宣布本节课到此结束时，大家还觉得正起劲呢。陶有善带头鼓了掌，其他人这才热烈地鼓起掌来。

花鼓擦了擦脸颊上的轻汗，连说谢谢大家的鼓励。陶有善起身站到讲台上挥了挥手，大家安静了下来。只见陶有善严肃地向大家说，你们说花鼓讲得好不好？大家齐声说讲得好！陶有善故意说这就是天赋、天才，花鼓同志就是有天赋，是个天才。花鼓听了一下子脸上通红，因为陶有善从来没有当她的面这样夸奖过她。

“老师的戏唱得好，课也讲得好，我们喜欢!”几个小演员齐声而言。

“陶团长过奖了。”花鼓在公众场合一直这样称呼陶有善，只有一家人私下里了才把陶有善叫干爸。

“老师能不能讲一讲你咋把花鼓戏唱得这么好听呢？”小演员们一齐问道。

“团长，导演，编剧你们几位先忙吧，我与这几个弟弟妹妹再聊一聊。”花鼓被陶有善刚才一夸，心里有些难为情。

“好，你们年轻人多聊聊，我们不干扰你们了。”陶有善和田导演陆编剧会心一笑，走出了小教室。

看到陶有善等人走了，十几个小演员将花鼓团团围住，让花鼓讲演唱花鼓戏秘籍绝招。花鼓笑着说哪有什么秘籍绝招，人们不是常说成功是天才加勤奋吗，我既是这样认为的，又觉得不仅是这样的。我认为要学会一样东西，特别是专于精于一样事情，首先是要对这个事情有兴趣，感兴趣。也就是我们常说的要热爱你从事的事情，这样才喜欢干这件事，愿意为干好干成这件事去努力，去奋斗，去出力流汗，去探索钻研，这样就一定会有收获。当然啦，天赋、天才也就是我们说的生得聪明，加上有兴趣肯勤奋努力，就如鱼得水，如虎添翼啦。小演员听了一齐拍手鼓掌，都说明白啦，老师姐姐讲的我们心领神会了，我们一定认真学习，争取早日登台演出，为光大咱们商山花鼓做贡献。

时间就这样如同丹江流水一般波澜不惊地过去了。明年初核桃就要大学毕业了。学校为了培养学生的实践能力，把学生分派到各地涉农部门或农村实习，在征求意见时核桃提出要回商山地区核桃研究所实习，班主任同意了核桃的申请。与核桃一块到商山核桃研究所实习小组共3名学生，核桃为实习小组组长，另外有一名男生和一名女生。男生是渭南人，暗恋着一块来的女生袁丽娜。袁丽娜的父亲是一名军队领导干部，据说是一个地区军分区的政治部主任，袁丽娜的哥嫂都是军人，一家人张罗着给丽娜介绍了几个对象，但袁丽娜都不愿意，说她的婚事自己做主。作为政治部主任的父亲很尊重女儿的意见，说那就由丽娜自主自由恋爱吧。而此时的袁丽娜实际上暗恋着比她大三四岁的同班同学王核桃。尽管后来她知道王核桃有妻子，还有一双儿女，但她仍然爱着核桃，当然这只是暗恋，所以实习报名时她随着核桃报了商山核桃研究所。她要到商山来看一看，特别是看一看核桃的妻子到底多有魅力，竟然让核桃这个品学兼优、高大帅气的人目不旁顾，坚贞如一。比如说她袁丽娜多次或明或暗向核桃表示爱意，这王核桃始终无动于衷。

核桃和袁丽娜等三人来商山核桃研究所实习，王所长很是欢迎。

这两年核桃研究所尽管在新品种研究培育上没大的突破，但在指导农民对原有核桃树木的科学管理，病虫害防治等方面的指导却大大增强。商山地区这两年还真风调雨顺，不仅粮食产量年年增收，核桃生产也超过历史最高水平，体现在外贸加工厂的收购量、出口量连年增长，据正规统计资料显示年出口外贸创汇收入 300 多万元，占到全省外贸总额的三分之一多。

袁丽娜和核桃等三人是从西安解放门车站乘坐公共汽车来商州的。一路上翻山越岭，还很颠簸，让袁丽娜和那位追求丽娜的同班同学李建既感到疲惫不堪，又被这里的景色所震惊。这里蓝天白云，树木葱绿茂盛，飞鸟穿梭，还有散居山间的民房，青砖碧瓦，小桥流水，给人以世外桃源之感，甚至将一路上的劳累竟然消弭得一干二净。

王所长的热情接待，也让袁丽娜和李健感到心里热乎乎的。为了迎接三位大学实习生，王所长专门从地区招待所定做了商州特色美食商芝肉和商州大烩菜。核桃向袁丽娜和李健介绍商芝肉时说这商芝俗名叫拳芽，是山里的一种野菜，因其外形像小孩的拳头，所以叫拳芽，每年春天发芽露出地面不久时即要摘下来晾干备用。据说秦末汉初的四皓隐居商山时就是靠食用商芝而活了下来。商芝肉的特点是以商芝为底料，加上猪肉块，蒸出的肉肥而不腻，还延年益寿，所以久而久之成了商山地区的一道招牌菜，而地区招待所的大师傅也是做这道菜的高手，你们看王所长真是热情有加，倾其所有投其所好呀。袁丽娜双眼放光，紧紧盯着说话的核桃，她觉得核桃的一字一句都那么优雅潇洒，心里暗想管他有几个娃，管他有什么娇妻，我都要缠着他，追着他。核桃当然也注意到袁丽娜深情炽热的目光，但他心底澄明心地善良，只当作是师妹对他的仰慕，却没有朝其他方面去想。接着核桃又把商州大烩菜介绍了一番，王所长笑着说核桃成了商州食品推销员了，大家快趁热吃。核桃这才停下介绍，招呼袁丽娜李健吃菜吃饭。袁李二人都觉得所长等人忠厚热情，商芝肉和商州大烩菜色香味俱佳。

吃过午饭，核桃说要回家看看，按所里安排明天就去王家庄核桃基地实地实习调研了。袁丽娜说她也去核桃家看看嫂子和侄儿侄女。李健见袁丽娜要去核桃家马上说他也去，听说嫂子是貌若天仙的头牌演员。核桃说也好，今晚就在我们家让你嫂子给你们做顿糊汤面，可好吃了呢。

今天正好是星期天，吃过午饭，花鼓在家里逗两个孩子玩。满仁和香穗三岁半了，正是好玩的时候，兄妹俩在玩捉迷藏，一会钻到床底下，一会躲在椅子后面，一会儿让妈妈把他们的眼睛蒙上摸大象，说是刚从幼儿园学的。核桃等人一进家门，花鼓马上给满仁和香穗解开蒙住眼睛的布条。两个孩子见是爸爸回来了，一齐欢呼着扑向核桃。

“丽娜，李健，这是你嫂子花鼓，这两个小家伙就是我的儿子女儿，是双胞胎。”

“花鼓，这就是信上我说的我的师弟李健和师妹袁丽娜，我们一块到商山核桃研究所实习来了。”核桃把丽娜和李健向花鼓介绍着。

“欢迎欢迎。”花鼓带着深厚的花鼓腔调说道。

“嫂子好。”丽娜伸手与花鼓握了一下，心里却暗暗吃惊。这个花鼓竟然如此端庄美丽，不仅有闭月羞花、沉鱼落雁之貌，且落落大方，举止文雅。尽管孩子都三四岁了，竟然身段体形面容就像20出头的大姑娘，不由让人觉得风姿绰约，幽香扑面。丽娜一时惊呆了，目不转睛地看着花鼓。

“嫂子真不愧是商山剧团的头牌，百闻不如一见，惊为天人，简直就是仙女下凡呀。”李健由衷地赞叹道。

“看看，你们俩怎么不坐下，到我家就如回到了自己的家，随便坐，屋子小，不要见外。”核桃招呼丽娜李健坐下。

“嫂子把房子收拾得窗明几净，一尘不染，佩服佩服。”李健仍然赞不绝口。

此时的袁丽娜心里五味杂陈，虽然只是短暂的交流，但她深感这个花鼓不简单。但不知怎么的，这倒反而让她更想与其一争一搏，因为她太喜欢核桃了。

“丽娜妹妹年纪轻轻就快大学毕业了，真是才貌双全呀，像你这样的人恐怕在大学里是凤毛麟角吧。”花鼓看着丽娜认真诚恳地说。

“我们这两个师弟师妹还真是人中龙凤，一个班花，一个体育王子，人称金童玉女呢。”核桃笑着说。

“不敢，不敢，要不是恢复高考制度，小弟我恐怕还在渭北高原上种地呢。”李健也真诚地说。

“李健说得对，要不是恢复高考，我恐怕还在咸阳乡下插队劳动锻炼呢。不过话说回来，插队劳动还真把我锻炼了，原来见人不敢说话，现在心里咋想嘴里就咋说了，胆子也大了不少。”袁丽娜侃侃而言。她要显示一下自己，更想拉近她们家是城镇居民与核桃李健等人原是农村人的距离，因为在当时，同学们之间对各自的家庭出身城乡与否还存在一定的忌讳。

几个人越聊越有劲，一会儿就亲得像一家人一样了。核桃看了看桌子上的闹钟，让花鼓早些在蜂窝煤炉子上熬糊汤，说是糊汤要多熬些时间才好吃，同时核桃让李健和丽娜一人管一个孩子，他去擀面条。丽娜说她去擀面，插队时她也学会擀面了，核桃说到我家了怎劳师妹动手。说来也怪，满仁和香穗一会儿就与李健和丽娜混熟了，两个小屁孩特别喜欢丽娜，小嘴巴一个劲小姨小姨地叫，惹得李健笑着说这么大的小孩都知道爱美女，真是重色轻友了。两个小孩听不懂李健的话，只是一个劲说小姨漂亮，说得丽娜心里乐滋滋的。

核桃和花鼓忙活了一阵子，正宗的商山糊汤面就做好了。原来这商山糊汤面实际上就是玉米糊汤加上面条，同时烩入炒豆腐条、青菜等物即成，不过少不了一道调味品，那就是油泼葱和油泼辣子，尤其是以油泼青辣子和大蒜为佳。大家正要端起碗来吃饭，只听门外有人喊："香得很呀，怎么不把我叫上一块吃呢？"话音刚落，只见一个俊朗的小伙子直奔屋内，看到核桃等人正准备端起碗吃饭，马上笑着说："核桃大哥回来了，花鼓姐专门做糊汤面招呼哩，咱也蹭一碗吧。"说罢径直自己就要从锅里盛饭。

"刚梁，快不要丢人现眼了，我正招呼我师弟师妹吃饭呢，你也不客气客气。"核桃故意大声说，同时立即向袁丽娜和李健做介绍，"这位是商山剧团小生演员张刚梁"，又向刚梁介绍了袁丽娜和李健。

"怎么大学生都长得这样帅气漂亮，跟我们演员一样？"张刚梁仔细看了看袁丽娜和李健，爽朗地说。

"哟，原来是剧团唱小生的，我说一进屋子就一片亮光呢。"李健欣赏地说。

袁丽娜眯起眼睛看了一眼张刚梁，却把目光转向了核桃。在她看来只有核桃才是她心中的偶像，其他人嘛，还真一时难入她的法眼。

"花鼓姐，你吃饭，我来哄满仁和香穗。"张刚梁作了一个小生在舞台上"请"的动作。花鼓说既然来了就陪你核桃哥和两位客人一块吃饭吧，刚梁说吃过饭了，刚才是开玩笑的，说着说着就一手拉一个和满仁香穗到院子玩去了。

袁丽娜和李健吃着糊汤面，越吃越觉得很好吃。他们是第一次吃糊汤面，觉得味道很美很爽口。这酸菜浆水点的豆腐条也很筋道，菜籽油也香味十足，辣子葱蒜也很入味，每人吃了两小碗，直吃得大汗淋漓，连喊过瘾。

吃过晚饭，核桃送袁丽娜和李健去核桃研究所为他们腾出的宿舍休息，袁丽娜却要核桃带她到丹江河堤上转转，说要领略一下丹江之夜的风姿。核桃满口答应，并解释说丹江之滨的卧牛石可以坐下纳凉，而傍晚那两岸稻田里更是萤火虫的世界，还有阵阵蛙鸣虫叫。垂柳依依，凉风习习，真是景色宜人。袁丽娜催促那还不快去，并笑言今年暑假实习能在你们家乡来真是享福了。于是三人漫步丹江堤，张刚梁却仍在花鼓房子里不停逗着满仁和香穗玩。花鼓催促刚梁回家去，刚梁说他最喜欢跟孩子玩，花鼓也就依了，自己去洗刷碗筷。

袁丽娜之所以刚一吃完晚饭就要去，原因很多，很复杂，但主要原因却是花鼓天真无邪的笑容和美得让人窒息的面容，让袁丽娜本来泼辣外向的个性竟然失去了用武之地，让她差点失去了继续暗恋下去的信心。但越是这样，越激发了她对核桃的爱恋之情。

但袁丽娜毕竟是袁丽娜，她是班花，甚至是校花。作为学习干事，与班长核桃几年的同学生涯，让她从心底爱上了这个有妇之夫，且深陷其中不能自拔，虽然追逐她的男生中不乏佼佼者，但她仍视而不见。班上的体育干事，风流倜傥的李健就是其中的一个。

“师兄，你真是艳福不浅啊，嫂子能歌善舞，美丽无比，两个小侄子侄女活泼可爱，你是享尽人间天伦之乐也。”李健由衷地赞许着核桃一家子。

“老天爷的安排。原来花鼓也考上了大学，但她为了孩子，为了继续唱她喜欢的花鼓戏而留了下来。师弟呀，我是十分感激你嫂子花鼓的。”核桃认真地说。

“看来你们真是天生的一对。”袁丽娜有些酸酸地说。

“缘分，这就是缘分。师兄盼望你们二人都找到有缘人，你们今后一定会幸福无比的。”核桃衷心地祝愿师弟师妹，同时带着他们慢步走向丹江河堤的另一处。

丹江两岸稻田里成千上万只萤火虫在上空飞舞着，一闪一闪十分好看，徐徐江风吹拂着人面，虽然是盛夏时节，仍然感到丝丝凉意。核桃丽娜李健坐在江堤边巨大的卧牛石上聊着学校生活，聊着这次实习的研究课题，憧憬着毕业后的工作，一直聊到月落山后，这才回各自住处歇息。

核桃回到家里，却见张刚梁还没有走，两个孩子已经累了睡觉了。花鼓和刚梁还在讨论着一出戏的戏文，见核桃回家了，刚梁客气地说：“不好意思，大学生大哥回来了，小弟告退，花鼓姐明天咱俩再对戏。”说完一往情深地看了花鼓一眼就匆匆告别而去。

接下来的日子里，核桃和袁丽娜李健在核桃研究所王所长及工作人员的分别带领下到王家庄，还有其他几处核桃林场和群众户里调研。今年的核桃长势非常好，满山遍野和田埂上林场里的核桃把树枝都压弯了，有的地方人站在地上伸手就能抓住青皮核桃。袁丽娜不论走到哪里，只要伸手能及她都要摸一摸青皮核桃。核桃见袁丽娜如此这般，故意说：“丽娜如此钟情于核桃就嫁给我们商山核桃吧，保证让你吃个够。”袁丽娜笑着说：“还真想嫁给商山核桃呢。”说时故意把核桃二字咬得很重，她相信核桃听出了弦外之音，谁知核桃听了并无异常反应，却说他是和丽娜开个玩笑。丽娜立即娇嗔地说我可不是开玩笑，李健在一旁见丽娜这样说立即心里一紧，难道这袁丽娜看上了师兄核桃这个有妇之夫？但此念只是一闪即过，人家核桃家里有个唱花鼓戏的美貌娇妻和一双聪明伶俐的儿女，怎么也不会抛弃家室与丽娜交好的。想到这里，李健说：“我们丽娜心高着呢，恐怕毕业后不是留校就是到省城西安大部门工作了，怎么会到这秦岭深处的商州呢？”丽娜听了却也不恼不躁，轻声说：“商州咋啦，我看还挺不错的嘛。”核桃见二人说及毕业后怎么怎么的，也勾起了心事就插话说咱们现在还是把实习的事抓紧办好，毕业后工作的事也不是现在考虑的，我们是第一届大学毕业生，国家正缺人才呢，肯定都会分配得很好。

20多天的实习时间很快就结束了。这一段时间里核桃等人都根据实习情况写好了实习心得体会，并各自形成一篇毕业论文或者说叫实习报告。核桃的论文题目是《商山核桃生产浅论》，丽娜的题目是《核桃科管之我见》，李健的题目是《试谈核桃病虫害的防治》。王所长看了三人的论文惊奇地说到底是大学生，论文的观点明确，论据充分，结构严谨，很有指导性、可行性。王所长还把核桃等三人的论文让所里职工学习讨论，大家提了一些建议或意见。核桃等人各自对论文进行了充实修改，形成了正式的论文，都感到这次实习不虚此行，大有收获。特别是袁丽娜，经过这段实习，对商山地区竟然产生了深深的眷恋，心里常想难道这就是爱屋及乌吗？想到这里，她对核桃越发喜欢起来。在此期间，核桃和袁丽娜李健一块观看过几场花鼓等人演唱的花鼓戏，丽娜和李健连称好听好看。而丽娜在看过王花鼓的演唱后就改称花鼓为姐姐了，且与张刚梁渐渐熟悉了。

核桃整天忙着调研，几乎白天都不在家。晚上回家几乎每次都见到张刚梁不是在与花鼓对戏，就是逗两个孩子玩。满仁和香穗似乎都喜欢跟刚梁玩，给人的感觉是两个孩子见了刚梁比见了核桃都亲热。起初核桃还不大在意，时间长了总觉得有些不对劲，但又觉得这很正常，孩子嘛，谁跟他接触多了，他就跟谁熟悉些热火亲近些，于是核桃也就没有往下想。

但张刚梁就不这样想了。张刚梁也是花鼓戏世家，从小喜欢唱花鼓，特别是扮演小丑小生戏都炉火纯青，一直是剧团的当家小生。由于长相好，戏唱得好，难免有些心高气盛，家里及亲友多次给他介绍对象，他都以剧团排戏演戏忙推辞了，其间也见过几个姑娘，但总难入他的法眼。自从王花鼓来到剧团，刚梁马上眼前一亮，心想这才是自己千呼万唤始出来的佳偶。谁料王花鼓已是有夫之妇，并且已生有一对儿女。尽管如此，这个偶像却一直挥之不去，随着时间推移，竟然让刚梁越发迫切地想接近和追求花鼓。也正因为这样，鬼使神差地让刚梁和花鼓的对戏越来越严丝合缝，配合默契，每每大获成功。同时花鼓和刚梁二人在剧团和社会上的人气与日俱增，成了商山剧团的当家花旦和小生。

在王花鼓眼里，张刚梁既是演戏的绝佳搭档，又是一个可爱的小弟弟。俩人相差两三岁，加上花鼓从小就受核桃一家人的呵护，如今她自觉充当了姐姐的角色，呵护刚梁在她看来是情理之中。

实习结束之前，核桃带着丽娜李健再次去王家庄核桃林场。王铁栓如今已住回家里，王家庄大队林场场长已由王根牢担任了，并且担任了林场党支部书记，郭春正也已不再担任大队支部书记了。李绪娃虽然说八十六七岁了，但身体仍然很好，一日三顿饭，每顿只吃一小碗，还让铁栓把核桃研成粉末，每早喝一小杯核桃糊糊。郭雪云一人在家操持家务，王铁栓隔三岔五去林场转转，每月的工资还是除了抽出一小部分补贴家用，全部交给根牢，让根牢买化肥和农药，说是核桃生产少不了化肥和农药，林场的收入要全额上交村上。核桃和丽娜李健把各自的论文给铁栓和根牢等人念了一遍，铁栓和根牢听了后说写得实在。中午在核桃家吃饭，雪云专门为他们包了鸡蛋饺子。李绪娃笑眯眯地看着丽娜，说丽娜长得像演员，如果演花鼓戏肯定是个头牌。丽娜笑着说她不会唱戏，但看过几次花鼓戏后喜欢上了花鼓戏，也喜欢上了商山这个山清水秀人杰地灵的地方，也特别喜欢吃商山的小吃和核桃。李绪娃听了，和雪云即兴各唱了一段老戏词的花鼓戏，听得袁丽娜和李健如痴似醉，震惊万分。他们万万没有料到一个80多岁，另一个60多岁的老年人有如此美妙的歌喉嗓音。临走时李绪娃和郭雪云还特地送给丽娜和李健每人一瓶大队油坊榨的核桃油，说是商山正宗核桃油，让丽娜和李健的家人尝尝。

看着忘记了年龄放声而唱的李绪娃和郭雪云，看着眉宇间正气凛然的王铁栓和王根牢，再望一望核桃家房前屋后高大硕壮结满果实的核桃树，对着核桃清澈见底的目光，袁丽娜心潮起伏，这里一切的一切让她过目难忘，流连忘返。

李健见丽娜有些精神恍惚，轻轻拍了一下丽娜的肩膀："丽娜小朋友，你怎么啦？"

"我怎么啦，没有怎么呀！"袁丽娜扭头说道。

李健刚要说话，核桃把两个油瓶递到李健手上。丽娜看到油瓶，立刻来了精神："这就是核桃油？我第一次见到核桃榨出的油，看来书本上说的与实际还是有一定距离呀。"核桃马上接过话题，把核桃油、核桃饼介绍了一下，袁丽娜和李健听了立即明白，三人当时商议去商山图书馆借阅商山地区的地方志，都想把商山地区再做深入的了解和研究。

当天晚上袁丽娜就把从图书馆借到的商山地方志大略地看了一遍，让她惊奇的是商州的历史悠久，包括丹朱放逐于商，商鞅封邑，秦始皇东游，楚汉相争，高祖西出武关而建立汉王朝，唐代诗歌路，闯王屯兵养马地，在近代有红二十五军转战商山，中原突围部队落脚点，而在当今又以盛产核桃名扬全国，还有商山花鼓《状元屠夫》一炮而红。特别是王核桃家几代人对种植核桃和唱花鼓戏的执着更让人敬佩。

“难怪王核桃和王花鼓结合夫妻，他们是经济与文化的结合，真真让人羡慕呀。”丽娜讷讷自语。她心里不仅迷上了商州，更加深了对风流倜傥的王核桃的迷恋，尽管她明明白白地感到不可能。

李健也暗暗羡慕核桃夫妇，真是一文一武郎才女貌。让李健大惑不解的是，他对袁丽娜那样百依百顺、关爱有加，但袁丽娜总是一副不冷不热公事公办的样子。马上就要毕业了，他从新生入学就开始喜欢并追求袁丽娜，几个年头过去了，班上的男生女生都知道他在追求袁丽娜，相信袁丽娜也心知肚明，但人家就是沉得住气，难道这就是大家闺秀的气质？

在这次实习过程中，王核桃越来越感到袁丽娜热烈火辣的情感向他烧了过来，甚至让他有些招架不住。与此同时，几次看到张刚梁对花鼓亲切的样子，让他除了内疚，还感到一丝不安，演员们整天在一起耳鬓厮磨的，会不会久处生情？“花鼓不会移情别恋的。”此时此刻，核桃又为自己有刚才的想法感到羞愧，甚至恨自己怎么对心爱的妻子会有这样的想法。

此时在练功房练功的张刚梁正挥汗如雨。长期压抑的感情，只有在练功房跳跃腾挪并精疲力竭之时才得以暂时的释放。看到核桃花鼓恩爱无比，看到花鼓的唱腔和演技越来越收放自如、炉火纯青，他越想亲近花鼓。而这20多天里他看到与核桃一块实习的女大学生袁丽娜看核桃时的眼神，马上意识到丽娜在暗恋核桃，并且频频发起了攻势。如果他们走到一起了，那么对刚梁来说也是一次绝佳的机会。想到这里，张刚梁的心情马上好了起来。

在核桃眼里和心里，袁丽娜和李健才是真正的一对。袁丽娜虽然出身军队干部家庭，但丝毫没有一点革命军队领导干部子女的优越感和傲人感，低调而热情大方。李健是从农村一个公社不脱产的多种经营专干，经过努力考上了大学，也是其所在公社唯一一个大学生。李健追求袁丽娜不仅仅是因为袁丽娜人长得漂亮，还有一个重要原因是袁丽娜聪明好学，是班上的学习干事，各科成绩都名列全班前三名。而李健又是班上的文体干事，经常组织班上同学参加学校举办的文体活动，是班上集体活动的组织者，人长得高大帅气，也是不少女生追逐的对象。所以核桃就这样认为他们两个如果能谈成恋爱，那才叫珠联璧合。一直到这次赴商州实习，袁丽娜多次火热大胆的举动之后，核桃才深感自己同意袁丽娜和李健一块来这里实习可能是好心没办成好事，还让自己背上了一定的思想负担。随着实习的结束，李健越来越觉得他能追上袁丽娜，因为他看到袁丽娜虽然一往情深地追求核桃，但这次来商州后看到核桃和花鼓那样般配和默契，他们一家老少那样和谐融洽，他相信核桃与花鼓的婚姻亲密无间，所以他决定继续大胆坚定地追求袁丽娜。

核桃等人实习结束回到学校，向班主任递交了实习报告。班主任阅后大加赞赏，将核桃、袁丽娜和李健三人的实习报告推荐到系上，系上又将其评选为优秀实习报告（也称作毕业论文），在当期的学院校刊上发表了，引起了不小的轰动。袁丽娜的父亲知道后给她发了20元的奖金，袁丽娜马上找到核桃说要拿这些奖金请客。核桃就约上李健和袁丽娜去老孙家羊肉泡馍馆吃了一顿羊肉泡馍。核桃一边吃一边说这是他这几年来吃的最贵的一次，李健说他也是。袁丽娜听了笑着说其实她还是觉得实习时在商州吃的商芝肉和商州大烩菜好吃。核桃说："等毕业工作拿工资了欢迎你们二位再次到商州来，我保证给你们买商州城里最好的商芝肉和商州大烩菜。"袁丽娜马上接过话说肯定要再去商州的，说罢从挎包取出两袋三原蓼花糖，说是她爸让捎给核桃的，她爸还说上次核桃家赠送的核桃油真香。核桃见状双手接过蓼花糖轻声说谢谢，并将一半送给李健，说是见一面分一半，还说等毕业考试后他让家里给寄几瓶核桃油，送给丽娜和李健。

花鼓和荣华这几天十分忙碌，剧团每周到乡下农村搞一次慰问演出，好在满仁和香穗都上幼儿园小班了，由保姆接送就行了。这天她们团里去南山公社演出，南山公社离县城约三十里，剧团的陶有善团长、田导演和陆编剧都去了，这次演出分别演唱了花鼓戏《夫妇观灯》《西楼会》《回河南》《状元屠夫》等剧的精彩片段，引来观众的阵阵掌声。演出结束好大一会儿了，台下一个躺在担架上的观众还没有离去。陶有善和花鼓及田导演陆编剧一齐上前询问是否对演出有什么意见，不然怎么都散场了还留在这里？抬担架的两个小伙子笑着回答不是有意见，是担架上的南大伯要见剧团的负责人。花鼓指着陶有善等人一一向南大伯介绍，南大伯听了慢慢坐了起来，说他找团长和导演是想让剧团给咱们县上的梁县长编一场戏。接着南大伯讲了梁县长到他们村搞调查研究，帮助村上制定扶贫开发计划，扶持特困户特别是像他这样的残疾人的事迹。还说梁县长曾抬着他过小河，以及给他送来三只羊和十只鸡，还让村上干部和公社多种经营干部定期来他家进行技术指导等，如今家里已经不缺油盐钱了，女儿的婚事也定了。临了，南大伯说这样的县长该不该写？该不该表扬？陶有善听了大声说该写，陆编剧接过陶有善的话说素材很丰富，值得编一部戏，就用咱们的老传统即花鼓戏的形式来演出。田导演说："那咱们这几天再到南山公社南山村等地实地采访座谈，回来立即动手，争取年内拿出剧本并进行初次排练。"陶有善说："那就这样定了，这次你们二人不仅当导演和编剧，还要争取各演一个角色，如果有年轻的男女角色，就让王花鼓和张刚梁扮演。"

陆编剧和田导演说干就干，第二天就拿着剧团的介绍信去南山公社及南山村采访座谈，特别是到南大伯家看了看并详细了解了梁县长在村上的扶贫情况。花鼓和荣华也分别随编剧参加了采访，说要体验生活。几天后，他们又去县政府办公室找到县长秘书了解梁县长的情况，真实掌握了梁县长的有关情况，还打听到县长一些逸闻趣事，接着立即紧锣密鼓地编写起剧本来。

陆编剧不愧为商山剧团的编剧专家，时间不长就拿出了剧本初稿。陶有善看了大喜，田导演也觉得这次以梁县长为原型的现代花鼓剧编得有特点亮点，突出了扶贫帮困的主题，如能尽快定稿并付诸排练，肯定是一本不可多得的好剧本。郭荣华和王花鼓也多次参加了剧本的讨论，荣华和花鼓陪着陆编剧、陶有善和田导演专门两次回王家庄把剧本里的人物安排、剧情等向李绪娃和郭雪云做了简介。陆编剧非常谦虚和认真，不时提问。李绪娃和郭雪云婆媳两个毫无保留一一回答，李绪娃反复说剧本写得好，戏词流畅直白，一听就明白。李绪娃还说既然要用花鼓的形式，一定要唱出花鼓戏的腔调和味道，尤其是老一辈口口相传的腔调，争取原汁原味。陶有善接过李绪娃的话说这个剧本已初步形成了，一些重要地方要专门作曲，他已作了几段，请老专家听一听。花鼓就按陶有善新谱的曲子唱了两段剧中女角的戏。李绪娃仔细听了两遍，立即赞扬说是原汁原味，由花鼓唱起来还真是韵味十足，但还有改进的地方，接着专门做了指点。陶有善和田导演、陆编剧一齐说今后还要多请教交流，并约定首场演出时一定要请李绪娃和郭雪云去观看。

陆编剧从王家大院返回商山剧团，连夜修改剧本。陶有善根据李绪娃、郭雪云还有荣华和花鼓的意见以及其他人的建议增加了专门为该剧谱的曲子，演员也基本确定了。这是一部反映农村正在进行的土地承包责任制后，怎么解决特困户或因家庭缺乏劳力或因病残拖累，生活依然贫困的问题的现代花鼓戏，提出了如何解决“包产到户，闲了干部”，如何搞好共同致富，发挥各级组织和干部作用的问题，在当时的背景下很有现实意义和普遍的指导意义。初稿出来后陶有善专门给有关方面汇报过，大家都说剧本很好，时代感强。剧本名字原来拟叫《扶贫县长》，有人提出既然是以梁县长为原型那就叫《梁县长》。梁县长知道此事后专门给分管文化的副县长交代千万不要起《梁县长》这个名字，特别叮咛剧本名字要有艺术性，包括《扶贫县长》这个名字也不妥，太直白了。

陶有善从分管副县长那里一回到剧团，立即把田导演、陆编剧、郭荣华等人叫来讨论。田导演觉得《扶贫县长》这个名字虽然直白却切中主题，也正符合当前的大形势。陆编剧说他觉得直接用《梁县长》为剧名太显眼，有吹捧歌颂县长之嫌，而《扶贫县长》听起来响亮，但缺少艺术味，怎么改他还真没想好，因为这一段时间他太累了。荣华给田导演等人倒了一杯开水，看着大家为难的样子就开口说叫《县长下乡》，因为这出戏是写县长下乡发现问题、解决问题的。陶有善听了笑着说：“这个名字有点意思，但还不怎么艺术，花鼓你说说，在咱们几个人里只有你是正儿八经的高中生。”花鼓一边给各位续水，一边思考，几个名字都不怎么艺术，到底怎么才艺术些呢？记得上次剧本讨论会上，陆编剧说他从梁县长秘书那里还听到梁县长的逸闻趣事，说是梁县长的小名叫梁七斤，她听了还忍不住笑了，引来大家奇异的目光。当时有人说农村人给孩子起名字千奇百怪，什么拴牛、巴槽、狗娃、狗蛋等等，还有根据孩子刚生下来称一称多少斤，因而给孩子起名叫五斤、六斤、七斤、八斤的都有。想到这里花鼓轻声问陆编剧：“听说梁县长小名叫梁七斤，也就是说是刚生下来时七斤重吗?”陆编剧说有这事，听说当时大家很惊奇，因为刚生下来就七斤的婴儿太少了，多是五斤左右呢。花鼓低头想了想说道：“咱们团以前编的历史花鼓戏《状元屠夫》这名字为啥好，其中一个就是抢眼，让人一看怎么状元和屠夫给联系起来了？给人以充分的想象空间，所以我想这出现代花鼓戏能不能叫《七斤县长》?是不是有些艺术性了?”

“花鼓你真行，老夫服了!”陆编剧一拍大腿连声说好，并说他真是忙昏头了，怎么就没有想出如此好的名字。

“好，有艺术性！得劲得很！剧名就叫《七斤县长》。”陶有善大声附和。

“好，让人产生联想，也正体现了咱们商山花鼓雅俗共赏的特色。”田导演大声肯定。

郭荣华几位都充分肯定和赞赏这个剧名，也向花鼓竖起了大拇指。花鼓见几位领导加长辈这样夸她，竟然一时脸红了。

“花鼓呀，你刚才一语启发了我，咱们都要多思考呀，陶团长、田导演还有郭副团长，我想剧里的主人公之一的县长的名字也要有艺术性，看来咱们剧本里的梁县长不能叫了。梁杨谐音嘛，干脆剧本里的县长叫杨七斤多好。”陆编剧兴奋地说，同时向大家投去征询的目光。

“好个梁杨谐音，陆编剧反应真快，马上把县长名字艺术化了，杨七斤这个县长的名字有特点，就叫杨七斤吧。”陶有善和田导演、郭荣华一致赞同，花鼓却让陆编剧表扬得脸更红了。

就在陶有善和田导演、陆编剧等人一起讨论新编现代花鼓戏剧名的时候，商州东部沙河子对面的王家庄也正在召开村组干部会。主持会议的是村支书兼大队林场党支部书记的王根牢，六个小组的组长都到齐了，村大队会计后来的村文书已经打开大队村组干部会议记录，三大间大队会议室的条椅上坐满了参会者。

今天的会议很重要，根牢把老支书郭春正，还有王铁栓等人都请来了，还请各小队即各小组各派五名群众代表参加会议。大队长王刚虎是个复退军人，在部队上当兵回来不久，他说请根牢支书主持会议，大家的意见就是他的意见，最后还是听支书的。根牢知道刚虎是谦虚，刚虎心里觉得根牢公私分明，从来不贪不占，在村里威望高，大家都服，所以村上的大事基本上都是根牢最后拍板定案。

“今天请大家来讨论咱们王家庄林场是分到各家各户经管还是仍然集中统一经管的问题，请大家考虑好了再发言。”王根牢看看参会者，并特别看了看父亲王铁栓和原支部书记郭春正。

“我看还是分到各户经管，因为土地都分到各家各户了，都承包责任制了，还留林场干啥？”一组二组三组组长一齐说道。他们的话刚一说完，大多数群众代表都拍手叫好。

“我看还是先暂时放一放，看看其他村上的林场咋搞的再定不迟。”四组组长不紧不慢地说。

“到底是分了好，还是统一经管好，我还没考虑好。”五组组长说道，但他的话一说完就有群众代表叽咕说五组组长太奸猾了，老不表态，谁都不得罪。

“我总觉得集中统一经管还是好些，咱们这个林场也几十年了，成了气候了，不容易呀，再说了成片的核桃林和各家各户房前屋后零星核桃树不一样，零星核桃树尽管加起来不少，但离各家各户的房屋近，便于管理，林场离村上几里地，分到各户咋管。”六组组长站了起来说。

“怎么不行呢，这土地承包责任制可是国家、省上、县上、公社一级一级都号召的，咱们不能不照办啊。”群众代表中一位中年汉子也站起来说道。

“干脆分了算了，上面有政策，我看咱们村上把地分给各户后粮食产量不是都上去了吗？分了算了。”又一位群众代表说。

“不分也行，集中经管也行，但怎么分，要有个章法。”群众代表中一名党员说道。

郭春正见大家你一句我一句地说了很多，他吸了一口旱烟，坐端了咳嗽一声，大家立刻静了下来。因为大家知道老支书咳嗽一声表示要发表意见了，村民们知道这是几十年来老支书养成的习惯。

“大家说得很好，都有道理，但是千条理万条理共产党打天下坐天下是为了共同富裕才是硬道理。过去叫分田到户，如今叫联产承包，方式不同，目的一致。人常说船小好掉头，船大抗风浪。我认为包产到户的好处是宜于耕种零星地块，也能调动农户积极性，而集体统一，利于大工程也具备抗大灾的能力，比如防洪等。现在咋办，咱们要跟上上级的步子，包产到户搞联产承包，把组上的地都按规定承包经营。大队林场嘛，我个人意见集中统一经管，但要考虑由那些人管以及怎么分红的问题。”郭春正一字一顿地说。

“说得好！老支书说得实在。”王铁栓带头鼓掌接着站了起来，这个动作也是他多年养成的习惯，他是退休的国家干部，但从没有把自己当国家干部，他早把自己当成村里一名社员了。

王铁栓清了清嗓子，看了看王根牢渴望期待的眼睛，又看了看王刚虎，刚虎也是用期待的目光盯着王铁栓。

“老支书讲得好，我们知道中国问题就是农村农民问题，就是土地问题，实际上就是农民的利益问题，农民的生活生存问题。土地就是农民的生存根本，有了土地，再苦再累我们农民就能生活生存下去。刚才老支书讲了船小好掉头，船大抗风浪，这就是辩证法。大家想一想我们村上修的基本农田，我们的低产田平整改造，我们的河滩地一料改两料，我们的小块地变大块地，我们后坡的梯田，我们集中连片的核桃林，都是大队或小队集中劳力搞成的。所以我建议我们要坚持我们党实事求是的路线，根据我们村上土地和核桃成林的现实情况，用官话说宜统则统，宜分则分。我的具体建议是以队为基础的土地按政策规定搞联产承包，大队林场则仍统一经管，但要进一步明确林场的经营管理组织形式和分红办法。”王铁栓也一字一顿，娓娓道来。

“好！还是老支书和老干部说得好，咱们就来个有分有统，统分结合。”王刚虎高兴得拍手叫好。

“对，咱们就把林场留下不分到户去了，也算给咱们村上保留一点集体的东西。至于咋分红，咱们下来再研究拿出具体办法，再征求各组甚至绝大多数群众的意见。我提个原则意见，能不能让村会计认真核算一下咱们村上的村提留乡统筹的总数，先由大队林场从利润中支付，这样既解决了群众负担，也解决了有时候收取提留统筹款难的问题，也可以抵作分红，但要把账算精确，算到各家各户。同时要算准参加林场劳动的人的报酬，既不能让在林场干的人吃亏，也不能让集体收入流失。”王根牢想了想认真地说。

“行，根牢支书说得公公道道的。”大家一致同意了，事情就这样定下来了。随着时间的推移，根牢根据核桃假期实习时的建议，试着在林场搞林粮、林药间作，后来又试着搞林下养殖，还真的把林场搞得红红火火，引来各地林场到此参观学习。

马上就要毕业了，学校下发了毕业生就业分配登记表，让学生们填报毕业分配志愿。拿到毕业分配登记表的第一时间，袁丽娜就兴冲冲地找到王核桃，征求核桃的分配意见。

“听说每个班要留校 2–3 名，用以补充学校教师缺员问题，这可是个绝好的机会呀，如果留校了可以继续做学问、搞研究、当教授，那多好呀！”袁丽娜滔滔不绝地说着，仿佛已经留校了似的。

“师兄，师妹！你们在这里呀。”李健快步跑了过来，手里还挥舞着毕业生分配登记表。

“毕业了，终于毕业了，我们就要工作了，终于不让家里负担了。”李健高兴万分，一边挥舞毕业生分配登记表，一边大声叫喊。

“师弟，你准备咋填报？”核桃问李健。

“首先留校当教师，其次选进省级涉农林部门当行政干部。”李健告诉核桃，“我的一位乡党就这样填的，咱们是恢复高考制度后的首届大学毕业生，高校急需大批人员补充教师队伍，党政机关事业单位也急需大批人员补充行政和业务干部，用现代话说咱们这第一批大学毕业生吃香！”

“你填了没有？”袁丽娜问李健。

“还没有填，我是想咱们三个人填成一样的，能在一块工作多好呀。”李健真诚地回答。

“师兄，你表个态，咱们统一填表。”袁丽娜和李健一齐说。

“我想回我们商山地区去工作，我们那里太缺人才了。”核桃低头想了想，接着抬头看着丽娜和李健。

“师兄，你是不是糊涂了，你们那里怎么能和大学以及省级机关比？像你这么品学兼优的尖子生应该留校做学问或到大机关当干部，说不定过上若干年不是教授就是局长省长了。你这是咋了吗？”李健急急切切地劝说。

“是呀，人常说人往高处走，水往低处流。师兄应该在更能发挥自己聪明才智的地方干，这样才更有出息呀！”袁丽娜略带哭腔，她想把核桃留在省城，不论是高校或机关都行，她知道如果这样了，她可能还有机会。

“不。我还是要回我们商山去，从事核桃研究，并用研究成果帮助我们那里的父老乡亲脱贫致富。”核桃坚定地说。

“师兄，我看你这是舍不得你那年轻美貌的演员妻子和一双可爱的儿女吧，这好办呀，只要你留校或到省直机关了，还愁妻子的调动安排？还愁见不上一双儿女？”李健笑嘻嘻地打诨。

“有这因素，但不是绝对因素。人常说儿不嫌母丑，子不嫌父贫。我们那里虽然是八分山一分水一分田的土石山区，但人穷志不穷，我一定要让青山绿水变成金山银山，我相信会越来越好的。”核桃坚定地说。

“师兄呀，你可不敢一时冲动就盲目决定，这可是终身大事呀！”袁丽娜听完要哭了，急得扑到核桃怀里恳求着，李健见状轻轻拉了一下丽娜，丽娜这才定下神来。

“师弟，师妹，我这样做不是一时冲动，也不是一时心血来潮，而是经过深思熟虑之后所做的决定。实话告诉你们，前天咱们系主任和班主任分别找我谈了话，说是系里准备让我留校，而省人事厅看了我们的档案和学校介绍，拟分配我到省农业厅或林业厅工作，系主任和班主任让我二者择一。经过一天多考虑，我决定还是回商山地区工作，目标就是商山核桃研究所。”核桃认真地说，同时感激地看着可爱的师弟师妹。

“你不留校，不到省级机关部门，我们咋办？”李健和袁丽娜一齐看着核桃。

“天下没有不散的宴席，咱们三人有缘求得同窗读，毕业后各条战线争英雄，总不能挤在一个地方吧，你们就各尽所能所需，或留校，或机关，说不定到时候师兄还有求你们哩。”核桃诚恳地说，接着伸手在丽娜和李健头上摸了摸。

核桃在丽娜头上这么轻轻一摸，却让丽娜心跳加快，感到十分亲切，李健也感到很亲切，只是没有像丽娜那样产生了异样的感觉。丽娜追求核桃几年了，这刚才的轻轻一摸是之前从来没有过的亲昵动作，让丽娜很感动。

“那好吧，就按师哥讲的，咱们就填留学校或者省级机关吧。”李健深情地看着丽娜。

“好，就按师兄讲的。”丽娜突然扬起头。李健心里一阵激动，暗想这样一来，他向丽娜求爱的把握又增加了一成。

望着转身离去的丽娜和李健，核桃在心中默默为他们祝福，祝愿他们有个好的归宿，好的结果。但后来发生的一连串事情却让核桃始料不及。

时光飞逝，转眼就是春节了，学校放了假。一过年，高考制度恢复后的第一届大学本科毕业生分配报到就开始了。

接到分配去商山地区人事局报到的通知，核桃非常高兴。因为在过年时他就把自己填报的意见给家里说了，祖奶奶很高兴，说重孙子没有忘记自己是喝丹江水长大的，回家乡工作很好。爷爷王铁栓和父亲王根牢认为毕业分配是大事，应该提前和家里商量一下，同时认为大专院校毕竟是知识分子集中的地方，容易提高知识水平，而省级机关当然门槛高，发展空间大。核桃说已经填报了，他们认为既然核桃愿意这样，当爷爷和做爹的也尊重核桃的选择，咱们世世代代都在这里生活，回来了也好。雪云和荣华也很高兴，花鼓自不必说，仿佛心有灵犀。看着毕业生派遣证，花鼓催促核桃快去人事局报到，抓紧时间去核桃研究所上班，铁栓和根牢也催促他快去，还叮咛一上班就到王家庄林场来，指导林场搞高接换优，促进林场核桃品种良种化。

核桃一刻也没有停留，拿着地区人事局的工作分配通知，立即去地区核桃研究所报到。刚一进核桃研究所的院子，王所长就从里面迎了出来，大声说：“真是说曹操曹操就到了。”核桃笑着说：“怎么了。”王所长说：“先别问怎么了，我这是正高兴呢，咱们商山核桃研究所真是有福气，上级一次给我们分配来两名大学生。”核桃问：“是哪个学校的。”所长神秘地说：“你猜，恐怕你绝对没有料到。”核桃见王所长既高兴又高深莫测的样子，他就故意说：“不用猜，见了面不就知道了吗。”所长说：“那是那是，不过肯定让你大吃一惊。”

来到所长办公室，所长让单位办公室的人通知刚才报到的另一位大学生，所里马上要为两位大学生开个欢迎会。

核桃研究所的小会议室里，十几个人已都到齐了，所长问怎么刚才报到的那位大学生还没来，办公室的人回答上街买东西去了，已派人找去了，估计马上就会回来。核桃心里在想，看来这位大学生还真认真，刚一来就买东西准备安营扎寨了。由于他与大家都是熟人了，也就毫不客气地聊了起来。

“哎呀，对不起，我迟到了。”随着一声清脆的道歉声，袁丽娜快步走进小会议室，并径直走到核桃身边大大方方向大家鞠了个躬，便紧挨核桃坐了下来。

“袁丽娜！怎么是你？”核桃睁大了惊奇的眼睛。

“正是，正是。”袁丽娜正色回答。

“你不是留校了吗，怎么跑到我们这里来了？”

“原计划是留校，我让我爸找了学校，也找了高教局就改派到咱们这里来了。”袁丽娜故意将核桃说的我们这里说成了咱们这里。

“好了，咱们一齐鼓掌欢迎王核桃和袁丽娜同志到我们商山核桃研究所工作！”王所长提议，大家一齐鼓掌。

简单而热烈的欢迎会刚一结束，核桃就随袁丽娜去研究所分配给袁丽娜办公兼卧室的房子。刚一进房子核桃就严肃地说："丽娜你这样做是不是太轻率了，你父母不在这里不说，你留校多好呀。"袁丽娜也一本正经地说："那你怎么不留校或去省级机关单位？"核桃说："这是我的家乡，我们这里缺大学生。"丽娜说："正因为缺我才跟你来了，实话告诉你，这次改派还真费了神呢，正好关中支援商山地区的名额中有一位大学生家里有实际困难不能来了，我爸还动用了省军区政治部的人给高教局说了话，这才改派了呢。"核桃说："我们这里还很贫穷落后，你是看到了的，条件艰苦呢。"丽娜深情地说："有师兄在我就不怕了。"核桃问不知李健分配到哪里了，丽娜说留校了，并说李健听到丽娜改派到商山之后也要求改派，但学校不同意。核桃听了更加不安，他知道李健是热恋丽娜的，而丽娜偏偏要到商山来，个中原因他是心知肚明的，这让核桃深深感到今后很难处理他们之间的关系，想着想着不由得走了神。

看到核桃失神的样子，丽娜轻声问："师兄你怎么了？走，咱们到街上去，你说是我请你吃商芝肉和商州大烩菜还是你请我？"核桃回过神来说："当然是我请你了，算是给师妹接风洗尘了。"

当天晚上核桃果然到一个饭馆请了丽娜，但他特意叫上花鼓和张刚梁，荣华本来也要参加，却因团里有其他事，一再叮咛一定要把丽娜招待好。

这是商州城里最普通平常的一个小饭馆，设在原来的城中后面的人行道南面，只有两间门面房，并且这两间门面房中间没有隔段，操作间和招待客人的桌子只隔着一半截高的砖墙，里面炒菜做饭，外面坐桌子吃饭。

桌子上已经摆好了碗筷，不大一会儿菜就上齐了，一盘商芝肉，一盆商州大烩菜，还有一盘蒸馍。

“丽娜，这就是你最爱吃的商芝肉和商州大烩菜，你就放开肚皮吃。”核桃笑着说。

“怎么没酒呢，咱们商州的丹江大曲怎么没上来？”张刚梁轻声反问。

“丽娜今天刚到咱们商山核桃研究所，核桃请师妹就不喝酒了。”花鼓看了看丽娜，又看了看核桃。

“对，不喝酒，只吃菜，就吃商芝肉，就吃商州大烩菜。”袁丽娜爽快地说。

“丽娜，刚梁，你们看一看，尝一尝，商芝肉里的商芝，又叫拳芽，是我们商山里特有的一种山野菜，它在每年的春天破土而出之时，就像婴儿的拳头一样，所以又叫拳芽，只有正在鲜嫩之时采摘下来晾干之后与猪肉合在一起，才能起到吸油的效果，这才使得商芝肉肥而不腻。如果时间一长，那商芝抽了条长了秆就干枯无味，咬嚼不动了。所以说少小要努力，拼搏年少时。”核桃指着桌子上的商芝肉介绍着。

“师兄呀，你这话说了十多次了，难道我就是为了吃你们的商芝肉和商州大烩菜才来商山核桃所吗？”袁丽娜杏眼圆睁。

“我知道你为何而来，你们袁家三代军人，都是钢铁硬汉，你也是巾帼不让须眉，你来支援我们商山地区，我们当然是热烈欢迎了，你看这商州大烩菜里有红白萝卜、蒜苗，特别是商山黑猪肉，你就放开肚皮吃。”核桃看了看刚梁，刚梁会意马上给丽娜夹了几块烩菜里的红烧肉。丽娜夹起一块吃了连说真好吃，并且每次吃的味道感觉不一样。

“丽娜师妹，人乘年轻时，有位大诗人说过，少小不努力，老大徒伤悲。祝愿师妹努力少小时，老大皆欢喜。”核桃又给丽娜夹了些商芝。

“师兄，你咋说什么商芝老了就吃不成了，我听说生姜还是老的辣，还听说老当益壮等等，你这样说是啥意思？”袁丽娜吃着鲜嫩的商芝说。

“师妹，我这是打比方和隐喻，是说你和刚梁要趁年轻多努力，不要等到了我和花鼓这样的年龄再谈恋爱。”核桃笑着说，同时给刚梁夹了一块肉。

听到核桃这样说，刚梁看了看花鼓，丽娜看了看核桃，觉得他们夫妻二人的反应都正常得很，于是几人边吃边聊，吃罢饭各自回去了。临走时，核桃反复叮咛让刚梁一定要护送丽娜到宿舍，丽娜还要推辞，刚梁说让人家夫妻早些休息，丽娜只好让刚梁把她送回宿舍。

核桃和花鼓回到自己的房子里，荣华已把满仁和香穗安顿睡觉了。花鼓一边展开被子一边问核桃：“这丽娜怎么也分配到商山核桃研究所了呢？”核桃看着两个熟睡了的孩子，回答说：“丽娜是改派到咱们这里的，本来应是留校工作。”花鼓说：“反正我觉得丽娜看你的眼神不对劲，总是火辣辣的。”核桃听了心里一紧，转念一想花鼓是何等聪明的人，当然看出了端倪，于是转过身对花鼓说：“人家城里人性格开放，就那么热情奔放的。”花鼓说：“可能是我多心了，不管咋说人家能来咱们这贫困地方，我们要多关心体贴才是。”核桃说：“所以我才把刚梁也叫上给丽娜接风呀，你看他们两个是不是很般配呢。”花鼓立即说：“还真般配，只怕丽娜是个大学生，看不上我们这些唱戏的。”核桃嘴角向上翘了翘说：“那就要看咱们怎么从中撮合以及他们的缘分了，这袁丽娜文理知识都不错，心气又高，人家从关中来到商山是发达地区支援山区来了，作为东道主我们不能怠慢了人家。”花鼓拍了拍核桃的胸脯说：“咱们一直好客呀，何况丽娜是你的红颜师妹。”核桃见花鼓这样也用手指在花鼓脸上轻轻刮了一下，轻声说：“我担心的是我这个师妹做出出格的事来，我们要有思想准备。”花鼓淡然一笑，说：“今天也太累了，有什么事明天再说。”夫妻二人相拥而睡。

时隔不久，商山剧团《七斤县长》如期上演了。年初中央发布了一号文件，批转了《全国农村工作会议纪要》，指出目前农村实行的各种责任制，包括小段包工定额计酬，专业承包联产计酬，联产到劳，包产到户到组，包干到户到组等等都是社会主义集体经济的生产责任制。而《七斤县长》的演出，正好回答了实行包产到户责任制后县和乡镇村级组织如何帮助贫困户尤其是残疾人脱贫致富的问题，所以此剧刚一经演出，立即引起轰动，赞声如潮。花鼓和荣华都有演出任务，花鼓担任了女主角，张刚梁扮演了七斤县长这个角色，人们都夸花鼓演大家闺秀很行，演农村女子更是本色出演，还说张刚梁虽然年纪轻，但演七斤县长这个中年汉子也十分到位，没当过县长却演得很像，有县长的范儿。

核桃和丽娜接连看了三次《七斤县长》，看着看着丽娜说她觉得有些地方仍值得修改，核桃立即与丽娜去找陆编剧。陆编剧正和张刚梁等人交谈如何进一步提高演出质量和效果的问题，见核桃和丽娜一块来了立即让座。核桃说明来意，陆编剧说：“求之不得，你们俩人都是正儿八经的大学生，有什么问题尽管说。”丽娜看了看花鼓，又看了一眼张刚梁，轻声说：“我觉得七斤县长给残疾人送鸡送羊没问题，这都是短平快脱贫项目，你看商山地区很适合栽种核桃，且已形成了一定规模，如果县长再给残疾人送核桃树苗，让大伙多栽核桃树，作为长期脱贫项目，一旦核桃树成了主导产业，那不就财源滚滚嘛！”陆编剧听了一拍大腿，大声说：“你看人家大学生看问题就是不一样，我下去马上改戏词，加上‘远栽核桃近养鸡，脱贫致富解难题，荒山变成金银山，男女老少笑开颜’。”花鼓和刚梁也向丽娜投去赞赏的目光，丽娜觉得自己已经与大家融为一体了，不由得向核桃深情地笑了起来。

商山剧团排演的现代花鼓戏《七斤县长》越演越红火，参加省上的戏曲会演获得了一等奖，还到其他地区和外省巡回演出了许多场次，一时间好评如潮。商山花鼓的名声也越来越响亮，社会各界也都认为商山地区被誉为戏剧之乡是实至名归。在这期间，李绪娃和郭雪云等人也不断提出改进意见，尤其在音调上提出了不少中肯的建议，陶有善和田导演、陆编剧悉心听取并认真修正，从而使这部戏日臻完美。

核桃和丽娜在商山核桃研究所也逐步理顺了研究思路，明确了研究方向。根据王所长的安排，他们深入几个核桃林场和核桃种植大户以及家庭院落，认真仔细地调查了解各地核桃的分布和生产发展情况，也逐步确定了如何改良现有核桃品种，如何加强核桃生产科学管理，如何引进适生核桃品种，商山地区核桃病虫害防治等几个研究课题，并由核桃和丽娜分别领衔一个课题。领到课题以后，核桃和丽娜分别搜集资料，又连续搞了几个月的调查，接着就准备动手撰写科研报告了。

看到核桃整天忙得不着家，花鼓总觉得有一丝不安，特别是有几次去核桃研究所看到核桃和丽娜头抵头亲密的样子，还有丽娜总是以异样的目光盯着核桃。尽管核桃每次回家对花鼓亲热有加，夫妻生活更加和谐也充满激情。对于丽娜的种种表现核桃虽然也有些难以接受，但他总以为是丽娜已经融入了商山，她的工作是那样认真，尤其也喜欢时不时哼上几句花鼓戏，并且有腔有调的。还有丽娜多次说咱们商山地区真美，四季分明，不冷不热，民风淳朴，厚道诚实。这一切的一切还真让核桃感动，却也让花鼓越来越不安。

核桃哪里知道，他越是以平常的淡然的心态自然而然地对待袁丽娜，袁丽娜越将这一切平常不过的行为视为核桃对她的爱的示意。有几次下乡调研，根牢陪着他们去了两个公社的四个村子，交谈之中丽娜深深感到根牢对核桃产业的认识很不一般。平时话语不多的根牢只要谈到核桃立即如数家珍滔滔不绝，这让丽娜对核桃一家人更是难以忘怀，还有几次聆听李绪娃郭雪云唱的原生态花鼓戏，也深深打动了她的心弦，她不仅越来越爱上了核桃，也爱上了核桃的家人。

有一天晚上核桃早早回家了，吃过晚饭哄两个孩子睡着了，夫妻两个也躺下聊天。花鼓与核桃面对面躺着，这是他们聊天时的一贯姿势。

“核桃，你说这丽娜二十七八了怎么还不谈恋爱结婚呢?”

“袁丽娜心气高，一时没找下合适的。”

“年龄不饶人呀，要不要咱们给帮帮忙。”花鼓睁大眼睛问核桃。

“是要帮忙，但不知丽娜心里咋想的。”核桃认真地回答。

“要不要在剧团给找一个，以前咱们不是认为刚梁与丽娜是绝配吗?”花鼓提醒着。

“这刚梁不知怎么搞的，男人要主动嘛。”

“我看刚梁怕人家是大学生，高干家庭，不敢张口呢。”

“那你改天给刚梁明说，让他追呀。”核桃提议。

“行，只怕刚梁不会听我的。”花鼓心里明白，刚梁人很聪明，但爱钻牛角，尤其是对她的态度让人很难接受却也很难推辞。而后来发生的事情让核桃和花鼓都绝对没有料到。

那是七月初的一天，核桃从研究所回家吃过晚饭，准备休息了，刚刚躺下却被一阵急促的敲门声惊起。

“核桃，不好啦，丽娜喝了农药了，正在商山医院抢救，所长让我叫你赶快到医院去。”来人急急切切而言。

“走，马上。”核桃飞快地穿上衣服，与来人一块飞快地走到商山医院。

袁丽娜静静地躺在病床上，医生已经给她洗过胃，正在打着点滴，现在她还在昏迷之中。

看着面色苍白的丽娜，核桃轻轻为她掖了掖被角，昏迷中的丽娜脸颊上是几滴亮晶晶的泪珠。

“丽娜，你这是怎么啦？”尽管他已大约猜出了丽娜服毒的原因，但核桃仍在心里轻轻询问。

“这么阳光灿烂的一个姑娘，还是大学生呀，怎么就服毒了呢？”一个护士轻声叽咕着。

王所长也过来了，看到如此情况，他叹了口气，让核桃回去休息，并让所里两名女职员轮流陪护。核桃说他不累，他要等丽娜醒来了再回去，所长同意了，让两名女职工都留下。

天快亮的时候，丽娜慢慢地醒了过来，睁开眼睛看到核桃趴在床头，眼睛红红的。她知道核桃一夜没睡觉，想劝核桃回去歇息，却怎么也张不开口，她觉得此时的感觉真好，真想就这样待下去。

“丽娜醒过来了，这就好了。”核桃研究所的两名女职工惊喜不已。

“丽娜，你终于醒过来了。”核桃如释重负轻松地露出微笑，窗外的阳光照射到病床上，丽娜还有些苍白的脸上泛起一抹红晕。

两位女职工见状，互相交换一下眼神随之悄悄走出病房，房间里只剩下核桃和丽娜。

相对无言，只有目光交织，只有心灵的交流，彼此明了，无须言语。

医护人员要进行查房和会诊了，核桃走出病房来到医院的一棵大树下，这才从口袋里取出昨天下午下班时丽娜塞给他的那封信，打开信纸，只见信中写道："亲爱的核桃，我的爱人，请允许一个即将离你而去的女子，一个洁白无瑕的女子——袁丽娜，这样称呼你。核桃，你知道吗，在入学的第一天，从咱们第一次见面起，我就深深地爱上了你。虽然你没有华丽的服饰，没有显赫的背景，但你的阳光、纯朴、伟岸，只见了一面我就这样鬼使神差、神魂颠倒地爱上了你。后来的共同学习、实习，直到我义无反顾地改派到商山核桃研究所，这一切的一切都是因为我深深地爱上了你。"

丽娜在信中接着写道："在核桃研究所，几次去你们家，我也深深被你们家的每一个人所感染和吸引，因而更加深了我对你的爱。也深深地爱上了你所钟爱的核桃研究所，爱上了花鼓戏。当然了，我是十二万分地羡慕花鼓姐，她那么端庄美丽、优秀贤淑，甚至让我对她产生了些许忌妒。我知道，我不能破坏你们的家庭，但我又不甘心。我想问您，假如，也就是如果，如果你没有和花鼓结婚，你会爱我吗？不，哪怕是违心的，我多么想让你亲口对我说我爱你。这样我也就死而无憾了。"

核桃看到丽娜的信前半部分字迹很工整，而后半分字迹越来越潦草，且上面有水渍，显然是泪渍，由此足见其当时起伏不静的心情。

"丽娜呀，你真傻，明知不可为而为，你不应该这样呀。"核桃心里翻江倒海，挥拳向大树捶去。

花鼓昨天晚上一夜都没有睡着。核桃听到丽娜自杀后匆匆赶去医院，她要看管两个孩子，所以没有一同前往。早上起来后把两个孩子送到幼儿园，她去剧团给荣华说明了情况，准备去医院看望一下丽娜。刚要动身，门房把一封信送了过来，信封上写着"商山剧团王花鼓亲启"，寄信人栏赫然写着"商山核桃研究所袁丽娜"。

花鼓停下了脚步，她已隐隐感到一丝不安，返身回到自己的住处，打开信封，只见丽娜写道：“亲爱的花鼓姐，我羡慕你，你能把核桃让给我吗？你不会的。我知道我不该这样问，答案我也明白，但我还要问。我衷心地祝愿你们天长地久、福寿绵长。如果有来生，请把核桃让给我。妹妹丽娜即日绝笔。”

“哎，这个丽娜呀，这么聪明的人咋干这么糊涂的事呢？”花鼓摇了摇头，她决定不去看望丽娜了，但她要回家向奶奶爷爷和太奶奶汇报这件事，她要核桃给她一个明确的态度。在她看来，丽娜能如此大胆地说要把核桃让给她，甚至以死相逼，八成是得到了核桃的肯定，或者是得到了核桃的暗示。所以她一定要让家里的几位长辈知道此事并为她主持公道，她坚信一家人肯定会支持她的。

花鼓刚刚离开，张刚梁就到花鼓的宿舍找花鼓来了。刚梁一上班就听剧团里的人说商山核桃研究所的美女大学生袁丽娜昨晚上喝农药了，到了排演厅没有见到花鼓，他就跑步去医院。到了丽娜的病房外，透过门缝看到核桃和商山核桃研究所的两个女职工在里面，却没有看到花鼓，于是又来到花鼓的宿舍前从怀里掏出一封信，悄悄塞进门缝里，转身回到剧团练功房，整晌也感到六神无主。

花鼓坐车回到王家庄家里时，李绪娃、王铁栓、王根牢和郭雪云等人正在院子里聊闲话，主要话题是今年的核桃是几十年来长势最好的一年。李绪娃指着院子四周浓荫遮盖的核桃树，赞叹今年的核桃都要把树枝压坏了。王铁栓高兴地站起来，用手抚摸着被核桃压得弯下伸手能及的青皮核桃说又是核桃压枝时，农人心里乐开花，房前屋后的核桃果实累累，大队的核桃林场也是如此，真让人高兴无比呀！王根牢也插话说整个林场的核桃树没有一棵歇枝的，可以说是棵棵挂满核桃，一嘟噜，一串串，树树核桃压枝条，估计今年外贸加工厂的核桃出口量是最大的一年，收入也肯定是最多的一年。郭雪云用唱花鼓戏的姿势说《七斤县长》戏里也把核桃种植作为扶贫致富的方法之一，看来咱们的核桃是越来越有文化了呢。

花鼓急急推开院门进到院子，李绪娃和郭雪云看到花鼓脸色十分难看，急忙问：“怎么了，这脸上阴云密布的？是不是带孩子累着了？”

“我……我……”花鼓吞吞吐吐，甚至有些手足无措，连她也弄不明白，怎么满肚子的话到了家里见到几位长辈，一直疼爱自己的长辈面前却一句也说不出来。

“是不是娃娃们想吃鲜核桃了？这个好办，等会儿让你爸给你摘些青皮核桃带上，今年核桃结得真繁呀。”李绪娃亲切地招手让花鼓到她跟前来。

“老奶奶，我想说一件事，不知该不该说。”缓过神的花鼓试探着问。

“一家人有啥不能说的，快说给我们听听。”郭雪云轻声说。

“袁丽娜喝农药自杀了，昨天晚上。”花鼓一字一顿地说。

“啥？就是来过咱家的那个漂漂亮亮的山外大学生女娃喝药自杀了？你没去看看？”李绪娃和郭雪云惊诧不已，连连追问。

“就是那个和核桃一块在核桃研究所工作的女大学生袁丽娜。核桃一听到消息马上就去医院看她了，我早上也去看了，已经没事了。”花鼓回答。

“这有啥不能说的，可怜这孩子了，年纪轻轻有啥想不开的，咋就喝了农药了呢？”王铁栓和王根牢疑惑地问。

“爷爷，爸，这事跟咱家核桃有牵连！”花鼓鼓起勇气说。

“袁丽娜自杀与咱们核桃有牵连？”李绪娃等人一齐睁大了眼睛。

“这个……”花鼓欲言又止。

“花鼓，你说到底咋回事？”王根牢追问。

“爸、爷爷、奶奶、老奶奶，这袁丽娜看上咱们核桃了，还写信要我把核桃让给她！你们不知道，这一段时间她每天和核桃出双入对，亲热得很……”

“不可能，核桃是啥人咱们都知道，他不会不顾社会影响，不顾你们的夫妻感情，去跟丽娜好的。”郭雪云和李绪娃异口同声。

“我也不相信，但你们想一想，如果核桃不给丽娜撑腰或者给她暗示什么，她敢这样大胆给我写信，要我把核桃让给她吗？”花鼓说出了自己的疑惑。

“他敢？如果这样，我打断核桃的一条腿！”王根牢生气地说。

“这事有疑点，我看咱们还是来个全家会审，把核桃叫来大家集体问一下他，看他啥态度？看他怎样处理这件事？还有丽娜给你写的信你让核桃看了没有？”王铁栓毕竟见的世面多，他略一思索就提出了自己的看法和办法。

“还没让核桃看，我今天一上班门房就送给我这封信，我一看都气晕了，就急忙回家向几位老人请教求主意来了。”花鼓这时有些后悔自己没告诉核桃就直接找几位老人家了。

“你给我们几位老人说是应该的，这袁丽娜和核桃是同班同学，且是高干子女，人长得漂亮，能放弃留校的机会到咱们贫困山区来肯定有一定的原因和目的，有几次我看她看咱们核桃时的眼神有些异样，我还认为没有啥，如今看来还真有些问题。”郭雪云分析道。

“咱们不要在这里胡猜乱想，我看丽娜这孩子是单相思了，她和咱们核桃是同学不假，但四年大学生活咋也抵不过核桃和花鼓青梅竹马两小无猜的感情，我是相信核桃不会走错路的。”王铁栓肯定地说，接着让大家收拾一下，下午就一块去州城，他认为这事要尽快处理。

就在花鼓回到王家庄向几位老人诉说的时候，核桃从医院到街上给丽娜买了盒饭，是丽娜最喜欢吃的商州馄饨。到了医院病房里，丽娜故意说她不想吃，核桃说："我来喂你吃。"丽娜弱弱地说："好。"核桃也高兴地说："这就对了，人病了怎么能不吃饭呢。"核桃正给丽娜喂饭的时候郭荣华进来了，她已猜到丽娜自杀的原因。回到家里没有见到花鼓，她立即想到花鼓肯定是回王家庄去了，她知道花鼓不想给当妈的说，是想让家里的几位老人出面解决问题，这也对，于是她来到病房想安慰一下丽娜。

"妈，你怎么来啦。"核桃放下碗问荣华。

"丽娜，你这孩子要听话呢，一定要注意饮食卫生，千万不要再发生食物中毒的 事情了。你要好好养病，千万别……"郭荣华轻轻抚摸着丽娜冰凉的手，心疼地看着面色苍白的袁丽娜。

"阿姨……"丽娜欲言又止，立即明白了荣华为什么说不要再食物中毒了的意思。

"我知道你的心思，咱现在啥都不说，等你身体好了，咱们好好聊聊。"荣华关切地说，同时为丽娜擦了擦泪珠。

商山核桃研究所的两名女职工来到病房，荣华和核桃交换了一下眼色，叮咛了丽娜几句，又对两个女职工叮咛对外一致说丽娜不小心吃了霉坏了的饭菜，是食物中毒了，然后母子俩就走出病房来到医院的院子。

"核桃，这事你打算怎么处理？"荣华开门见山。

"妈妈，你放心，我会处理好与丽娜的关系的。"核桃立即回答。

"现在不仅仅是处理好与丽娜的关系，我看关键是你怎么处理与花鼓的关系！我可坚决不准你对花鼓有一点伤害。"荣华严厉地指责儿子。

"妈妈，事情不是你想的那样。这都是袁丽娜单相思，儿子可从来没有歪心邪念。"核桃肯定地说。

“这就是了，你可要想好了，我估计你祖奶奶，你爷爷奶奶和你爸今天下午就要到城里来了，我料到花鼓已回老家向几位老人诉苦去了。”荣华爱怜地看着有些憔悴的核桃。

“这个我也料到了，花鼓平时就很认真较真，也不会拐弯抹角，这次不知怎么搞的也不问一下我就回家告状去了。”核桃说此话是因为他刚才回家看了刚梁写给他的一封短信，信中居然明明白白写着爱上花鼓了，要核桃把花鼓让给他，还说什么他会像对待亲生儿女一样对待满仁和香穗。刚梁信里还说他看核桃和丽娜才是天生的一对等等，核桃看罢刚梁的信既生气又好笑，心想刚梁和丽娜怎么都走火入魔了，他已以最短的时间和最快的速度写了两封信，一封给丽娜，一封给刚梁，只是写好后还没有确定什么时候交给他们俩。与此同时，他还想绝对不能把刚梁写的信让花鼓看，他不想让他和花鼓之间产生一丝不愉快。谁知花鼓却回老家要把几位老人搬出来，看来此事还真不简单。

核桃心里想着如何面对几位长辈的会审，又思量着如何消除花鼓的误解，不知不觉又走到丽娜的病房门口，这才不由得叹了口气，这是怎么了？他平日对丽娜关心关切是不是太过了，这才引起了丽娜的误解？虽然他一直对花鼓爱恋有加，但整天与丽娜耳鬓厮磨的样子，怎能不让花鼓有了想法？想到这里，核桃心头一亮，已踏入丽娜病房门的一只脚又收了回来，轻轻反身向家里走去。

核桃回到家里，李绪娃、王铁栓、王根牢还有郭雪云等人正襟危坐，荣华已从幼儿园接回满仁和香穗，花鼓把两个孩子搂在怀里一言不发。看到核桃进屋了，王铁栓问了句下班了，根牢直盯着核桃，平时最疼爱核桃的李绪娃今日吊着脸，房间里的空气很是紧张。

“花鼓，把孩子给我，你和妈妈去给老奶奶、爷爷、奶奶和爸做饭去。”核桃想了想轻声说着，走上前去抱满仁和香穗。

“气都气饱了，吃啥饭？”根牢气冲冲地说。

“先不急着做饭，咱们先把事情说清了。”李绪娃不温不火地说，但却给人不容争辩的余地。

“核桃，你和那个丽娜到底怎么回事？”郭雪云同王铁栓始终清醒，所以他们的问话单刀直入。

“花鼓，你不该把几位长辈叫到城里来，他们都是年迈之人，太劳累了。”核桃想到这些随口说。

“核桃，我现在有些后悔把长辈请了过来，但你说这事咋办，你看这袁丽娜都给我写信要我把你让给她，你说谁给她的胆子，尽管我不愿意相信你和她有什么，但我就是心里想不通过不去。”花鼓如释重负，终于说出了积在她心里的话。

“怎么，袁丽娜给你写信了？”核桃惊讶地问道。

“你看看。”花鼓从上衣口袋掏出一封信递给核桃。

接过花鼓递过来的信，核桃快速浏览了一下，心里马上明白正是丽娜的这封信才让花鼓想不开而回家请来几位长辈的，看来这丽娜真是走火入魔了，这次一定要认真面对这一切了。

“太奶奶，爷爷奶奶，爸妈，还有花鼓，我想这一切都是丽娜对我误解了，一直以来我总以为人家从关中大城市来到贫困山区支援咱们来了，加之丽娜聪明好学，热爱生活，热爱核桃事业以及和我同学四年，我就对她关心得多一些，尤其是在工作上生活上关心多些。而她这个人就是一根筋，还以为我是爱她的，她这是把同学情、同志情，甚至把兄妹情当成了男女之情了，这才做出了这样的事。实话告诉你们吧，丽娜喝农药之前给我也写了一封信，她是看我和花鼓夫妻恩爱，感到与我难以成就男女之情而绝望了，这才选择自杀的呀。”

核桃说完从上衣口袋里取出丽娜给他的信，伸手交给花鼓，同时核桃说他原准备把此事处理了，再给花鼓看的，既然让花鼓伤心了，就让花鼓尽快看一看信就明白了。

“你还有理了？你这样对得起花鼓吗？人家要不是为了这个家，为了两个孩子，花鼓照样也是大学生哩。”根牢还有些生气。

“是呀，核桃你要注意分寸，不能让丽娜和花鼓都误会了你。”铁栓和李绪娃脸色有所好转。

“我已给丽娜写了一封信，还准备在她看过信后再找她认真谈一谈，前一段我还和花鼓商量给丽娜找对象呢。”核桃见李绪娃和铁栓等人的脸色由阴转晴了，这才轻轻说道。

“核桃呀，你平时要关心花鼓，你看你让花鼓生气了，还急成什么样子了？”李绪娃看了看梨花带雨的花鼓叹了口气说。

“祖奶奶，我和丽娜只是同学关系，谁能料到她这样痴情呢，我们班上的李健苦苦追她，她一直不理，我看她热心核桃研究，热爱商山，所以一直关心她，这才让她产生了很深的误会，以为我爱她。”核桃如泣如诉。

“你少给我说冤屈，花鼓从小到大一直在家生活，还给你生了两个娃娃，你敢让她伤心伤情！”根牢故意骂核桃。

花鼓看到大家一致批评核桃，她也感到不能这样对待核桃。

“太奶奶，爷爷奶奶，爸妈，只怪我一时冲动，我看到丽娜要我让出核桃的信，我太生气了，也没告诉我妈就直接回老家请你们来城里主持公道了，现在全家会审已经明白了，看了丽娜给核桃的信，我更信任核桃了，接下来的事我和核桃解决就是了。”花鼓恳求几位长辈。

“你们一定要注意经营好自己的家庭，同时不要伤了人家丽娜的面子，想起来这娃还真不容易。”李绪娃叮咛。

“对，咱们一定要厚道仁义，一定要让丽娜转过思想上的弯。”铁栓和根牢雪云反复告诫。

“这个请放心。说实在的，这个丽娜在核桃研究上还有不少真知灼见，是个人才，我们肯定不会待慢和亏欠人家的，先让她静下心来，再让她安心留在商山。”核桃满怀信心地回答几位长辈，接着说：“真让几位长辈操心了，今晚上由我拿钱请几位长辈吃饭，并请几位长辈到电影院看一场电影，听说刚来了一部好片子。”

核桃是说到做到的。他特意请家人在一起吃了晚饭，又带全家人看了一场电影，并提前在城关旅社给李绪娃和王铁栓郭雪云三人登记了房间。电影一结束他让花鼓和两个孩子先回家，他送爷爷奶奶和祖奶奶去旅社住宿。根牢荣华与花鼓一块回去后各自歇息了。核桃也很快回到了家里，看到花鼓还坐在灯下深思，花鼓看到核桃回来了就问：“几位老人家都休息了。”核桃回答说：“休息了。”花鼓说：“真不好意思，当时是我一时生气就跑回家告你状了。”核桃笑着说：“家就是说委屈的地方呀，要说也怪我平时怎么没想到丽娜把我对她的好当成了那种男女之情的好了呢。”花鼓说：“这丽娜真是太开放、太痴情了，也幸亏你不是那样的人，不然还真说不清楚了。”核桃伸手在花鼓娇嫩的脸蛋上摸了摸，笑着说：“我这叫立场坚定，你不说我还忘了，那个张刚梁还给我写了一封信，说要我把你让给他，还说要管好咱家满仁和香穗，你说这小兄弟是怎么啦。”花鼓听核桃这样说，立即要核桃把张刚梁的信拿出来给她看。核桃说：“你咋这样沉不住气，因为时间紧，加上我也不相信你们两个有啥事情，所以我本来不准备向你说这事呢。”花鼓坚持要看，核桃就把刚梁的信给花鼓看。花鼓看了笑得前仰后合，连说：“这刚梁小弟弟怎么对我这个大姐姐动了心思了，明天我非骂他个狗血淋头不可。”核桃说：“算了吧，你们两个整天同台合练戏剧，你又这样漂亮能唱，他那是由敬慕到暗恋你了。如今既然咱们已明白刚梁和丽娜的心思和行为，看来要尽快解决这两个人的思想问题，不然对咱们不好，也对他们的生活和工作都不好。”花鼓说：“是呀，丽娜和刚梁都很优秀，只是他们没有认真甚至是关心关注对方，却剑走偏锋选错了方向，这才闹得阴差阳错让咱们哭笑不得。”

夫妻二人就这样说着、聊着，不由自主地各自释然了，觉得轻松了，接着又商定明天上午带些食品去病房看望丽娜，同时约定谁也不提丽娜给核桃和花鼓写信的事情，并从今以后绝对不能说丽娜为情自杀的事。统一口径，说丽娜食物中毒就是了。

第二天天刚亮，雪云和铁栓以及根牢荣华就一块到核桃的住地来了。根牢告诉核桃，他们几个早上就回王家庄了，铁栓从口袋掏出20元钱，让核桃给丽娜买些补药补品，让丽娜补补身子，还说咱们商山人绝不能亏待了支援咱们家乡建设的外地人才。核桃要去送一送几位长辈，铁栓拦住说不必了，你祖奶奶很高兴你和花鼓相爱如初，说她放心了，还叮咛你们要关心丽娜这个痴情女子，要从小把满仁和香穗教养好。核桃和花鼓一齐欢快地说请各位老人家放心，我们一定努力。铁栓等人回家了，核桃和花鼓在商店买了几样食品，一同去商山医院看望丽娜。

核桃和花鼓到了医院丽娜病房门前，推门进去，却见李健正在给丽娜倒开水。核桃放下手里的食品，惊呼：“师弟你怎么来了？”李健转身见是核桃，二人紧紧握住双手，一个劲地抖动，连说一别几日如隔三秋。核桃接着问李健你咋知道丽娜病了？李健说他是陪一名教授来商山农校讲课，昨天刚到，今天上午他去核桃研究所找核桃和丽娜，听说丽娜住院了，这才急忙赶了过来。核桃听了马上说：“是呀，丽娜感冒了，发高烧烧糊涂了，把不少安眠药当感冒药喝了，差点出大事了呢，幸亏隔壁的女同志找她，才发现并及时叫人送医院，洗了胃，现在已经没事了。”

听到核桃这样一说，李健一颗悬着的心才放下。因为刚才在核桃研究所他问丽娜是什么病，几个人都含含糊糊、支支吾吾的。而丽娜也正在为怎么应付李健而着急，核桃不但来得及时，且如此这般一解释，一下子为丽娜解了围。

“是啊，丽娜妹妹，今后一定要小心在意，千万不要再服错药了。”花鼓关切地说。

“知道了姐姐，谢谢你的关心。”丽娜嘴里这样说，心里却猛地一紧。在她看来，花鼓这一句“千万不要再服错了药”是一语双关，既表示对她的关心，也是对她提了醒，即表明了花鼓和核桃的关系坚不可摧，花鼓也绝对不会把核桃拱手相让。而核桃和花鼓一块来看望她，也是一种暗示。想到这里，丽娜轻轻闭上了眼睛。

“核桃，你陪你同学在这里，我要上班去了，今晚上还有个演出。”花鼓礼貌地向李健和丽娜点了点头，就去剧团上班去了。房子里剩下核桃李健丽娜三个人，核桃问李健最近工作怎么样，李健说他在学院给一名老教授当助教，老教授是林果育种专家，这次来商山农校就是专门讲山区林果选种课题的。李健问核桃，你们核桃研究所的工作进展如何。核桃回答这里条件较差，资料也不齐全，基地建设规模不大，基本上是群众散种零星栽植，但核桃总量还不小，主要是地域广阔，农户众多所致，所以说核桃研究推广工作任重道远。丽娜见核桃和李健相谈甚欢，睁开双眼慢慢起身坐在床头插话。据她了解，影响核桃生产的主要客观因素是防春寒和防病虫，还有管理。这里的核桃生产可以说基本上靠老天，容易出现丰年尚可，一般年份居多，而一旦出现病虫害和倒春寒早春寒状况则影响巨大，所以要丰产稳产难度尚大，困难不小。李健听了眼前一亮马上说看来师妹真的融入商山了，说起核桃如数家珍，原来我还准备动员你回咱们学校呢，并且已向教授做了推荐。丽娜欠一欠身子说感谢师兄关爱。核桃又问李健个人问题解决没有，李健转过头深情地说不急，咱们小师妹不结婚，我哪里敢呀。核桃说师弟如果能到我们商山核桃研究所或商山农校工作，我帮你找个称心如意的。李健说家里不让他来，他也适应了学校助教的工作，如果你那里需要我帮忙，自然是责无旁贷。

丽娜听核桃李健你一句我一句地聊着，她也知道李健和核桃的心思。李健想让她回学校，而核桃希望李健能来商山工作，实际上二人都想成全她。但她却怎么也不想回学校，也不忍心放弃核桃，暗想还是在商山吧，走一步看一步吧。

核桃约李健上午一块吃饭，李健说不用了，商山农校已安排，晚上他再过来看望丽娜，说此话时李健深情地看着丽娜。丽娜回视李健报以感激的微笑。

核桃待李健走出病房，俯身对丽娜轻声说道：“师妹，你要坚强。”说罢快步走出病房。

核桃此一句话，让丽娜如沐春风，身体也越来越觉得活泛和轻松起来。

到了晚上核桃把李健从商山招待所约了出来，他让李健再去病房看望丽娜。李健爽快地答应了，并请核桃一同前往。核桃直白地告诉了李健一些情况，他想让李健劝导丽娜认真考虑自己的终身大事，不要再做无谓的事情。李健答应了，同时李健也想最后一次跟丽娜亮明心事，如果丽娜同意了也不虚此行。

在丽娜病房里，李健诚恳地向丽娜表白了自己至今未娶的原因，那就是他一直爱恋着丽娜，诚恳地轻声诉说着自己对丽娜几年来的思恋之情。丽娜静静地听着，李健终于表白完了，丽娜轻声问李健："咱们班乔艳芳不是一直追你嘛，难道你对艳芳的炽热之情无动于衷？"李健叹了口气，说："这世上的男女之情真是说不明道不白，我爱的人不爱我，爱我的人我不爱，这不是折磨人是什么？"丽娜听了心头泛起说不上来的意味，难道这就是人们常说的阴差阳错，这就是人们常说的没有缘分？想到这里丽娜轻轻闭上了眼睛。

"丽娜，你在听我说话吗？我劝你不要对核桃抱有任何幻想了，你看人家夫妻相爱，全家和睦，咱们应该为他们高兴，为他们祝福！我也再次告诉你，我等着你，你不嫁，我不娶。咱们回学校吧，学校需要你这样的人才。"李健恳求着。

"师兄，你让我再想想，我真不甘心呀，我不仅爱上了核桃，还爱上了核桃这个事业，爱上了商山，爱上了商山人世代传唱的花鼓戏。"丽娜深情地说。

"丽娜，你再好好想想，我明天就回学校了，我等着你。"李健伸手看了看手表，连说时间不早了，让丽娜好好休息，说完一步三回头地走了。

第二天李健就陪着教授回西安了，临走前他专门找核桃谈了昨天晚上与丽娜的一番谈话，并一再强调他愿意等丽娜回心转意，同时让核桃转告丽娜，如果丽娜愿意留在商山也行，他不嫌两地分居，如果有可能，他可以考虑适当时候也调到商山来。当核桃听丽娜说她爱上了商山，爱上了核桃事业，爱上了商山花鼓戏时，核桃知道丽娜与李健不可能结合了，如果尝试撮合促成丽娜与张刚梁结成一对，岂不更好，这种想法再次浮现在脑海，他立即心中有了主意。

当核桃再次去丽娜病房准备说刚梁如何优秀时，话到嘴边他又犹豫了。在他心里，觉得刚梁毕竟是个高中毕业生，丽娜是大学生，又那么漂亮优秀，如果此时谈及恐怕既伤了丽娜的感情，又欲速则不达。想到这里，他故意轻描淡写地说他刚送李健走了，李健走时仍对丽娜念念不忘。看到丽娜没有反感的表情，核桃试着说："其实李健是个很优秀的人，如今留校做了助教，将来肯定是能当上教授的，肯定是前途无量的。"丽娜听了说："如果你肯留校也一定能当上教授，你咋回这里了呢？"核桃说："我觉得你们很般配呢。"丽娜听了马上拉下了脸，眼角也流下了泪珠。核桃忙说怪他不该提此事，丽娜这才转过身说人常说防火防盗防师兄，她从来没防师兄，谁知这位师兄如此暗恋师妹呢。对于李健她只把他当师兄，经过这次变故，她想通了，今后把心思放在工作上，其他的事就听天由命吧。说到这里，丽娜长长叹了一口气，一副如释重负的样子。

"丽娜，你现在最想做什么？"核桃准备回去时问了一句。

"我现在最想听一听商山花鼓戏。"丽娜含泪说。

"好呀，我马上去把商山剧团的男女主角给你叫过来，唱一唱商山花鼓戏。"核桃非常高兴，一边答应一边快步走出病房。

上午吃过饭，核桃带着花鼓和张刚梁来到丽娜的病房。刚一进病房门，丽娜看到花鼓进来了，一时有些很不自在，花鼓看到了快步上前连说妹子脸上气色很好，看来病已好了大半了。核桃也走到病床前轻声说丽娜师妹，上午你说想听商山花鼓戏，我把商山剧团的男女主角带到病房来给你唱花鼓戏，请你欣赏。

丽娜睁大眼睛看了看核桃，又看了看花鼓和张刚梁，先是眼前一亮，又是一声叹息。花鼓马上知道怎么办才好，立即说丽娜妹子，我知道你从关中来到我们商山，就是为了研究核桃。今日我就和刚梁小弟给你唱一唱用我们商山民歌歌词编的商山花鼓。

男唱：

秦岭南，有商山，既有山，也有川。

山连山，川连川，水长流，天长蓝。

女唱：

核桃山，核桃沟，遍山核桃绿油油。

保水土，调气候，粮棉年年大丰收。

男唱：

九月里，打核桃，采果人群满山沟。

卖核桃换百货，不缺吃穿不缺油。

女唱：

桃仁桃油能出口，换回机器有多种。

支援国家大建设，衣食住行不发愁。

男唱：

穷山栽上幸福根，共产党是带路人。

葡萄结成银串串，核桃就是金罐罐。

男女合唱：

哎呀——葡萄结成银串串，核桃就是金呀金罐罐！

花鼓和张刚梁唱的时候，核桃在一旁用一双筷子敲着节奏，并用口哨吹着商山花鼓调子配合，直到花鼓和刚梁唱结束了，袁丽娜还张着小口痴痴地听着。

“丽娜，花鼓和刚梁唱结束了，你看他们唱得咋样？”核桃见丽娜如痴如醉，立即提醒。

“噢，唱结束了，我还以为没唱完呢。”丽娜眼前一亮，立刻清醒了。

“妹子，你的悟性很高，今日我和刚梁小弟就以你为题，即兴编唱一段花鼓戏，名字就叫《新编夫妻观灯》，这里的内容以你为主，你看咋样？”花鼓一时兴起。

“行，我和花鼓唱一出《新编夫妻观灯》，以丽娜为题，请不要见怪！”张刚梁豪气顿生。

“好，以我为题，你们二人唱一段《新编夫妻观灯》，我洗耳恭听！”袁丽娜高兴万分。

“请听仔细了”，核桃用筷子敲了敲算是提示。

花鼓：

正月十五元宵节，夫妻来到商州城；

看到街道乱哄哄，原来才是闹花灯。

刚梁：

从东门进了城，一街两行都是灯；
金鱼灯仙子灯，还有猪牛羊马灯。

花鼓：

八戒灯沙僧灯，孙悟空在闹天宫；
西街里面灯连灯，人山人海走不通。

刚梁：

焦赞孟良杨六郎，八姐九妹穆桂英；
古代人物多英雄，商山处处在向上。

花鼓：

如今核桃大发展，还靠科技来领先；
西农大学生来商山，袁丽娜就不一般。

刚梁：

丽娜本是关中人，不怕吃苦到山里；
核桃研究是骨干，我们大家欢迎你。

花鼓：

商山丹水真养人，丽娜越来越嫩白；

满头乌发黑又亮，一双大眼水灵灵。

合：

文武双全人人夸，

走起路来一阵风。

你是当今穆桂英，

一定能找个称心如意，

如意称心的好老公。

刚梁和花鼓又重复唱了一句“一定能找个称心如意，如意称心的好老公”。丽娜听得如痴如醉，一直到刚梁和花鼓已经停下好大一会儿了，她才回过神来。

“妹子，看你这样子是入了迷了。”花鼓大声笑着说。

“不好意思，你看听着听着就入迷了，真是羞人呢。”丽娜脸红红地回应。

“好啦，你们看丽娜今日精神这么好，咱们请她到院子里转转。”核桃提议。

“好，丽娜，我们一块去院子转转，你看外面天高云淡，风和日丽，多美呀。”刚梁和花鼓一起劝说。

“行，和你们在一起我心里敞亮多了，走，去院子转转。”袁丽娜高兴万分。

让核桃花鼓和刚梁没有料到的是，丽娜的身体很快就恢复了，并且越来越爱商山花鼓戏了，只要在州城，商山剧院有演出，丽娜都场场必到，特别是对原来看不上眼的张刚梁，不知不觉间增加了赞许和喜欢，尤其是张刚梁扮演的七斤县长，那个腔调，那个姿势，越看越像现实生活中的县长。

接下来发生的事情，虽然在核桃和花鼓的希望之中，但发展的速度之快却大大出乎他们的意料。

这就是袁丽娜不仅深深地爱上了商山花鼓戏，又爱上了演唱花鼓戏的人。这个人就是曾经苦苦追求王花鼓的张刚梁。

而张刚梁也没有料到这个从关中平原来到商山的大学生袁丽娜会看上他这个只有高中文化程度的演员。

在张刚梁看来，袁丽娜和王核桃才是天造地设的一对，而他和花鼓才是旗鼓相当的绝配。

直到有一天，再次看罢刚梁和花鼓同台演出的《七斤县长》之后，丽娜邀请刚梁到商州西门口吃葫芦头，刚梁才感到这个天资聪明的核桃研究员袁丽娜对他情有独钟。而他也不知从什么时候开始，已经爱上了这个以前从来不敢爱的人。

而袁丽娜也是经过几番思想深处的搏斗挣扎，这才彻底放弃了对核桃的追求。在她看来，核桃如此深爱他唱花鼓的妻子，她袁丽娜爱一个唱花鼓的男人也在情理之中。因此才有了今天的这一举动。

“刚梁，感谢你唱的花鼓戏唤醒了我已封闭的心，也感谢你为我唱戏让我忘记了一切忧愁！”袁丽娜红着脸说道。

“举手之劳，何必挂齿。只要你喜欢，我天天给你唱。”张刚梁一本正经地说。

“如果让你唱一辈子，你愿意吗？”

“愿意！”张刚梁不假思索，脱口而出。

二人深情地拥抱在一起。

三个月后的一天，核桃和花鼓又一次邀请丽娜吃商州大烩菜和商芝肉。核桃问丽娜还想邀请谁，丽娜不假思索脱口而出：“把张刚梁也叫上。”花鼓听了脸马上红了，核桃也感到有些惊奇。

到了商州西街的小饭馆，他们刚刚坐下张刚梁就到了，核桃说：“刚才丽娜还说把你叫上一块吃呢。”刚梁站了《七斤县长》中县长的姿势说：“不请自到，我去找丽娜没有找到，原想请大哥大姐上这里吃一顿。我仔细一想肯定是你们把丽娜叫到这里来了，于是我也就赶了过来。”刚梁说罢紧挨丽娜坐下，丽娜也向刚梁靠近了一下。

郭荣华今天也来了，核桃说了一家子聚一下，绝对不能忘了妈妈。荣华看刚梁和丽娜这样亲近，心里悬的一块石头马上落了地。

“看来我们很快就能喝到弟弟和妹妹的喜酒了。”核桃花鼓高兴地说。

“八字的一撇已写了，就差一点了。”刚梁深情地看了一下丽娜。

“刚梁师弟能娶到丽娜真是天公作合。”花鼓由衷地说。

“不是天公作合，是师哥和花鼓姐姐忠贞不渝的爱情感染了我们，也是商山核桃和商山花鼓感染了我们。”袁丽娜兴奋不已，大声地说。

“看来你们两个是核桃为媒花鼓为媒了。”核桃和荣华高兴地赞许。

“是的，是的，当初我和丽娜都有些剑走偏锋，经过丽娜住院这件事，加上丽娜经常听我演唱的花鼓戏，我们这才越走越近，你们是我们的榜样，我们要后来居上。”张刚梁故意提高了音调，仿佛是七斤县长在讲话。

“好，看来我们满仁和香穗要把刚梁叫姑夫，把丽娜叫姑姑了。”核桃爽朗地说。

“各叫各的，我要满仁和香穗把我叫舅舅！”张刚梁大声说。

“我肯定要满仁把我叫姑姑。”袁丽娜也强调。

“行，各叫各的。”荣华、核桃、花鼓一致赞同，坐在小凳子上的满仁和香穗十分懂事，从凳子上跳下来，拉着刚梁的手叫舅舅拉着丽娜的手叫姑姑。

张刚梁和袁丽娜的事情就这样定下来了，核桃和花鼓一直高悬着的心也踏实了。就在这时候，袁丽娜收到李健从西北农林大学寄来的一封信，信中大篇幅写了他对丽娜的爱慕之情，结尾一再阐明只要丽娜一天不正式结婚他就等一天，还说即使丽娜结了婚他也愿意再等一段时间，要看到丽娜的婚姻巩固了他才寻觅配偶等等。丽娜看了信落下了感激的泪水，为了师兄的痴情，也为她自己找到了真爱。她一刻也不停地给李健写了回信，明确表达了感激之情，也明确告诉李健她已准备和张刚梁结婚了，约好在她结婚时请师兄喝喜酒吃喜糖。丽娜在信的结尾诚恳地劝李健尽快寻找佳偶，并说不然她这个师妹心里永远不能安宁。

转眼就到次年的五一。这是袁丽娜和张刚梁商定的结婚的日子。核桃和花鼓早早就准备好礼品了，他们送给丽娜一个大床单，细心的花鼓专门上街在百货公司的门市部买了印有双喜字样的洗脸盆和铝皮热水壶。郭荣华带着剧团的几个青年人把张刚梁的一间房子收拾得焕然一新。

根据丽娜父亲的意见，他们没有在当地举办婚礼，而是乘丽娜父亲单位的挂有军队牌照的车去兵马俑转了一圈，就算是旅游结婚了。回到商州后丽娜和刚梁分别把核桃研究所和商山剧团给他们随份子礼的人请到一块吃了一次便饭，就这样过起了平平常常的夫妻生活。

新婚后的一段时间，核桃和花鼓常常去丽娜家走动，去的时候总带着满仁和香穗。按照他们原先约定的，核桃认丽娜当干妹子，花鼓认刚梁为娘家弟弟。刚梁说这样一来，让两个孩子咋称呼我们呢，核桃说就按以前说的各叫各的，就让满仁香穗把丽娜叫姑姑，把你叫舅舅吧。刚梁听了大笑说听起来怪怪的，不过我还真愿意让两个小家伙把我叫舅舅。丽娜也说我也觉得满仁和香穗把我叫姑姑亲切。两个小家伙也真是聪明，再次马上姑姑舅舅地叫了起来。

花鼓见大家这样高兴，立即向刚梁和丽娜说你们要抓紧呀，努力也生个双胞胎，现在已推行计划生育了，听说只准生一个呢。刚梁听了立马大声说："向大哥大姐学习，争取生个双胞胎，不过我把话说到前头，如果我们也是一儿一女龙凤胎，那我们的女儿可要嫁给满仁的，这娃我是一直看好的。"核桃听了大笑说："如今不准父母包办，但我们两家除外，如果你生了女儿，我们是欢迎咱们成为儿女亲家的。"刚梁说："这就好，不过我们的孩子也要把核桃叫舅舅，把花鼓叫姑姑，不然我们吃亏了。"核桃和花鼓齐声应允说："那是自然的，咱们谁也不吃亏，也人人都放心了。"核桃和花鼓说完此话，四个人你看着我，我看着你，对视了一会儿，然后都会心地笑弯了腰。

李绪娃王铁栓王根牢郭雪云等得知袁丽娜已和张刚梁结婚了，大家也非常高兴，几人坐在院子里聊闲话，说这样一来咱们一家也从此风平浪静了。

十月怀胎，一朝分娩。张刚梁和袁丽娜婚后的第十个月顺利生下龙凤胎。

核桃让花鼓提着两包红糖和一篮鸡蛋去产房看望丽娜。丽娜虽然是刚刚生产，面色有些苍白但仍不失秀丽。花鼓把红糖和鸡蛋放在病床床头柜上，丽娜挣扎着说看来咱们以前说的话要兑现了，儿女亲家是铁定了。花鼓把丽娜的被角向上拉了拉，口中说："你先歇息，等孩子满月了核桃和我过来给娃过满月。"正说着张刚梁推门进来，看到花鼓来了就问怎么没见核桃过来，花鼓说妹子生产娃，娃他舅不能来，所以才让她看望丽娜了。刚梁听了马上回应说我是太高兴了，把咱们商州的风俗习惯都忘了。丽娜要刚梁给花鼓倒开水，花鼓说不倒水了，她要回去给核桃做饭了，改天她和团长副团长再来看望丽娜。

时隔不久，刚梁和丽娜儿子女儿过满月了。丽娜的父亲袁大校专门从关中一个军分区到商州来了，丽娜的母亲是个护士，看到一双外孙很健康，马上抱了这个又抱那个。刚梁高高兴兴地把岳父岳母请到丹江饭店，正在叙话，李绪娃、王铁栓、王根牢、郭雪云等人也来了，刚梁一一做了介绍。袁大校马上请李绪娃上座，李绪娃坚决不坐上座，刚梁上前劝说，绪娃才在上席落座，主客席让袁大校坐了，紧接着郭荣华、陶有善、陆主编、田导演等人都来了。

这天的满月宴一直吃到下午两点，袁大校还要乘军分区的车回关中，刚梁把岳父岳母送上车并说过几天他把丽娜送回娘家。袁大校的车行驶很远了，刚梁才回到宴席上。

“有善啊，你们也是四五十岁的人了，你们编的商州花鼓音乐和商州花鼓腔调怎么样了？”

“还在编写，最近我们深入到商州丹凤等地，了解到花鼓戏在咱们商州地区还有很多东西要挖掘，所以一直迟迟不能定稿，还有剧团里有人提出把这几年咱们编写演出的花鼓戏剧作品汇集成书，但由于缺钱也只好暂放一下。”陶有善、陆编剧、田导演异口同声。

“好吧，我老婆子总想看一看你们编写的书本，我们唱花鼓子戏的时候没有本子，都是师父用口传我的，我们又传下去，这样容易流失，如果你们编印成书了，那就不一样了。”李绪娃感慨万千。

“好，咱们回家。”郭雪云上前在李绪娃身旁耳语。

“回，但愿刚梁和丽娜的儿子也爱核桃，女儿也爱唱花鼓。”李绪娃拄着核桃木拐杖边走边说。王铁栓王根牢和郭雪云陪着李绪娃到车站坐班车回王家庄，一路上都夸刚梁丽娜的孩子长得漂亮。

丽娜和刚梁把孩子从关中接回到商州的时候，两个孩子快半岁了，还没有正式起名字，夫妇二人一到家就把核桃和花鼓叫了过来，说两个孩子在外爷外婆家一直叫的乳名，今天要请娃他舅和他姑给娃起名字。

看着两个从小生长在外婆外爷家的孩子，核桃和花鼓相视一笑，马上有了主意。

“刚梁丽娜你们夫妇二人一个是花鼓戏的男主角，一个是核桃研究所的女骨干，你们也知道核桃仁中间隔着一层薄薄的隔断叫隔心木，有研究证明，这隔心木是一味药物且十分珍贵，你们看能不能把你儿子叫张心木。”核桃笑言，同时介绍了隔心木的药用价值和服用方法。

“丽娜你看咋样？”刚梁问丽娜。

“行，我儿子就叫张心木了。”丽娜大声说。

“丽娜说行就行，我儿子就叫心木，和核桃仁紧紧相连相贴呢。那么咱们女儿叫什么呢，咱们不能把娃继续叫妞妞了。”刚梁追问。

“是不能再叫妞妞了，核桃的一双儿女的名字都与核桃有关，我想咱们儿子的名字叫心木已经与核桃有关了，女儿的名字尽量与花鼓戏有关，这样一来与咱们夫妻从事的工作都联系上了。”丽娜思索了一会儿认真地对刚梁说。

“对，我赞成。”花鼓首先拍手叫好！

“应该如此，应该如此！”核桃和刚梁随声附和。

“大哥的女儿叫香穗，我们的女儿应该叫芳园吧。芳和香意思相近，外界把咱们这里称为戏剧之乡，而花鼓又是咱们这一带戏剧里的珍品，人们又把剧院叫梨园。如此你们看咋样？”袁丽娜经过思考脱口而出。

“好，就叫芳园，张芳园，好极了。”张刚梁高兴得做了个县长讲话时的姿势，双手叉腰，目视前方，语气肯定。

“县长说好就好！”核桃和花鼓笑着说，于是两个孩子的大名就这样确定下来了。

一个星期日，核桃和花鼓、荣华一块带着满仁和香穗回家看望李绪娃、王铁栓、郭雪云和王根牢，两个孩子好久不见祖奶奶了，刚一到家马上像小鸟一样飞快地扑到李绪娃怀里。

李绪娃现在除了耳朵有些背，眼睛还越发出奇的好。她疼爱地拍拍两个小家伙的脊背，连说又长高了，说罢让雪云从堂屋的三格子柜里给两个孩子取核桃吃，并强调这是今年的新核桃。

王铁栓虽然说快70岁了，但有个老母亲在堂上，他也显得很年轻。他现在除了到村上林场转转，就是经管房前屋后的核桃树。而郭雪云也快70岁了，身体也很好，除了给李绪娃等人做饭洗衣服料理家务，还常常陪李绪娃唱上几句花鼓戏。左邻右舍都说王家的李绪娃婆媳本事大，一辈子干净利落，管家、唱戏样样精通。根牢也还干着老营生，走村串乡收购核桃并经管林场核桃生产，值得一提的是，村上林场新栽的核桃这几年都挂果了，且产量越来越大，收入也越来越高，免除了村上农户的三统筹五提留，还给每户分了100多元钱，大家都说看来当初没有把林场分给各家各户经营是对了。核桃也决心协助父亲把村林场办好，每次调研也必须到村林场一次，不少调研的一手资料都是从村林场取得的。

荣华一回到王家庄就帮雪云把家里里外外收拾一次，花鼓要帮忙，荣华和雪云不让花鼓插手，让她管好两个孩子，陪祖奶奶聊天。李绪娃一见花鼓就问剧团最近有没有编出大本戏，又问陶有善团长编写的有关花鼓的音乐等专著怎么样了，花鼓一一做了回答，说陶团长整天忙得不亦乐乎，编写专著全是业余时间，资料收集了几大摞子，但还没正式成形。特别是近期又和几个乡村的老艺人聊了聊，越来越觉得不能赶时间，要出专著，必须认真反复推敲打磨，要出书就一定出精品。至于编写剧本，陆编剧和田导演正带人去各县收集材料，也就是深入生活。团里几个领导说了，商山剧团基本上是十多年出一本大剧，这叫十年磨一剑，急不得。李绪娃听了高声地说在理，啥事都不能太急火了，就像炖鸡汤，要文火慢慢炖才有味道。李绪娃还说她之所以老记着陶有善的专著，因为陶有善早就说了，如果出专著，肯定要把李绪娃的名字写上，如今她快 90 岁了，恐怕等不到那一天了。花鼓笑着说老奶奶是长寿之人，活 100 多岁没问题。李绪娃正色说这可是我的一大心愿，他陶有善的专著不出世，我就等着。

花鼓看到李绪娃盼望陶有善等人早日编写出关于花鼓音乐和剧本的专著，再次为自己选择了唱花鼓而自豪。接着她高兴地告诉李绪娃和郭雪云，袁丽娜和张刚梁生的龙凤胎已经起下大名了，男娃叫心木，女娃叫芳园。心木就是核桃仁中间的薄薄的隔断，李绪娃说："这我知道，听老人说这隔心木还是一味中药哩。"花鼓说："是的，看来咱们这几家子男的都与核桃有关，女的都与花鼓有关了，这刚梁的女儿的芳字和咱家香穗的香相似，剧院又叫梨园，而这个园字人家说是花鼓戏珍贵，看来又是个唱花鼓戏的料。"李绪娃说："是不是你们要成儿女亲家了，这丽娜还真有意思，原先她一心追咱们家核桃，将来她女儿嫁给了核桃的儿子，也算了了一桩心愿。"花鼓说："大人随便说一下，等孩子大了由他们去。"

根牢看李绪娃再次把慈祥的目光停留在满仁和香穗身上，他的心里立即充满了幸福之感，难得一家五代人同聚一堂。如今大家一心一意地各干其事，日子也一天比一天好，虽然一家人相聚的时候比以前还少些了，但欢聚一堂时的喜悦却是越来越浓了。看到老奶奶仍然惦记着陶有善等人编剧本和编辑花鼓专著的事，他就顺口说老奶奶这么一大把年纪了，还想当名人哩。李绪娃正在看着两个活蹦乱跳的玄孙，听根牢这么一说立马板下脸来，一本正经地说人生在世名利二字，还是人生在世吃穿二字都没错，关键是这个名利要来得正当，还有这吃穿二字也是人的正常需要嘛，关键也是要用正当的手段谋取名利和吃穿的东西。说罢略有生气的样子。

“根牢你怎么惹奶奶生气了？”王铁栓批评着儿子。

“我就顺口说几句，谁知奶奶较真了。”根牢委屈地说。

“你奶奶一辈子重视名节，你咋能这样说话呢，她这样说是为了把花鼓戏世世代代传下去呢，还有她把核桃木做的家具看得特别金贵，也是要咱们世世代代把种植核桃这事干下去，不然她年年腊八节非要你给核桃树喂腊八粥？”王铁栓故意旧事重提，也是为了缓和一下气氛。

“哈哈哈！我跟我孙子开个玩笑哩。”李绪娃故作轻松地笑了。郭雪云和郭荣华忙上前一个给李绪娃捶背，一个给李绪娃的碗里续了些开水。

“祖奶奶是给我们上老传统课呀，我就爱听你老这些话，吃穿是人的生活必须，名利也是人的精神和物质追求，但都要取之有道，受之无愧，祖奶奶你说是不是？”核桃上前正面向李绪娃鞠了个躬。

“看看，你们看看，还是核桃有水平，有文化，我就是这个意思，人过留名，雁过留声，我老了还真想有个好名声。”李绪娃高兴极了，叮咛核桃也要抽时间著一本核桃方面的书，就让铁栓和根牢当顾问，并说要花钱就让铁栓从退休金里支。

“核桃、花鼓，你老奶奶是在给咱们警示教训呢，你们现在一来年轻，二来赶上好时代，记得你老爷爷常常教导我说公物公钱不能贪占一分，另外坚决不能乱搞男女关系，今天我把这些话传给你们，切记切记。还有，一个人坚决不能为了名不择手段，不能为了利而忘恩负义。”王铁栓正儿八经地说。

“爷爷和老奶奶放心，花鼓是有了一定名声的演员了，我在核桃研究所也很受领导器重，我们一定会脚踏实地地干，凭能力和实力吃饭。”核桃庄重地承诺。

“好！这就是我们王家的风范和传统，公私分明，这样才能永远立于不败之地。”王铁栓再次语重心长地说。

“你们回城里去吧，好好把满仁和香穗教养成人。”李绪娃眼角有些湿润了，她挥了挥手，起码现在她已放心了。

次年的年初，商山地区是个倒春寒的节气，核桃树刚开了花结了穗，突然天气变得很寒冷，还下了一层厚厚的霜。对这一场突如其来的霜冻，核桃是预料到了，并且让广播站反复广播了几次，但核桃种植户就是没在意。在霜冻前核桃回了一趟王家庄，告诉父亲王根牢根据气象预报近期有春寒，可能出现严重的霜冻，对刚刚结穗的核桃和其他杂果影响很大，具体防御措施就是马上准备柴草，一旦出现奇寒天气，马上在核桃园旁燃放烟火驱赶寒流以防霜冻。王根牢对此是深信不疑，接连几天跑了几个林场和核桃园，但有的人相信，有的不相信。核桃也和研究所的人分头去了几个核桃园去动员堆积柴草，但让人遗憾的是收效不大，加上他们人手不多，跑也跑不过来，所以寒流一来霜冻严重，全地区除了少数地方堆积了柴草燃放烟火之外，大多数地方没有采取任何措施，因而大面积核桃花穗被一场霜冻冻坏了。当年的核桃自然是个大大的歉收，不仅影响了出口，更是严重影响了核桃种植户的现金收入。为此，专署严厉批评了林业局，也批评了核桃研究所。在总结教训的会议上，核桃做了深刻的检讨，袁丽娜也代表林业局做了检查，与此同时，林业局和核桃研究所进一步加强核桃生产的科技技术指导，编印《核桃种植技术100问》和相关技术推广手册，对核桃生产的科学管理、病虫害和自然灾害防治进行了以公社为单位的培训。核桃还多次深入农户进行示范，核桃种植户也逐步汲取了这次教训，越来越相信科学种植。通过典型引路、专业培训、参观指导、政策扶持等多渠道的支持，整个商山地区的核桃生产不断发展。随着核桃种植面积的不断扩大和产量的增加，核桃销售队伍和核桃产品加工技术也不断扩大和提高，特别令人欣喜的是如今核桃研究所的技术人员走到哪里都受到了人们的欢迎，他们的技术培训也越来越吸引人。看到这多年的变化，特别是那许许多多的核桃种植户和筹集资金建设标准化核桃园的大户，尽管历尽艰辛仍然咬着牙关，坚持不懈地种植核桃，发展核桃产业，核桃也感到越来越欣慰。

人常说光阴似箭，转眼之间就是百年。当然了这只是个形容和比喻。实际上整天忙忙碌碌地，不知不觉已是时光飞逝。

张刚梁和袁丽娜就是这样的感觉，仿佛一晃之间心木和芳园已是一个在农业大学就读，一个在音乐学院上学的大学生了。

此时的张刚梁已是商山剧团的团长，花鼓已是副团长，而陶有善、郭荣华、陆编剧和田导演也已退休。

花鼓的儿子王满仁已经从西北农林大学毕业回到了商山核桃研究所，满仁的妹妹王香穗也从长安音乐学院毕业回到商山剧团成了花鼓戏的青年演员。

袁丽娜从核桃研究所副所长岗位上提拔到专区林业局当了副局长。主要原因一是为女性，二是知识分子，三是非中共党员。

袁丽娜当核桃研究所副所长的时候，王核桃是正所长。他们两个写的《商山核桃发展研究和建议》刊登在当时地委的内刊《商山工作》上，被分管林业的张副专员看到后大加赞赏，推荐将丽娜从核桃研究所副所长提拔到林业局当副局长了。

地区原来是要任命核桃当林业局副局长的。当时征求核桃意见，核桃说他只想一心从事核桃研究，组织部一名副部长听了觉得有道理，就这样核桃继续留任，而袁丽娜因上述三个原因由副科级升任地区林业局副局长，成了副处级领导干部，还分管核桃研究所的工作。

张刚梁担任剧团团长后感到了前所未有的压力和危机。当时地区按照上级的文件精神搞事业单位机构改革，剧团从全额拨款单位成了差额拨款单位，即百分之八十的工资由财政上负担，百分之二十由团里自己挣，而剧院的维修及服装道具的购置等费用也要自筹。随着商品经济的浪潮一浪高过一浪，一部分演员下海经商或转行了，甚至有些演员迫于生计重操旧业去给社会上红白喜事唱堂会去了。陶有善、郭荣华、陆编剧和田导演等人看到刚梁整天愁得上了火，他们几个就约刚梁商议重振剧团雄风的事宜。刚梁正和花鼓等几个团里的负责人商量对策，见陶有善等人来了，马上坐下叙话，并深怀歉意地说："本应登门向几位前辈请教，我们能力差，真是有愧啊。"陶有善和郭荣华等人都说："这不怪你们，如今社会形势发展得很快，快得让我们都有些难以相信。你看现在城里遍地都是歌厅舞厅，咱们剧团的演出惨淡，入不敷出人心不稳，我们几个老同志议了议，觉得目前首要任务是稳定演职人员队伍，同时要抓紧编写新的剧本，用新剧来争取观众和财政支持。"陆编剧和田导演也表示他们二人一定抓好新剧本创作、青年导演和编剧的培养提高工作。

听了几位前辈语重心长的话语，张刚梁和王花鼓十分感动。这一段时间刚梁集中精力考虑剧团的生存和演职人员的生计问题，花鼓也利用星期天多次回到王家庄看望李绪娃和郭雪云等几位老人，李绪娃100多岁了，精神还不错，一见面就问剧团的事。郭雪云也是80多岁了，仍然头脑清醒。听了花鼓的讲述她们都认为编写新剧本排演新戏是当务之急。李绪娃还总是惦记陶有善等人编写花鼓音乐和剧本集的事，花鼓告诉李绪娃说陶有善等人退休后专门编写这些专著，郭荣华也加入到编写人员之中了。李绪娃和郭雪云正在和花鼓叙话，王铁栓和王根牢从村上小学校那里回家来了，王铁栓和王根牢进门就大声说学校的学生又走了20几个人。花鼓问到底是咋回事情，根牢说咱们村小学原来有八个班，现在只剩下四个班了，还有不少孩子是后山沟的娃娃，住宿在咱村上学哩，还有两个教室已被他租作存放核桃的库房了。如今山里有的学校已没学生了。花鼓听了立即起身去村上小学找到几个住校生问情况，其中一个学生家离王家庄村有30多里地，他是投奔姐姐到这里上学的，他们村里的小学原来有三个班的学生，如今只剩下一个班了。花鼓问村上的小学教师还在吗，这个小学生说还在，只剩下一个女教师，听说还是城里人，是个大学生。花鼓听了暗想这个女教师不简单，她准备去这个山村小学看一看这个女教师，但因事情太多一直没顾上去。

张刚梁看花鼓低头深思着，又看了看充满期待和跃跃欲试的陶有善、郭荣华、陆编剧、田导演等人，接着对花鼓说：“你是抓业务的副团长，你说咋办？”花鼓想了想说道：“张团长是抓全盘工作的，请你多考虑争取资金和协调各方关系的事情，几位老前辈老当益壮能不能牵头编写新的剧本，同时分别把青年演员的培训和青年编剧导演的能力提升抓起来。说到剧本，我前几天回家听到一个坚持山村小学教书的女大学生教师的事迹，咱们能不能以此为素材，编写一出新剧本。”陆编剧一听马上眼前一亮，连说：“这个素材好，万年大计，教育为本，尤其是人们的精神境界要提高呀，改天咱们专门去那个小学采风去。”陶有善说：“好，咱们几个老家伙加上花鼓副团长一块去，由陆编剧和花鼓来主笔创作，我和田导演帮忙协助。”张刚梁听了连声说：“好，并说一定要借一辆车把几位送到沟口，再派两个年轻的剧团人员做服务工作。”事情就这样定了下来。

陶有善、陆编剧和花鼓等人说干就干，第二天一大早张刚梁就把借来的桑塔纳小汽车和一辆北京吉普车开到剧团门口，陶有善、陆编剧、田导演乘坐小汽车，王花鼓和另外一名年轻编剧以及一名工作人员乘坐北京吉普车，一起去那个叫南沟峪的村子。临行时，张刚梁再三叮咛要注意安全，并叮咛两位年轻人要照顾好几位长辈和花鼓副团长。

南沟岭是商州和丰阳交界处的一个山村，村子的后面是高耸入云的大山，山的南边是丰阳，北面属商州。南沟岭是一条深40多里的山沟，山沟里只有一条二三尺宽的沿沟河而筑的山路，弯弯曲曲地把这个村子与外界联结了起来。沟口距商州城约30多里，可以说城里的世界很精彩，山里的现实很无奈，由于山大沟深有不少青年男女都外出打工或当了川道地方的上门女婿或作了川道人或城郊的媳妇。而这个村的小学是全县大搞普及六年义务教育时扩建的校舍，虽然是土木结构的房屋，但在这个村子里也算是最整齐漂亮的房舍了。原先南沟岭村级小学有三个班，生源来自沟里六个村，这几年生源不断减少，加上山大沟深条件艰苦，原先的六名老教师退休和调走了四名。学生也由三个班成了一个班了。说是一个班，实际上只有20几个学生，还是个一到四年级都有的复式班，每个年级也就六七个学生。今年暑假快到了，那个男教师父母病重请假回家了，如今只有李林芳一个女教师在给这些孩子上课。

陶有善、王花鼓等人乘车到了沟口就下车沿着山沟旁的小路逶迤而行。眼看着山沟越来越窄，山路也是时好时坏，时断时续。花鼓让大家歇歇，慢慢走，陶有善等人却坚持说不怕慢只怕站，大家只好按陶有善几个前辈说的不停歇地走着。六月的南沟岭两边绿树掩映，山竹簇簇，清澈的溪流随沟而流哗哗作响，山沟里的空气湿润清新，陆编剧和田导演大口大口吸着新鲜的空气，大声说："这里真是天然氧吧，只可惜离城里太远了，且交通很不方便。"花鼓也感慨地说："祖祖辈辈居住在深山沟里的老百姓太困苦了，交通不便，信息不灵，加上自然灾害，生活困难呀，特别是大山深处的孩子上学难，更是个大问题。"陶有善望着沟顶的蓝天白云说："所以我们认为这个女教师真是值得敬佩的女英雄，咱们这次去一定要仔细深入地挖掘她的事迹和内心世界，争取创作一本很好的现代花鼓戏剧本，重振咱们剧团的雄风，也为山区的教育事业鼓与呼。"

花鼓一行六人正在沿沟行走时，只见一个背着背篓的老乡从山坡上走了下来。老乡奇怪地看着花鼓等人，花鼓上前问路，老乡说去南沟岭只有沟里这一条便道，一直往上走到了沟顶就是南沟岭村了。陶有善看到老乡背篓里背着洋芋就问怎么到六月了才挖洋芋呢，老乡回答山沟里气温低，按说七八月才挖洋芋呢，他这是家里有事先挖些做菜用的。陆编剧问这个沟里都有什么野生动物，老乡回答有黄羊、香獐、豹子和狼，最多的是野猪和野鸡，经常害得沟里的一些庄稼颗粒无收，豹子以前有，这几年没见过，狼还是有些，但见得很少了。田导演和年轻的编剧问家里的小孩子在哪里读书上学，老乡回答孙子孙女跟着儿子儿媳妇到沙河子镇上读书，儿子在城里打工，儿媳妇在镇上办了个小吃摊，他和老伴在家里看守老屋。老乡还说这几年沟里大多数人都外出打工去了，就剩下老弱病残和走不出去的人了，老乡说罢向一个岔路口走去，他家就在另一条小沟里。

深沟的山路时断时续，花鼓和陶有善等人互相照应着向沟里行走，就这样一步一步地走到沟顶时发现前面不远处一块约二亩地大小的场子，整整齐齐排列着几排房子，还有围墙和一个大门。远远望去，这些土木结构的房约有八成新的样子，他们想这应该是南沟岭小学了。

此处院落正是南沟岭小学。山民们零星居住在山沟里靠阳坡的地方，房子几乎都建在沿沟河道的向阳坡的沟沟岔岔里。花鼓一行人快步走向学校时，沿沟的几户人家的门前都有一两个老大爷或老太太惊奇地伸头看着他们。

推开半掩着的院门，从第一排教室里传来小学生们琅琅的读书声。年轻编剧快步上前敲了敲教室门，一个约30多的女人从教室走了出来，这个女人看起来有些缺乏营养，却很有修养，与青年编剧说了几句话后反身回到教室，不一会儿又从教室走了出来。

她就是十多年扎根南沟岭小学的青年女教师李林芳。花鼓上前说明来意，李林芳马上热情地招呼大家到另一间空闲的教室。李林芳笑着说这个教室现在没学生了，算是个大接待室吧，说罢跑步去灶房提来竹皮保温瓶为大家倒茶水，还介绍说这是山里的山楂树嫩叶制成的茶，味有些苦涩。

看着打扫得干干净净的教室，陶有善笑着说老师真勤快，整个小学很干净清洁呀。李林芳回答说是她和她的学生们一起干的，她要让小娃娃们从小养成爱劳动讲卫生的良好习惯。陆编剧和田导演一边点头称赞一边问这问那。李林芳告诉大家，这里的小学生居住分散，每天只上一大晌课，下午三点左右就放学了。现在整个学校有26个学生，还有八个是住宿在学校的，她请人把一个空闲的教室从中间隔了一下，变成了两个大宿舍，每个宿舍住四个学生，正好是四个男生、四个女生。离校门不远的沟里的一个50多岁的大娘负责给这些孩子做饭，而李林芳自己则吃住在学校。她的儿子已经七岁了，也在这个学校就读。

花鼓小心翼翼地问林芳，说：“你的丈夫在哪里呢？”李林芳爽快地回答说她的丈夫和公公婆婆住在离学校还有五里的山沟顶上，丈夫是本地的一个青年农民，平时要耕种家里的坡地，还要照顾公公和婆婆。好在公公婆婆的身体还硬朗，丈夫隔上一两天就到学校来住一晚上，顺便帮她劈柴，还经常打些野味让她们母子吃。林芳还告诉花鼓等人，她是从上海一路走到陕西来的，她的父亲原是一名大学教授，曾受冤屈被下放到乡下，后来到平反时却已去世了。她和她母亲千里迢迢从上海到陕西寻找大学毕业分配到商山的哥哥，一直没有找到，却在商州与丰阳交界的南沟岭遭到几只野狼的追击，母亲失足掉下山崖，她却被丈夫的父亲从狼爪下救了，并收为义女。同时，丈夫一家人在很贫苦的情况下出资出力埋葬了她的母亲。她本来是一个中专师范生，看到这里的孩子上学难，而丈夫一家人又这样忠厚老实，就以报恩的心态嫁给了识字不多的丈夫，并坚持留下来当了一名民办教师。如今经过几年努力，她已取得了陕西师范大学函授本科毕业证书。

几个人说着说着就到下午三点多了，林芳去教室检查一会儿学生作业完成情况就安排放学了。回到教室兼会客室，林芳笑着说：“看来今天要让你们几个长辈帮忙做饭了。”花鼓说：“这个没问题，几个前辈在这里歇息，我和小张陪老师去做饭。”

在做饭的过程中，花鼓看到李林芳手脚轻快麻利，灶房里的灶具不多但井井有条，一看就是一个善于打理日常生活的人。她们几个一边干活一边聊着，林芳告诉花鼓她的父亲姓李，是上海一所大学的教授，母亲姓林，是一个大学图书馆的管理人员，父母很爱她，所以就起名李林芳，把父母的姓氏都用上了。

大家一块吃过饭，李林芳说天不早了，请大家在学校将就一晚上，学校正好有一大包社会上捐赠的被褥还没有分发下去。花鼓与陶有善等人商议一下觉得很好，晚上可以向林芳再仔细了解了解情况，明天还要找附近的老乡了解这个学校，特别是大家对李林芳工作情况的评价，为回去编写剧本积累更多的素材。花鼓立即与李林芳和两个年轻团员收拾房间，一会儿就安排妥当。

在晚上的座谈中，陶有善等人依次提问，李林芳有问必答。陆编剧故意问林芳："难道你没有想过回大上海？"林芳爽快地回答说："想过，还不止一次地想过，谁不向往上海那个花花世界呢？不过想归想，作为人还是要现实，脚踏实地，这个南沟岭确实山大沟深，可以说是个不毛之地，但这里的山民纯朴善良，勤劳勇敢。虽然山大沟深但农民对耕读传家的祖训坚定不移地遵循，他们再苦不苦孩子、再穷不穷孩子的理念根深蒂固，你们也看到了，稍微有条件有能力的都把孩子送到城里或川道读书去了，实在没办法的也坚持将孩子送到我们这个学校来就读，而我也实在丢不下这些睁着求知渴望大眼的孩子。何况是我丈夫家救了我，是这里的山民在我最无助的时候伸手搭救了我，我要知恩报恩呀。为了丈夫一家，为了这里的山民，为了我的孩子和这些孩子，我必须坚持留下来。"李林芳一边动情地说着一边回忆着曾经的时光。

青年编剧认真地听着、记录着，他久居城镇，对李林芳谈的感到新奇鲜活，不禁轻声问："难道你心甘情愿地在这样的大山沟一辈子？"李林芳用手轻轻梳理一下自己头上的卷发，轻声回答："有些不甘心，但却情愿一辈子留在这里，因为这里是我的家呀，我的亲人，我的恩人都在这里呀。"

“真感人肺腑，发人深省啊！”陶有善等人感慨万千，花鼓听着听着流下了泪水。

“说句实在话，我小时候的目标很宏伟远大，曾经想长大后做一个和我父亲一样的大学教授。经过坎坷，经过磨难，经过困苦，我才认识到人的一生把目标定低些往往经过努力就会收获希望，所以我现在安心地做这个小学民办教师的工作，只想有朝一日成了有正式编制的教师就心满意足了。”李林芳笑着说。

在与李林芳交谈中，她说得最多的是她的复式班的学生们。每一个学生的家庭状况、个人特长爱好、身上的毛病、饭量大小等等她都了如指掌。说起学生她如数家珍，她说每个学生的家里她都去过多次进行家访。说到这里，李林芳说她就是个吃百家饭，穿百家衣的大孩子，她与这里的山山水水和学生们、家长、乡亲们已融为一体，难分难舍。

陶有善和花鼓等人决定第二天去林芳的婆家和学生的家里了解情况，李林芳说山大沟深坡陡路窄，有的农户家只有毛毛小路，让丈夫给带路。陶有善和花鼓商量后决定分三组进行，请林芳给几个孩子放一天假，由这些孩子们分别带路去家访。花鼓和陶有善一组专门去了林芳婆家，林芳的公公婆婆和丈夫异口同声赞美林芳美丽善良，是上天给他们家送来的一个好媳妇。在与其他乡民的交谈中他们掌握了大量活生生的李林芳教书育人的事迹。一个任劳任怨扎根深山老林，安心教育，为边远贫困山区儿童做出贡献的乡村教师形象跃然纸上。陶有善、陆编剧等人仔细综合素材，一致认为大有写头。另外，让他们十分感慨和感动的是这里虽然边远偏僻，但农耕文化积淀十分深厚，家家户户门楣上几乎都贴着或刻着“耕读传家”的祖训，且家家户户希望孩子读书成为有学问的人。在同这些山民的交谈中，他们看到了李林芳坚守在这个学校的必要性和重要性，也更增加了他们对李林芳的敬佩。

“感谢你为我们提供了丰富的创作素材。”陆编剧等人逐一与李林芳握手告别，虽然只是短短的三天，但大家都觉得相见恨晚。花鼓临别时诚挚地邀请李林芳到她家做客，并说一定要让林芳观看以自己为原型的花鼓戏的首场演出。

陶有善等人回到剧团立即着手编写以李林芳为原型的现代花鼓戏剧本。在研究剧本主创人员时，陆编剧和田导演一再说让花鼓担任，花鼓再三推辞说自己不行，陆编剧说刚开始调研时陶团长就和几个老同志说过，这次深入南沟岭花鼓与林芳接触最多，掌握的素材也最多。加上这几年花鼓除了扮演角色也多次参加剧本编写和讨论，且花鼓既是人到中年，又是老牌高中生应该接班了。陶有善说花鼓你就放手干吧，陆编剧和田导演是有意让你大显身手哩，他们不会袖手旁观，花鼓拿第一稿咱们几个老家伙修改完善。张刚梁作为团长当即拍板，就这样决定了。

接下来的日子里，花鼓夜以继日地编写剧本，两个多月后终于拿出了初稿。张刚梁立即召集陶有善、陆编剧、田导演及有关人员对初稿进行评议修改。让陶有善和陆编剧等人大为惊叹的是，花鼓不仅在短短的两个月内就拿出了剧本初稿，而且剧中的人物安排、剧情发展与冲突、剧中人物的唱词与对白等竟然编写得妥当得体。陆编剧扶了扶高度近视眼镜连说不可思议，陶有善也说真没想到花鼓的戏唱得好，编剧也如此在行。大家除了一致赞赏之外，也认认真真提出了存在的问题和修改意见，让花鼓再从头到尾修改完善。十多天后花鼓就拿出第二稿，大家又看了几遍再提了修改意见，还征求了教育文化部门有关领导的意见，花鼓又认真修改再次拿出了三稿四稿五稿修改剧本。

就在花鼓加快修改剧本的时候，核桃也和丽娜等人深入到各县开展了较长时间较大范围的核桃生产现状和发展前景的调研活动。在调研中他们发现随着时间的推移，昔日被农民视为生命的土地在一些地方已渐渐被冷落，先是小块后是集中连片地出现了撂荒，一些地方的农田已是杂草丛生。核桃生产上也出现了粗放管理，防治病虫害薄弱，产量不稳等问题。还有，昔日的供销社早已风光不再，代之而来的是农副产品营销队伍的迅猛扩张引起的抬高物价，产品积压，掺杂使假等屡见不鲜。尤其是由于核桃深加工不够，大量本地产的核桃，只能以原始材料的形式销往外地，附加值低，从而影响了农民种植核桃的积极性。

核桃与丽娜商议要将这次大规模调研的情况向地委行署写一专门报告，同时提出自己的一些见解和建议。丽娜由于担任了林业局副局长，行政事务缠身，调研报告就由核桃来执笔。

核桃立即动手撰写调研报告，在各地调研的情形历历在目，他很快就列好提纲动起笔来。

在《关于我区核桃生产的现状和建议》的调研报告里，核桃历数调研得来的数据，可谓成绩说够，问题说透。尤其是问题，他指出核桃生产虽然总量可观，但分散零星，未成规模，树木老化，品种混杂，管理粗放，抵御自然灾害能力和市场风险能力不强；核桃产品深加工不够，附加值低，增产不增收的问题突出；营销队伍素质有待提高规范，科技投入不够，技术推动应用严重不足等等。

写到这些问题，核桃感到一阵心悸。目前社会上对各项工作都是一片颂扬之声，自己这样毫无顾忌地罗列问题是不是有给大好形势抹黑之嫌？他在房间里踱来踱去，茶水喝了一杯又一杯。

核桃还清楚地记得，为了学习矮化核桃栽植技术和购买矮化核桃树苗，他和研究所的两个青年技术员冒雨乘船过黄河去山西，到了人家核桃苗圃园子里，人家不接待，他们就给人家帮忙掏大粪，泥里水里挑大粪，晚上睡草棚，终于用汗水和热情换得苗围主人的同意，答应传授矮化核桃技术和供给矮化核桃树苗。谁知他们千辛万苦用职工工资垫支买来的矮化核桃树苗，送到试验点上时当地群众不接受，他们只好雇人栽，还承诺必须成活并挂果收益，就这样还有群众到专署让访。多亏专区林业局负责人和一名副专员出面做工作，这才平息了事态。后来实践证明矮化核桃挂果早，产量大，试种地方的群众这才改变了态度，由被动到主动扩大种植面积，当初到行署上访的群众还自发敲锣打鼓给核桃研究所送来了锦旗。

农民兄弟真是可亲可爱啊！想到这里，核桃奋笔在《决定》上写道：必须加大推进核桃良种尤其是矮化核桃的栽植，特别要切实大力宣传矮化核桃栽植技术，努力提高广大群众对科学种植良种核桃的认识和积极性，进而使广大群众成为良种核桃种植投入的主体和收益者。

“写，必须写！只有如实写问题，才能引起各级领导的注意和重视！”核桃鼓起了勇气，坚定地自言自语。

“谈问题要一针见血，意见和建议要切实可行。”记得在一次学术研讨会上，他的一名导师这样说道。

“对，就这样！”核桃已经成竹在胸，接下来提笔写就“对我区发展核桃生产的几点建议”。

一是认真做好规划，地区要有地区的总规划，每个县、乡（镇）亦要有具体规划。要明确核桃发展目标，大面积基地建设，良种示范园，苗圃基地等，特别是要下决心建立相对集中的核桃生产基地，实行产业化经营。

二是加快对优良品种的培育、引进、繁育和推广，并推行低产劣质树高接换优改造，在全地区范围内逐步实现良种化。

三是提高核桃生产技术含量。培养造就过硬的专业技术队伍，要大力培养农民技术员队伍，结合实践进行培训，为技术推广奠定基础。

四是制定和完善更加优惠配套的产业政策。比如明晰核桃树产权和有关奖励政策等等。

五是加快核桃生产经营体制建设。写到这里核桃笔锋一转，提出要适应市场经济需要，应以国内外市场为导向，以提高核桃生产经济效益为中心，以开发拳头产品为重点，把区域布局同一家一户分散经营结合，努力形成“专业化生产，一体化经营，企业化管理，社会化服务”的新格局，使其逐步成为市场牵龙头，龙头带基地，基地联农户，种养加，产供销，内外贸，经科教相结合的一条龙实体经济。

六是切实加强领导。第一，各级党委政府主要负责同志要思想上重视；第二，要逐级建立核桃生产目标责任制，定任务，定措施，定时间，定效益等；第三，要各方面配合，尤其是农、林、水、财政部门；第四，加大投入和政策落实力度。

写着写着，核桃竟然兴奋得手舞足蹈，在他的眼前仿佛出现了集中连片的核桃基地，还有琳琅满目的核桃系列产品……

几经修改，调研报告已经基本成形，但核桃仍然不放心，他利用一个星期天回到家里，将这个报告原原本本给爷爷王铁栓和父亲王根牢念了几遍。王铁栓听了不停点头，大声称赞核桃敢于直面核桃生产存在的问题，可谓一针见血，而那些建议、意见也切实可行。王根牢却很感慨，他说当年的供销社已没落了，但供销社人的精神还要传承，那就是货真价实，童叟无欺。如今收购市场要发展还要规范，产供销信息要灵通准确，尤其是核桃产品深加工太重要了，我们总不能仅仅卖核桃仁或连壳核桃，地区和县上把深加工搞好了，肯定挣的钱多了。王铁栓和王根牢还说这个调研报告也要给满仁看一看，这娃脑子里装的新东西不少。核桃马上答应，并将王铁栓和王根牢提的修改意见记在笔记本上。

回到城里，王核桃立即把儿子满仁叫到办公室。满仁刚从一处核桃加工厂考察完回到单位，父亲叫他立刻去办公室。看到一米八的个头，阳光帅气的儿子进来了，核桃满面笑容说道："儿子，你把我写的关于全区发展核桃产业的调研报告，认认真真地看一下，特别是今后工作的意见和建议。你要提出你的观点，争取让这个报告能提交行署常务会和地委委员会讨论研究。"

满仁见父亲这样重视这个报告，立即坐下认真看调研报告，对里面的意见建议反复看了几遍，接着恭恭敬敬地把报告放在核桃的办公桌上。

"怎么样？"核桃单刀直入。

"很好，重点突出，很有操作性。"满仁诚恳地说。

"少给我戴高帽子，说你的意见。"核桃也诚恳地说。

"总体很好，但要加上两个字。"满仁被父亲的目光逼得有些不适应。

"哪两个字，少给我卖关子。"核桃向满仁走了两步。

"创新。"满仁想了想说。

"就这两个字？"

"就这两个字。整个报告必须立足创新。"满仁坚定地说。刚刚看过的这个调研报告，让他热血沸腾跃跃欲试。

看到儿子满仁英俊的脸上表现出一副高兴的样子，核桃心中十分满意，看来几次调研带满仁一块去是做对了，这个孩子从小就爱琢磨事儿，虽然话语不多却多是一言中的。

"儿子呀，你再说具体些。"核桃急促地说，同时拿起笔准备修改。

"我看咱们核桃生产发展的方向应该是规模化集约化良种化种植，科学化管理，强化深加工，提高附加值，真正做到以销定产，以产促销，增产增收。"满仁侃侃而谈。

"好，好！"核桃拍手叫好，同时提出要专业化种植，满仁也高声称好，并说他准备组织人搞核桃深加工的试验研究，还有核桃专用肥研究，要为本地核桃生产插上翅膀。

核桃和满仁父子两个正在交谈着，袁丽娜从林业局到核桃研究所来了，看到核桃和满仁热烈地讨论着核桃调研报告，丽娜笑着说："真是有其父必有其子。"核桃说："这就叫打虎亲兄弟，上阵父子兵。"刚才满仁提了不少针对性很强的意见，丽娜说这就叫青出于蓝胜于蓝。说罢双眼在满仁浑身上下瞄了一遍，看得满仁有些不好意思。丽娜却大大咧咧地说："满仁你不要不好意思，今天当着你爸的面告诉你，我们家的芳园可是当年与你定了娃娃亲，如今你在核桃研究所上班，芳园也是在香穗原先的音乐学院学音乐，而心木也是满仁毕业那年考上了农林大学，且学的专业一样，你说这不是缘分是什么？"

袁丽娜一本正经地说着，核桃也郑重其事地说确实如此。满仁听了心中非常高兴，他隐隐约约记得有人在他和芳园跟前指指画画说过这样的话，今天两个长辈如此郑重地说了，让他惊喜不已，因为他对芳园也是心仪已久。

"好了，这件事先放一放，等芳园毕业了，我和刚梁想让她回咱们的剧团来工作，而心木大学毕业了肯定是回商山核桃研究所。"丽娜说完拿起调研报告认真看了起来。满仁却高高兴兴地去找妈妈花鼓，他要找妈妈核实这件事，同时也让妈妈高兴高兴。

"核桃，你这个报告有深度和高度，是一个很好的调研报告。我的意见是让我们林业局讨论一次，以局里和核桃研究所的名义提交行署常务会讨论研究，最好能上一次地委委员会，能以地委行署的文件下发到各县区执行，肯定对发展全地区的核桃产业有很大的推动作用。”丽娜看完调研报告说。

“行，你再改一改。”核桃诚恳地说。

“不用了，我看很完善了，局里开会研究是给你把一下关，同时按程序也应由局里提交地委行署研究，如果地委和行署能专门就此发一个决定那才更好呢。”丽娜想了想说。

“那当然好了，能以地委行署名义发个专门决定力度很大，比批转咱们的调研报厉害多了。”核桃笑着说，同时二人商定林业局讨论后最好请示一下行署的分管副专员和联系农村工作的地委副书记，争取直接形成一个关于发展核桃产业的决定初稿提交会议研究。

袁丽娜真是雷厉风行，从核桃研究所回到林业局立即找局长汇报并商量向行署常务会报议题的事情。局长是个资深的农村方面的专门人才，听了丽娜的意见，把核桃撰写的调研报告仔细看了一遍，马上召开局务会进行讨论。大家一致认为很必要也很及时，同时提出在调研报告后附加一条建议就是以地委行署名义下发一个发展核桃产业的决定。分管副专员认真听取了核桃和林业局的汇报，立即带着林业局局长和丽娜核桃去专员办公室进行专题汇报，专员听了觉得很好并立即在办公室向地委书记打电话说了此事。书记说他正在省上参加一个会议，让专员责成林业局代地委行署拟写关于发展核桃产业的决定，争取近期就召开地委委员会讨论下发。专员高兴地告诉分管副专员和局长及丽娜核桃，说书记很支持，让你们代地委行署起草决定哩，局长马上表态立即动手，十天内拿出初稿。

从专署出来，局长与丽娜商议让核桃撰写决定的第一稿，因为核桃的底子清，思路宽，已写成的调研报告的建议部分就可以作为决定里的具体要求和措施。核桃接受了这个任务，立即动手，同时回了一趟家，就如何加大核桃收购力度和大户带动以及成立公司等与父亲和爷爷交换了意见，心里也更有底了。

时隔不久，在西北农林大学上学的张心木和在长安音乐学院就读的张芳园回到了家乡。

刚一到家，心木的妈妈袁丽娜就告诉他现在地委行署很重视核桃的产业发展，你核桃伯伯写了调研报告，如今正在代局里写有关决定。还有你爸张刚梁当了剧团团长急着要推出新剧本正在排练，新剧本以一个扎根深山的女民办教师为原型，女主角就是你香穗姐姐。

“姐姐演主角了？”芳园睁大了眼睛。

“是的，你姐姐毕业两年多了，该历练历练了。听说你大妈花鼓不愿意让香穗演主角，最后由你爸张刚梁在团里采取无记名投票方式，以得票最高的香穗演主角呢。”丽娜正色说。

“姐姐真厉害。妈妈我也要学唱花鼓戏，我觉得花鼓戏的音调和唱词朗朗上口，有情有味呢。”芳园兴奋地说，同时伸出了大拇指。

“你是你爸的亲女子。”丽娜用手指指着芳园。

“你是咱妈的亲儿子。”芳园手指心木。

“就是的，我是咱妈的亲儿子，就是喜欢研究核桃，你是咱爸的亲女子，也应该喜欢唱花鼓戏。”张心木对妹妹说。

“哥哥，我想去看一看满仁，你去不去？”芳园问心木。

“去，肯定去，我早已与满仁约好一回来就去核桃研究所，看一看这个老学兄研究出啥好东西了，我还把我们学校李健老师发表的关于核桃产业发展方向的论文也带来了，李健如今已是我们大学的副校长了，听说还要到咱们这里搞专题研究呢。”心木拿出一本杂志，翻开其中的一页说。

“噢，李健已是你们学校副校长了，我们是同班同学，人家术业有专攻，果然有成就了。”丽娜感慨地说。

“是啊，我们李校长论文在国内外著名刊物上发表过，他还经常讲课，他的课我们非常爱听。”张心木看着惊奇地睁大了眼睛的母亲。

“他本来就很优秀，只是这几年我们都各忙各的事情，来往也就中断了，他能当上副校长也是实至名归吧。”丽娜再次感慨而言。

“哥，咱们去看满仁吧。”芳园催促着。

“快去吧，这满仁还真行，听说是核桃研究所的青年骨干，还有你香穗姐也要在剧团挑大梁了，你们一块玩一玩。”丽娜挥了挥手，心木和芳园高高兴兴地去了。

心木和芳园一块来到商山核桃研究所，这时候核桃正在和满仁商量代林业局为地委行署写一个关于发展核桃产业的决定，父子二人已经讨论了多次，修改了多次。满仁见心木和芳园来了马上招呼二人坐下，接着热情地为他们倒茶。芳园看着英俊高大帅气的满仁，心里暗想这才是自己心中的白马王子，心木见满仁这样热情有加，有些过意不去，连说他们是顺路过来看望一下大伯和大哥，不要太客气了。核桃看着与满仁长得差不多高的心木和一双火辣辣的眼睛围着满仁转的芳园，也在心里赞叹着真是时光如流水，转眼间丽娜和刚梁的一双儿女都是大学二年级的人了。再看满仁那股热情劲，核桃想这小子成熟了。

“心木，你来了正好，我们正在为地委行署起草一个关于大力发展核桃产业的决定，你也看一看，也请你提宝贵意见。”核桃把决定讨论稿递给心木。

“满仁哥，你真厉害，都能代地委行署起草有关决定了。”芳园一双水灵灵的大眼睛看着核桃。

“是我爸执笔呢，我只是参与参与。”满仁实话实说。

“参与也厉害着呢，大伯你说是不是？”芳园从小就与核桃亲近，说起话来从不掩饰。

“是的，还是你们年轻人脑子活，思路新，在起草决定的过程中满仁还真的出了不少好主意，看来还真是长江后浪推前浪，一浪更比一浪高呀。”核桃由衷地说，同时关切地看着满仁和芳园。

“好，很好！”心木看着决定讨论稿，不由得大声赞许。

“好在哪里，快说话。”满仁轻轻拍了一下心木的肩膀。

“好在思路开阔，方向明确，措施得力，特别是要求规模种植标准化建园，还有加强深加工，确保农民增产增收等。”心木兴高采烈地伸出大拇指。

“看来师弟这两年大有长进呀。”满仁对心木这个从小跟在自己屁股后面亦步亦趋的小弟弟刮目相看。

“还不是跟你学的。说真的，你们起草的报告里提到要加强核桃产品深加工，增加附加值提的太对了，咱们就是不能老卖原材料。看了这个报告，我也有些蠢蠢欲动了，满仁哥，我毕业后就回核桃研究所，咱们专门研究核桃产品深加工，搞他几个品牌出来，到时候你当经理，我当工程师你看咋样？”心木跃跃欲试。

“正合我意！咱们弟兄两个同心，还有啥搞不出来的，那咱们就说定了，我先给咱试验着，等你回来合伙干。”满仁与心木击掌为盟。核桃看得心花怒放，芳园也在一旁拍手叫好。

“走，找你香穗姐姐去，今天我请客。”满仁客气地说。

“去吧，你们年轻人热闹热闹。”核桃挥了挥手，说年轻人聚会他就不去了，他要把决定再看一看，如果行了就给袁丽娜送过去。

商山剧团的排演大厅今天座无虚席，根据李林芳扎根深山教书育人事迹编写的现代花鼓戏正在带妆彩排。为了体现生活的真实，剧中的女主人公改名叫怡芳，戏名初定为《园丁颂》。张刚梁等剧团的班子成员全部到场，还请地区文化局的局长，地委宣传部的一名副部长和专区分管文教的副专员前来观看指导。听说本来请了书记专员和宣传部长，但都有事没有来，却也个个捎过话来，说是正式演出时一定组织几套班子领导成员一齐观看，也是对作为戏剧之乡的专业剧团的支持和重视。

香穗担任了剧中女一号的角色，即扮演叫怡芳的女教师。由于准备充分，只见台上演出的她处处表演得恰到好处。张刚梁和陶有善等人除了鼓掌表示满意，就是大声赞扬。张刚梁还在演出结束时专门强调要发扬团队精神，把剧团这部新编现代花鼓戏演好，同时提出要不断打磨，争取让该剧在全省乃至全国唱响唱红，要争取拿省上的大奖和国家级大奖。

分管副专员当场做了热情洋溢的讲话，他说这出现代花鼓戏主题鲜明，韵律优美，演员演得出色。副专员还告诉演职人员，咱们专区很快就要撤地设市了，还有个消息，国家有关部门要在咱们这里举办全国首届核桃节，你们再打磨打磨，争取把这部戏排练好，争取作为撤地设市和核桃节的献礼剧目。大家听了很是振奋，纷纷表示抓紧时间打磨，精益求精，为撤地设市和核桃节献礼。

陶有善听说要撤地设市和举办核桃节，立即表态他的《商山花鼓音乐集成》和《商山花鼓剧精编》也基本成书了，能否将这两本书也作献礼用品呢。副专员说："那好呀，到时候咱们就把这两本书和一部戏奉献出来，还有，你们要注意年轻女演员的培训，核桃节上还要评选核桃仙子，咱们剧团的美女可不能落后。"花鼓马上表态培训核桃仙子的任务剧团承担，联合地区电视台在全区范围内海选，一定要把这个事办好。

在台下观看的心木和芳园还沉浸在刚才香穗等人精彩的演出里。听到说要评选核桃仙子，芳园马上眼前一亮，暗想如果允许在校大学生参加海选，她是第一个要报名的！

香穗从戏台上走了下来，一眼就看到了正在热情地和妈妈花鼓交谈的心木和芳园，还有站在一旁目不转睛看着芳园的满仁。她马上快步走向芳园等人，而心木看见香穗从台子上下来了，也快步迎了上去。

“香穗演得太好了，特别是演到为了给因病没来上课的孩子补课，李怡芳从悬崖摔下去受了重伤仍坚持上课，还有单身一人斗恶狼的情节，让人非常感动。还有山民们主动给怡芳献血，从山上轮流抬着女教师到镇上医院治疗，以及这些山里小娃娃渴望知识的眼神，女教师怡芳坚守深山教书育人的精神，让人从心底体会到了人格魅力的伟大。”张心木连珠炮似的说着，眼睛也深情地盯着香穗。

“你这个小弟弟，尽挑好话夸姐姐呀。”香穗爽朗地笑着，上前一手拉住心木，一手拉住芳园。

“姐姐，我毕业了也来咱们剧团，跟你学唱花鼓戏。”芳园高兴地摇着香穗的手。

“妈妈，我要请心木和芳园吃饭，你和香穗一块去。”满仁对花鼓说。

“我不去啦，你们年轻人在一块高兴高兴吧，你可要把芳园和心木招呼好，我还有其他事，让香穗一块去吧。”花鼓说罢就转身走了。满仁也随之找个饭馆招待心木和芳园吃了一顿饭。

虽然这是一顿极为普通的便饭，但心木和芳园都很满足，很高兴。香穗笑着说哥哥太吝啬了，这顿便饭就能叫请客？心木马上说都是自己人随便就好，如果太讲究了反而不好。芳园满脸通红地说只要是满仁哥哥请吃饭咋样都好吃。心木故意说八字还没一撇哩，就把屁股坐到夫家去了。满仁听了只是笑着却不言语，只是感觉心跳加快了许多。心木看了看香穗，心想可惜香穗是姐姐，不然他非追香穗不可。香穗却早已看出心木的心思，高声说等哥哥满仁真的与芳园妹妹结婚了，她一定帮心木弟弟在剧团找个漂漂亮亮的媳妇。接着几个人又聊了聊今后各自的奋斗目标，大家高高兴兴地各自回家。

副专员在剧团彩排新编花鼓戏时说的话不久就被官方证实了。专区已经成立了准备撤地设市的专门机构，抽调了工作人员紧锣密鼓地筹备运作起来。与此同时，新编花鼓戏《园丁颂》也被确定为献礼剧目，接踵而来的是省文化厅的领导来商山地区看了新编剧的彩排，又听取了剧团和专区文化部门的汇报，觉得商山花鼓戏符合申报非物质文化遗产的要求，建议把商山花鼓列为国家级非物质文化遗产项目进行申报。剧团团长张刚梁与花鼓等人商量后决定由花鼓负责新编剧的打磨提高和申报工作，培训核桃仙子的任务则由钱小英负责，陶有善等人负责《商山花鼓音乐集成》和《商山花鼓剧精编》的出版事宜。张刚梁在会上讲这次咱们剧团一定要出彩，来个全面丰收。

核桃拟写的《关于发展核桃产业的决定》经过几次讨论很快送到了分管副专员的手上，分管副专员为此又召开了相关部门负责人和专业技术人员参加的讨论会，接着就正式提交行署常务会研究。在行署常务会上核桃以核桃研究所所长和文件起草人的身份列席会议，由袁丽娜代表林业局做了专题汇报。让核桃欣慰的是行署常务会一致通过了这个决定，并决定以行署党组名义提请地委审定下发。

等待是很焦急的。行署常务会已向地委报了议题，但地委却迟迟没有召开会议研究。时间过去一个月了还没见动静，核桃已是心急如焚，他几次去林业局问丽娜怎么还没见动静，丽娜笑着说："地委领导这一段时间集中力量搞全国首届核桃节筹备和申报撤地设市的事情，一名副书记和两名副专员专抓此事，地委主要领导又去北京中央党校学习两个月，所以研究发展核桃的决定之事就缓一缓了。”核桃听了点点头，说：“只要能形成专门决定，指导推动全地区发展核桃产业就行了。”紧接着核桃问丽娜：“听说地委组织部考察你了，是让你当局长吗？”丽娜沉默了一会儿说：“是省委组织部考察我了，有内部消息说让我当地改市后的副市长，原因是我是非中共人士，又是知识分子，还是女性，年龄也较年轻。”核桃听了高兴地说：“老同学恭喜你了，你当了副市长肯定是分管农林水牧的，你是内行呀。”袁丽娜诚恳地说她还真的没有料到上面会考察她，因为她现在还是个副局长，按级别是副处级，而副市长和现在的副专员是一级，属于副地师级。核桃说听说对非党人士就是破格提拔，你好好干，我们支持你。丽娜再次诚恳地说：“按能力你比我强多了，但你就是不愿从政呀。”核桃马上接过丽娜的话说：“这叫萝卜青菜各取所爱，实话告诉你，你那准女婿王满仁也和他老子我一样，在核桃研究上有钻劲，最近我看他对兴办核桃加工企业很有兴趣，准备研发一系列核桃深加工产品呢。”丽娜听了高兴地说：“这好呀，我儿子张心木对他满仁哥崇拜得很，说他毕业了就回你们核桃研究所和满仁一块搞核桃系列产品开发，还说要当什么大老板，老总什么的。”丽娜说着说着又把话题一转，说她看到芳园对满仁很倾心，她是非常高兴了，咱们两家这亲家关系是铁定的了，要说还真感谢核桃和花鼓两口子。核桃听了丽娜的话也顺势说：“孩子们大了，且都很优秀，看来他们还真是与核桃产业和花鼓戏结缘了，不过你如果当了副市长，那就是我们高攀了。”袁丽娜大声笑着说：“师兄越来越不像话了，什么高攀不高攀，我那点本事你还不知道，当初如果你当了林业局副局长，我现在恐怕还当不上核桃研究所的所长呢，这样的话今后千万别再说了。”核桃说："那好今后再不这样说了，只希望你当了副市长一如既往地关注核桃产业就行了。"丽娜高声说："这还用你说，我从关中追你追到商山，没追上却干上了核桃研究工作，如果能当上副市长恐怕还是沾了核桃的光哩。"丽娜这一语双关的话，说得连自己也忍不住笑了起来。

地委书记从北京回来了。核桃听到消息就去林业局找丽娜和局长督促，请他们去问一问啥时地委开会研究下发展核桃产业的决定。局长告诉核桃他已问过了，书记把地委委员会议题看了后让地委秘书长再从文字上推敲推敲。局长还说书记一回来就抓住撤地设市和举办全国首届核桃节这两件事，所以暂时顾不上开会。听说北京那边对商山地区撤地设市没意见，但就是对撤地之后的市名有争议，地区领导的意见叫商州市，但北京那边不同意，有人建议叫丹江市、鹤城市、商鞅市，有人建议叫上洛市，几种意见都不错，此事没定下来，书记又派几位领导去北京，拿了几种意见请北京定。北京那边首届核桃节筹备组的领导这几天正在咱们地区检查筹备情况，书记忙得很呢。核桃听了说那只好等待了，局长和丽娜说估计等不了多长时间，核桃说那我也放心了，说罢就回核桃研究所找满仁商讨核桃系列产品的研发事宜，同时要和满仁一块去研究所新抓的优质核桃基地紫荆村和上河村蹲几天，把这个村的核桃选优经验总结一下在全地区推广。

紫荆村位于商州城东四五里的地方，是个丹江南岸土地肥沃的地方。

据考古者言，在紫荆这个地方挖出了许多陶盆陶罐等老古董，后来经考古学家验证，这里原是殷商时代的民居之地。此消息一经披露，不少考古学者立马跟进，原来这个发现比半坡遗址还要早。于是这个考古发现让紫荆名声远扬。

在紫荆这个地方还发生了郭家三贤的故事。

虽然年代已经久远，但三贤的传说仍然口口相传，且颇有神秘色彩。说是在紫荆这个地方有棵千年紫荆树，有一天这棵千年紫荆树突然死了，枯萎了。

原来这里住着郭姓三个亲兄弟，在这里日日夜夜守看这棵千年紫荆树，后来由于妯娌不和，兄弟猜疑反目，这棵千年紫荆看不下去了，流着眼泪渐渐枯萎了。

郭家三兄弟为了争夺家产开始了内斗，也就在他们兄弟内斗时，这棵千年紫荆树枯萎了，死了，而他们家里也屡出怪事，家业不兴，多病多灾。

再到后来，兄弟三人去拜见已经枯萎的紫荆树，他们哭着哭着，这棵千年紫荆树也流下了滴滴泪珠，三兄弟和三妯娌从此悔悟了，明白了兄弟同心、妯娌和睦、万事兴隆的道理。从此改过自新，家业渐兴。

慢慢地，已经枯萎的紫荆树露出了新绿。

从此之后这棵千年紫荆树年年开花。同时三兄弟互相帮助，妯娌和睦相处，家业勃兴，被誉为郭氏三贤，紫荆村也被称为三贤庄。

从此之后三贤庄名声大振，且邻里互帮兄弟和睦的风气流传至今，而那棵紫荆树也被称为神树，引来大批人到此顶礼膜拜。

如今的紫荆村背靠青山，面临丹江。房前屋后遍地都是核桃树。

王核桃和王满仁站在紫荆村的土地上，他们已经领略了这里的风光，也领略了这里的大气，接上了这里的地气。

看着紫荆村整片整片的核桃林，遥望老家王家庄，王核桃和王满仁信心百倍，接下来父子二人又去核桃种植典型村上河村住了几天，看到上河村长势良好的核桃园林，决心把种植核桃的传统代代相传下去。

也就在这里，满仁再次看到了商山地区发展核桃的巨大潜力。

商山剧团正在紧锣密鼓地排练新编花鼓戏《园丁颂》，接到文化局通知，今天晚上地委书记和北京来的筹备全国首届核桃节的领导要来观看这一剧目。团长张刚梁马上紧急动员，全团上下立即行动，且按正式演出的标准进行汇报演出，晚上七点半正式开演。

晚上的汇报演出非常成功，虽然没有正式售票，但整个剧场座无虚席。书记和北京来的领导还有台下的观众掌声不断，演出结束后书记专员和北京来的领导上台接见了演职人员，临走时书记突然说：“这个剧本编得好，演员演得很好，但总觉得剧名有些太直白了，记得以前有个《园丁之歌》，咱们又来个《园丁颂》是不是重复了。”张刚梁和花鼓立即接过话说：“书记说得对，我们也觉得有些不妥，能不能请书记给起个剧名。”书记沉默一会儿说：“戏词里有一段一群山里娃唱什么“月亮光光，把牛吆到梁上，梁上没草，把牛吆到沟垴，沟垴响雷，赶紧把牛吆回”。我觉得这个女教师就像明亮的月光，照在深山的夜空，为山里的孩子带来了光明，剧名能不能叫《月亮之光》?”书记说罢真诚地看着大家。

“月亮之光！好，好！”陪同书记的几位领导拍手叫好。担任女主角的香穗也大声赞同，于是这部新编花鼓戏就名叫《月亮之光》。

花鼓和香穗回到家里，看到核桃和满仁还在灯下交谈着。满仁见花鼓和香穗回来了马上站起来给花鼓和香穗倒开水，嘴里说：“看你们兴高采烈的样子，妈妈和妹妹今晚上的汇报演出肯定是大获成功了。”香穗故意扮了个鬼脸，说：“哥哥和老爸不去看演出是吃大亏了。”满仁却也故意吐了一下舌头，接着说：“我和老爸才没吃亏呢，我和心木研究的核桃系列产品已经试验成功了，我们研究的商山牌核桃软糖，商山牌核桃露，还有秦岭牌核桃酱和秦南牌核桃专用肥，丹江牌核桃油等已经批量生产，且已拿到了正式商标。刚才我和老爸正商讨如何让核桃穗和核桃仁也端上宾馆酒店和普通老百姓的餐桌呢。”满仁说得眉飞色舞，核桃和花鼓会心地笑着，满仁对香穗说你的名字就从此而来，你这次演红了，香穗的名声就大震了，我们也要让核桃穗的名声大震呢。满仁接着说："我和老爸调制了一盘核桃仁拌木耳和一盘核桃穗凉拌，请妈妈和妹妹尝一尝，也算我们对二位演出的犒劳。"满仁说完话去灶房端出两盘凉调的菜，花鼓和香穗尝尝连说好吃。满仁立即高兴地说："改天去厂里拿回一些核桃软糖、核桃露和核桃酱，一定让妈妈和妹妹一饱口福。"

花鼓趁一家人正在高兴的时候，大声说："告诉你们一个好消息，我们剧团申报的商山花鼓作为国家级非物质文化遗产的报告，在上报时剧团一致认为咱们家的祖奶奶、奶奶、妈妈和我以及香穗都可作为花鼓传人，但因人数有限，我也觉得咱们家虽然世代唱花鼓，但毕竟在商山传唱花鼓的不仅仅是我们一家人，而是千家万户，千千万万的人，何况咱们地区剧团还有几个县剧团也有不少演员专唱花鼓戏，还有陶有善、陆编剧、田导演等等，所以按规定人数上报我和陶有善以及县上剧团的一名青年演员作为花鼓传人。"核桃听了马上接话说："这个你已经说过多次了，咱们就是不能干争名夺利的事，在非物质文化遗产花鼓传人问题上咱家有个代表就很知足了，香穗还年轻，争取当核桃仙子吧，这次核桃仙子选拔已面向全国了，竞争肯定很激烈，你可要加油呀。"香穗高兴地说："请老爸放心，我已参加了形体展示和相关知识问答培训，争取一举成功。"

核桃准备休息了，却又想起一件事，他轻声对花鼓说："你有时间了回去看一下奶奶和太奶奶，前几天我回去了一趟，奶奶的身体还可以，但太奶奶的身体却与以前大不一样了，饭量也减少了，虽然神志还清朗，只是整天唠唠叨叨说什么花鼓戏剧本，且一直追问花鼓音乐和腔调的书出来了没有。"

"老人家是念念不忘陶有善编书的事，这一段时间里我们剧团的事太多了，我没有顾得回家真是愧对几位老人家，你不提我还忘说了，陶有善干爸编写的《商山花鼓音乐集成》和《商山花鼓剧精编》已交印刷厂印刷了，到时候我一定和陶有善干爸一块把书送到太奶奶手上，这本音乐集成上有奶奶、太奶奶的大名呢。”花鼓一边收拾桌子上的东西，一边高兴地说。

商州城这几天越来越干净了，临街的门面房都刷了漆或白灰，街上有流动人员清扫，各单位办公室也擦得窗明几净。书记和专员在撤地设市和中国首届核桃节筹备会上要求要干干净净地迎接撤地设市和核桃节。剧团的《月亮之光》每晚进行一次带妆彩排，团长张刚梁说不到最后正式演出仍要不断打磨。钱小英和郭荣华整天培训核桃仙子，除了剧团的一些青年女演员，还吸纳了不少社会青年也来参加培训，一切的一切都按计划推进。

撤地设市的批复终于下来了，上级批的新成立的市名叫上洛市。有内部消息称上面考虑商州在古代曾称之为上洛郡，也是现在专区平级的设置，大家都觉得市名很好，有历史文化的韵味，郡县制由来已久嘛，如今叫上洛市正好说明这里历史悠久。省上已明确由一名副省长和副书记前来为新设市挂牌，又有内部消息称为了保持工作的连续性和地方稳定，市委书记和市长分别由现任的地委书记和行署专员担任，而袁丽娜当副市长也是已经定了的事情。

花鼓为了加强《月亮之光》的排练，几乎整天都在剧场，香穗更是不放过任何一个细小的环节，连她自己都觉得就像拧紧的发条，不停地转却不知疲倦，因为她要演好女一号，还要参加核桃仙子培训以备参赛。

经过紧锣密鼓的筹备，上洛市第一次党代会和第一届人代会如期召开，在党代会和人代会上分别产生了市委领导班子和市政府领导班子，紧接着进行了市委，市政府成立揭牌仪式，当天晚上在新更名的上洛影剧院观看新编现代花鼓戏《月亮之光》。

今晚的上洛影剧院剧场装饰一新，省市有关领导和一千多名观众共同欣赏了这台充满地方特色的戏剧。演出过程中台下多次响起掌声，演出结束全体演职人员在掌声中三番五次地谢幕，台下的观众仍然不愿离去。这一台戏后来参加中省戏剧赛，获得了最佳编剧、最佳导演、最佳演出奖，也再一次让上洛花鼓名声远扬。

袁丽娜顺利当选为上洛市政府副市长，分管农业、林业等部门。当上副市长的袁丽娜主抓的第一件事就是继续筹备中国首届核桃节。原先她当林业局副局长时是筹备小组办公室副主任，如今当上了副市长，且分管林业，所以就成了市上筹备领导小组的副组长，市长是组长但只抓宏观的，她这个副组长就要抓具体抓细节了。

眼看核桃节开幕式的日子临近了，核桃心里仍在惦记着发《决定》的事，同时他多次参加了由他和爷爷王铁栓、父亲王根牢合作的歌曲《上洛核桃》演唱审查。《上洛核桃》用的是上洛花鼓的曲调，香穗是领唱者，为了营造气氛，筹备组宣传组决定开幕式上由十名选定的核桃仙子乘坐氢气球，一律打扮成飞天模样，届时由大会上空从天而降，地上和空中飘然而至的仙子们一起放声高唱《上洛核桃》。

核桃拿着歌词去找丽娜，一是最后一次听取一下丽娜对《上洛核桃》歌词的意见，二是催一下请市委尽快上会研究下发《关于加快发展核桃产业的决定》。

“看来这市长还真不好当呀！”核桃在丽娜办公室见到了丽娜，看到她明显有些憔悴，于是关切地说。

“是不好当，这次核桃节在全国是首次，国家林业总局、省政府和市委市政府都非常重视，只能成功不能失败。”袁丽娜回应并起身为核桃倒茶。“是呀，这是一次宣传咱们上洛，提高咱们地方和核桃知名度、美誉度的一次好机会，我们一定要办成功，还要办出我们的地方特色。”核桃接过丽娜递来的茶杯说。

“你们设计的核桃仙子从天而降，且高唱《上洛核桃》，尤其是以花鼓的曲调来唱，这个创意很好，可以说是把咱们地方传统文化与核桃发展融为一体，我想效果一定会很好。”丽娜一边仔细看着打印的《上洛核桃》歌词，一边赞美。

“是啊，这些歌词也就是戏词是我们家爷爷、爸爸和我以及满仁多次修改确定的，香穗和芳园也反复吟唱呢，特别是陶有善老团长专门为它谱曲，大家都说从词曲到演唱都达到了新的高度，就等着在核桃节开幕式上闪亮登场了。”核桃坚定地说，同时请求丽娜确定歌词。核桃还加大音调说请丽娜再去市委办催一催，请市委常委会尽快研究下发《关于大力发展核桃产业的决定》。丽娜表示歌词不再修改了，几位市级领导看了都说歌词朴实无华，既唱出了上洛核桃分布之广，又道出了上洛核桃的特点和食疗之效，就按这个演唱。她马上去向市长汇报核桃节开幕式和展览及参观点等问题，并提请市长与书记沟通尽快上会研究下发核桃念念不忘的那个《决定》。

核桃回到家里，不一会儿，郭荣华来了。核桃告诉妈妈，《上洛核桃》的歌词丽娜说市上已经审定了，不再修改了，要求抓紧对评出的十位核桃仙子进行强化训练。荣华说她和钱小英近来一直专抓核桃仙子的训练，今天刚刚进行了仙子们乘坐氢气球从天而降的现场演练，姑娘们个个表现得很完美，真的像飞天在天上飞。而那悦耳动听的《上洛核桃》由远及近仿佛仙乐，让人如痴如醉，看来这个编排肯定为核桃节开幕式增色不少。核桃高兴地拉住妈妈的手说：“爷爷、爸爸等几代人的梦想就要实现了，我相信通过这次核桃节一定会推进我们的核桃产业大发展，而市委即将出台的《关于大力发展核桃产业的决定》，也一定会把全市的核桃产业推向一个更高的台阶。”荣华看到核桃高兴的样子也大声笑了起来。

虽然这几天工作安排得很满，新上任的上洛市委书记还是决定召开地改市后的第一次常委会。议题只有两个，一个是听取市政府党组关于全国首届核桃节筹备情况的汇报，二是专题研究市委市政府《关于大力发展核桃产业的决定》。看到这两个议题，参会者都明白此次常委会实际上是为全国首届核桃节而开的，也是为进一步加快上洛市核桃产业发展而开的。

《中共上洛市委上洛市人民政府关于大力发展核桃产业的决定》正式下发了，让王核桃惊喜的是这个决定是以市委一号文件下发的，且在核桃节前正式下发。《决定》明确提出要求各县区每个区镇必须要有1000亩以上的标准核桃建园，全市年内核桃种植面积达到150万亩，使核桃种植成为居民脱贫致富的主导产业。并首次提出了可以在基本农田上栽种核桃推广林下养殖，倡导规模种植，推广科学种植和良种种植，还明确提出了推广施用核桃研究所研制生产的秦南牌核桃专用肥。《决定》还首次提出鼓励科技人员领办核桃深加工企业，身份待遇不变，并成立了以市长为组长的全市核桃产业领导小组。市委一号文件还提到印发王核桃编写的《核桃栽植技术手册》，这是王核桃多年的调研成果，里面包括了良种选育，核桃科管，核桃病虫害和霜冻防治，核桃高接换优，核桃专用肥施用，核桃标准建园等，对扩大核桃种植，提高核桃产量质量有极大的推动作用。

“好啊，《决定》的下发肯定能推动全市核桃产业大发展，真及时，真及时呀！”核桃看着看着不由自主地拍手叫好！

丽娜告诉核桃在市委常委会上，书记强调要立足上洛实际，把核桃产业一任接一任地干下去，看来咱们的核桃生产前途光明啊。

中国首届核桃节如期在新成立的上洛市开幕了，来自全国各地的官员和核桃专家，核桃系列产品的商家云集，偌大的鹤城广场人头攒动，广场周围的展牌和临时搭建的核桃系列产品展室琳琅满目。接纳八方来客的酒店里，核桃仁拌木耳、凉拌核桃穗、核桃饼等是必备之菜，由王满仁和张心木共同研制的核桃分心木茶也是一道必供之物。当大会主持人宣布中国首届核桃节开幕时，礼炮齐鸣，十位打扮成飞天模样的妙龄女子，乘着氢气球从天边飘飘荡荡，袅袅而来。当这十名翩翩起舞的核桃仙子飞临主席台上空时，仙子们挥舞红色绸带，放声歌唱《上洛核桃》，主席台两边的四只大音箱也同时播放，空中和地上用上洛花鼓曲调所唱的《上洛核桃》融为一体：

《上洛核桃》

在秦岭的南坡，
有个地方叫上洛，
那里的核桃满山遍野，
田间地头，房前屋后都是核桃。
那里的核桃个儿大仁饱皮薄，
吃了它能补肾还能健脑，
吃了它润肺腑黑头发长生不老。

空中的核桃仙子在香穗和芳园带领下徐徐落下，她们的音容笑貌惊艳了所有观众，当晚中央、省、市电视台进行了播放，从而让上洛核桃惊艳了世界。那首《上洛核桃》也从此久唱不衰。

中国首届核桃节举办得非常成功，上洛市被国家林业局命名为中国核桃之都，华阳县李家庄的千年核桃树被誉为“中国核桃树王”，省市政府还为几代人坚持种植核桃的王铁栓家颁发了“核桃世家”的匾牌。

当天晚上，与会宾客在上洛影剧院观看新编花鼓戏《月亮之光》，精彩演出赢得了观众经久不息的掌声和广泛的赞誉，而香穗的完美演唱更是让观众叹为观至，她也因之声名大振。

正当核桃和花鼓等人沉浸在莫大的喜悦之中的时候，王根牢火急火燎地来到州城，一见到荣华和核桃等人就迫不及待地说：“大事不好了，祖奶奶前几天还好好的，突然从今天早上起来就不会说话了，从眼神和所做的手势看，老人家是想叫花鼓和核桃、香穗等人回家看望她哩。”荣华听了大惊失色，核桃和花鼓、香穗也听得心惊肉跳。原先想请老奶奶等人来城里观看核桃节开幕式，但因年纪大了不方便而未能参加，看来这次真的有问题了。核桃等人简单商议了一下，大家急忙收拾一番立即准备回王家庄。

正要准备出门，袁丽娜、张刚梁和张芳园来了，紧接着陶有善等人也来了。荣华三言两语说明了情况，丽娜和刚梁以及陶有善异口同声说：“我们前来，正是要与你们一同去王家庄看望老奶奶呢。”陶有善还指着一捆书籍说：“这就是我们几人合著的《商山花鼓音乐集成》，原先写的是我一个人著，后来在印刷时我想这本厚厚的音乐集成乃是李老奶奶，还有郭雪云、郭荣华、王花鼓等大家合作的，因此特意写上了陶有善、李绪娃、郭雪云、郭荣华、王花鼓合著，以前没有告诉你们就是为了给你们一个意外惊喜，咱们马上去王家庄，把这书敬献给李绪娃老人家，我想她一定会很高兴的。”

“对，把书带上，还有把给你们王家颁发的‘核桃世家’的匾牌也带上，让老奶奶高兴高兴。”袁丽娜一边赞成一边说。

“妈妈，我也要去看老奶奶，把这次我和香穗姐姐荣获的核桃仙子证书也带上，让老奶奶更高兴呢。”张芳园一蹦老高地说。

“行，大家都去，我让我的司机拉着几个人，其余的人由刚梁安排坐你们剧团的面包车，立刻走。”袁丽娜挥了挥手，刚梁马上回剧团安排面包车，一会儿车就来了，大家分乘两辆车去王家庄。

李绪娃躺在老核桃木做成的床上，已处于昏迷状态，但从脸色上看仍然是红润的，只是呼吸时紧时缓。郭雪云和王铁栓与一名镇上的老中医在一旁守候着。

王根牢和郭荣华王核桃王花鼓以及袁丽娜、陶有善、香穗、芳园等人来了，屋里一下挤得满满的。

“太奶奶，我们回来看你来了。”满仁和香穗双双跪在地上，一人轻轻抚摸着李绪娃的一只手。

“啊——啊——”随着一声啊，李绪娃睁开了一双眼睛，她的耳畔传来了她心爱的玄孙的呼叫声，她的神志又清醒了过来。

“太奶奶，我们是满仁和香穗啊。”满仁和香穗又一次轻声呼喊。

“玄孙子——玄孙子。”李绪娃口齿不清，但仍能让人听见是叫满仁和香穗。

“太奶奶，我是满仁的女朋友张芳园。”芳园挤到床前，一双水灵灵的大眼深情地看着李绪娃。

李绪娃嘴角动了动，把一只手从香穗手中抽出，芳园立即伸手拉住了李绪娃从香穗手中抽出的那只手。

“乖娃——”李绪娃轻轻说，并慢慢将芳园的手拉到满仁的手上，同时握住了满仁和芳园的手。

王铁栓、郭雪云以及袁丽娜、陶有善、张刚梁等人一下惊呆了，这个106岁的老奶奶真的不简单啊！

“太奶奶，芳园还在上大学，她说毕业后回上洛剧团工作，到时候我们就结婚，我们要给你老人家拜寿，还等着你给我们发红包哩。”满仁一字一顿大声说道。

“好——”李绪娃奋力说出一个“好”字，紧接着又昏迷了过去。

“太奶奶，太奶奶。”满仁香穗芳园一齐大哭起来。

老中医上前为李绪娃号了一会脉，轻声说：“脉象很弱，恐怕……”

王铁栓郭雪云陶有善袁丽娜等人围在床前，看着李绪娃平静的面庞，她的呼吸微弱，仍然是面色红润。

停了好大一会儿，只见李绪娃睁开了眼睛，嘴角动了一下，却说不出话来，一只手向上伸了一下，接着伸出手掌，仿佛在要什么东西。

“奶奶，你要什么呢，是不是想喝核桃露了。”王根牢附在李绪娃耳畔问道，只见李绪娃慢慢闭上了眼睛，接着又轻轻睁开了眼睛。

“祖奶奶，你是要看颁发给咱们的那块‘核桃世家’的匾牌？”核桃向前一步俯身询问。

“哦——”李绪娃喉咙里咕噜了一下发出了一声“哦”，核桃马上把刚拿回家的“核桃世家”的匾牌轻轻靠在李绪娃的床头。

但是，此时的李绪娃并没有收回伸出的手掌，仍然半伸着，仍然仿佛是在要什么东西。

“祖奶奶，我知道了，你是要《商山花鼓音乐集成》这本书哩。”花鼓肯定地说，接着起身从陶有善手中接过还散发着油墨清香味的《商山花鼓音乐集成》，轻轻放在李绪娃的手中。

就在李绪娃接过《商山花鼓音乐集成》的瞬间，她的另一只手也伸了出来紧紧抓住书本，她的双目放光，嘴唇也张大了，紧接着缩回伸出的手，把书本抱在胸前，双眼慢慢闭合，任大家轻声呼唤，却无声无息，仿佛已经熟睡……

李绪娃仙逝了，享年106岁，在同一天，她的弟弟李木林也在华阳县李家塬去世，怀里抱着“中国核桃树王”证书。

李绪娃是面带笑容仙逝的。她头部紧靠着“核桃世家”的匾牌，怀里抱着她作为合著人的《商山花鼓音乐集成》，看着玄孙王满仁和未来的玄孙媳妇张芳园，还有她那已是上洛剧团女主角的玄孙女王香穗，这一切的一切让她闭上双眼放心地去了。

已经80多岁的王铁栓和郭雪云看着慈祥的李绪娃，他们泪如雨下呜咽着。王根牢和郭荣华担当起为李绪娃料理后事的重任，王核桃和王花鼓按根牢和荣华的安排一一进行料理，郭春正主动承担了为李绪娃写铭旌和扎铭旌楼的任务。原先村里只有王满仓和郭春正会写铭旌，王满仓去世后就只有郭春正一人会写了。按当地风俗习惯，老人逝世之后一定要写铭旌和扎铭旌楼，铭旌也叫作明旌，即将逝者的籍贯、姓名、生前的资历以及处世功绩等，用“铭”的文体，工整地写在七尺长的红色绸缎上，以昭示逝者功德，让世人瞻阅。其写法十分讲究，分为篆额（顶端正中用小篆体），题额（俗称中行子、宋体），序论（即所谓全铭，常用隶书，多是四言体的韵文在中行子左右，也有楚辞体的落款（即将篆额、题款、序论、书丹者的职务，与逝者的关系称谓等书于中行子左边，一般用隶体），值年（在末行，先书国号，再书写铭旌的年月）。郭春正说如今年轻人都不懂也不会写铭旌了，由他来写，但要戴上老花镜。他认认真真地写，用了半晌时间，一幅七尺长的红色绸缎写成了多年已经看不到的铭旌。春正让根牢和核桃将铭旌挂了起来，前面设一香案，正好在停放李绪娃棺材的正前方。这时候整个灵堂也收拾好了，满仁和香穗长跪在地上为前来吊唁的乡亲们磕头还礼。

郭春正这时候又去张罗着扎铭旌楼，王铁栓说："太复杂了，简单些就行了。"春正说："这怎么行？老太太德高望重，必须的，扎铭旌楼是复杂，原来要八九天时间，如今材料基本上是现成的，我保证两三天拿下来，算我们送老人家的，保证不误老人家的正式出殡。"春正说干就干，让儿子找来几个会扎铭旌楼的邻居一起动手。这个铭旌楼实际上就是纸扎匠做的纸扎的三层阁楼模型，出殡时把七尺长的铭旌挂在阁楼下边，由四人抬起来走在殡葬队伍的前边，伴以锣鼓、唢呐、哀乐及孝子们的哭声，亦步亦趋地直到坟茔，最后在坟前付之一炬。

郭春正等人为李绪娃做的铭旌楼十分讲究，其形状酷似仿古建筑，用竹篾苇枝绑扎，以各色彩纸糊成，层层彩楹雕栏，柱脚栋梁，飞檐斗拱，龙凤兽头，门窗户扇，四坡流水，一应俱全。并于门窗壁柱间写福寿字样，花草纹饰。同时按位置需要或圆或方，绘成龙凤鹤鱼等图案及盘缠花，万字格。且层层有匾额，按其美化需要装点花瓶，插以纸做的梅兰竹菊折枝假花。三层楼阁层层四角吊以各色大小绣球飘带穗子，以代替大建筑檐角风铃铁马。在最下一层的门匾上写"海市蜃楼"四字，门联上联为"琼楼接瑶池"，下联为"玉宇通西天"。

袁丽娜让张刚梁把上洛剧团的演职人员带到王家庄为李绪娃的后事唱了三天大戏。陶有善和钱小英、田导演、陆编剧除吊唁外陪着剧团演出了三天，他们一致说要送李绪娃这个上洛花鼓的老艺人一程，就用新编花鼓戏《月亮之光》为老人家送行。已经多年不用的王家祠堂戏台子，这次又派上了用场。上洛剧团拉来了布景、大幕布，还带了一些演出的灯具，整整唱了三天三夜。四乡八邻上村下院的人都来了，既为这个老艺人也是远近唯一的年过百岁的老人送行，也来观看《月亮之光》。凡是看过这出戏的人都说香穗演女主角演得好，是得到了李绪娃的真传。

李绪娃的陪葬品是一本《商山花鼓音乐集成》和一铁盒经过精心挑选的大小相同的核桃。她的弟弟李木林的陪葬品是复制的核桃树王证书，证书的原件由其儿子保存，说要代代相传。李绪娃下葬那天，袁丽娜来了，得到消息的市委书记市长也来了，他们为这位目前商州最高寿的老人，为这个一生唱花鼓的老人送葬。

按照当地的风俗习惯，老人去世后要过七和百日。即人死后每七天为一期，规定要过七（期），也就是人去世后第一个七天叫头七（期），接着二期，三期，四期，五期，六期，七期。每逢过七（期），子女儿孙们要到逝者坟头烧纸钱祭拜。“七（期）”过完了就要过百日祭，头周年祭，二周年祭，三周年祭。百日和头周年主要亲戚都要参加，二周年稍微简单一些，有主要孝子烧纸祭祀即可，而三周年时则认为守孝三年已满，已成为喜事了，于是就将门上的对联换成红色，从此之后便开始正常的年节祭祀了。在商州还有这个习俗，家里有老人去世，孝子们当年过年时不去亲友家拜年。

核桃和花鼓、满仁、香穗以及陶有善和钱小英夫妇每逢李绪娃的过七（期）都一起去王家庄，到了家里王铁栓、郭雪云、王根牢、荣华等人早已准备好去绪娃坟头的纸钱香表等物，且都穿着孝服去李绪娃的坟头烧纸祭祀，祭品里每次必不可少的有一盘核桃。到了过百日那天袁丽娜也决定前往祭祀，同时芳园也请了假赶回来了。

在李绪娃的坟头，王铁栓和郭雪云夫妇、王根牢郭荣华夫妇、王核桃和王花鼓夫妇、陶有善和钱小英夫妇、张刚梁和袁丽娜夫妇依次分别磕头祭拜，满仁、香穗和芳园三个年轻人最后祭拜，然后一块到家里叙话。

王铁栓见大家都坐好了就大声说：“感谢各位的关爱，今天在座的除了至亲就是世交，家母仙逝你们的关切我们一家人已经心领了。”“老人家不要过意不去，你们王家世代咬定青山不放松，世世代代坚持种植核桃，是上洛核桃发展的功臣啊，还有李老奶奶是上洛花鼓的活化石，你们王家的每一代媳妇都是花鼓传人啊，我们是敬佩不已的。”袁丽娜诚恳地说，与此同时用眼光扫了一下正襟危坐的王满仁和活泼热情丰盈美丽的张芳园。王满仁似乎有些神色凝重，而张芳园仍然一副优雅天真自信自重的模样。

“是的，是的，袁市长说得很中肯，王家不愧是核桃世家和花鼓传人之家，并且已经是后继有人并青出于蓝胜于蓝了。”陶有善和钱小英夫妇笑眯眯地说，同时用手指着王满仁和张芳园。

“你们这样赞誉我们王家我们真是难以承受啊，说心里话这是我们王家祖祖辈辈的传统和爱好，像我们这样的在咱们上洛市可是有千家万户的呀。”王铁栓、王根牢等人躬身致谢并谦虚而言。

核桃见满仁仿佛有什么心事，从进屋到现在一言不发，就指着满仁问是不是哪里不舒服。满仁低头深思了一会儿，接着抬起头来，目光从王铁栓开始依次看着郭雪云、王根牢、郭荣华、王核桃、王花鼓、陶有善、钱小英、袁丽娜和张刚梁，最后把目光停留在张芳园身上。

“老爷爷老奶奶，爷爷奶奶，爸爸妈妈，陶爷爷钱奶奶、袁阿姨张叔叔，还有芳园妹妹，我有个已经确定了非干不行的想法，还请你们一定要同意和支持我。”王满仁口中喘着粗气，仿佛使了很大劲。

“有啥已经确定了非干不可的想法你就说出来！我们肯定会同意并大力支持你。”张芳园大声说道，同时王铁栓等人也异口同声附和。

“好，那我就在这里郑重宣布，我，王满仁要辞职了，我要与几个青年朋友领办创办核桃系列产品研发生产企业了。”满仁充满信心坚定地说，同时站了起来挥了挥手臂。

“怎么，你要辞职？你要去办企业？”王花鼓第一个起身追问，紧接着陶有善和钱小英也起身提问。

“是的。”王满仁说出“是的”两个字，同时深情地看着花鼓和陶有善夫妇。

“我同意！”王铁栓、王根牢、王核桃大声赞成。

“我们也同意。”袁丽娜、张刚梁、郭雪云、郭荣华接着表态。

“陶爷爷、钱奶奶、妈妈，你们不要有顾虑，我们也是经过大量的调研分析后决定的，一来是响应市委一号文件中关于鼓励科技人员领办创办核桃产品产业企业的号召，二来是我们看准了核桃生产和产品开发的巨大潜力和丰厚的产值前景，所以才决心背水一战的。”满仁坚定地说，同时向花鼓和陶有善钱小英投去信任的目光。

“芳园你的意见呢？”核桃转身询问正在思考的张芳园。

“我想既然满仁哥哥看准了肯定没有错，但我要问满仁哥的是非要辞职吗？”张芳园抬头深情地看着满仁。

“对，就是要辞职，这样才能义无反顾，才能背水一战！”

“后生可畏啊！”王铁栓感慨万千，“我举双手赞成，过去我们常说实业救国，现在应该叫实业兴国，重孙子这些想法很好。”

“我也赞成，但要提个醒，那就是一定要把核桃和核桃系列产品的销售队伍组织好，我常看报看电视，人家南方的办厂经验就是看准市场，提高质量，以销定产，促产促销。只要你们把产品深加工项目搞好搞准了，销售抓上去了，肯定会成功，也肯定能让种植核桃的农民增加收入的。”王根牢侃侃而谈。

“行，老爸支持你们这些年轻人，不过我还提一个意见，你们办公司或办厂要和我们核桃研究所联手才是，能不能给你办个停薪留职，仍然是核桃研究所的研究人员，只是不能领固定工资了，只保留个身份，也打消了芳园的顾虑。”核桃语重心长地说。

“这就好了。”陶有善夫妇和袁丽娜夫妇以及芳园香穗举手赞同。

“行，就听老爸的，老妈这下该同意了吧。”满仁拉起花鼓的手，花鼓用手指轻轻指了一下满仁的脑门点了点头。满仁见状马上高兴地说：“感谢各位长辈的关心支持，实话告诉你们我已和心木约好了，他一毕业就到我们的公司或企业来一块干，我们除了陆续组建几个核桃系列产品的公司或企业外，还准备组建相对专业的核桃原材料产品收购外销和深加工产品的销售队伍，并推广电子商务，在网上推销上洛核桃及深加工产品，要让我们上洛核桃走向全国走向世界。”

“还是年轻好，还是年轻好！”郭雪云、郭荣华等人赞不绝口。

袁丽娜接着表态，她将与林业和农业部门按市委一号文件要求，大办抓好全市核桃基地和园林建设，不断提高全市的核桃产量和质量。

“满仁呀，我们有个建议，在你们的核桃系列产品的盒子里附上咱们的《上洛核桃》演唱光碟，让充满上洛花鼓韵味的腔调也漂洋过海走向世界。”袁丽娜、张刚梁和陶有善、钱小英提议，并说这些光碟由政府和剧团负责费用。

“没麻达，肯定的。”满仁信心十足地说。

核桃等人回到州城的第二天，上洛学院举行挂牌仪式。上洛学院由上洛师专和上洛师范演变而来，也是上洛市唯一的本科院校。

袁丽娜副市长分管农林水牧，没有分管文教卫生。上洛学院挂牌之时，分管文教卫生的副市长到省城开会去了，按照市长安排，袁丽娜代分管文卫的副市长出席。

上洛学院挂牌仪式按议程顺利进行，让袁丽娜惊讶的是昔日的追求者李健就任上洛学院院长。

很多年没有见过面了，今日相见都感到惊讶，李健已由西北农林大学副校长转任上洛学院的院长，袁丽娜也成了上洛市副市长。

寒暄过后，李健双目紧紧盯着昔日的恋人袁丽娜。

袁丽娜风韵不减当年，依然丰满艳丽。李健依然温文尔雅，一副学者模样。

“老同学，祝贺和欢迎您就任上洛学院院长！”袁丽娜落落大方。

“怎么没有见到我们的老班长王核桃？”李健风度翩翩地追问。

“等一会儿就到。”袁丽娜自信地说。

几个人正在叙话，王核桃和王满仁走了进来。

核桃一眼就看到了李健，李健也同时看到了王核桃。

二人紧紧拥抱，同学之情无以言表。

李健：“我是初来乍到，你们都是一方诸侯，还望多多指教。”

“那么我就实话实说！”王核桃大声说，“老同学荣任上洛学院院长一职，能不能在上洛学院设置一个培养核桃专业人才的系或班级？”

“没问题，我们正在研究把上洛学院办成一所为当地经济发展培养人才的综合性院校，老班长的提议甚好，我们马上商量在农林系设一个核桃专业班，你看意下如何？”李健爽朗地笑着应允，同时邀请袁丽娜和王核桃为核桃专业的客座教授，袁丽娜和核桃也立即表示同意。王满仁则表示他也愿意为核桃专业班提供实习实验基地。

第二天由袁丽娜出面邀请李健到家里做客，并请王核桃王花鼓夫妇以及满仁香穗作陪。酒过三巡，花鼓和香穗轮流为李健敬酒，满仁再次表示准备辞职一事，李健听了大声赞许，还承诺学院将把核桃研发和中药材研发作为服务地方经济的主打专业之一，为上洛的核桃发展和中药材生产提供智力支持和科研支持。花鼓和香穗听了眼前一亮，母女二人再次为李健敬酒，并同时请求能否在学院的艺术系内设置一个花鼓专业，为上洛花鼓的传承和发扬光大提供人才支持。李健听了满口答应，连说："应该应该，咱们上洛乃核桃之都，花鼓戏之乡，堂堂上洛学院岂能不设置核桃专业和花鼓专业？请你们放心，这核桃专业和上洛花鼓专业设定了。"张刚梁见大家这样其乐融融立即与花鼓同唱了一段《夫妇观灯》片断，又让香穗唱了一段《月亮之光》片段，李健听得如痴如醉连声称好。李健回学校后一周内敲定了相关专业设置，待到招新生时核桃专业和花鼓专业赫然在列。

时隔不久，满仁就向核桃研究所递交了停薪留职并领办核桃企业的申请报告，王核桃作为所长立即召开所务会研究并报市人事局审批备案，满仁却还没等到批复已经与几个青年大学生和几位原来从事核桃系列食品加工的厂长经理，成立了上洛市核桃系列产品综合开发公司，一步一个脚印地干了起来，一步一步打开了局面且干得风生水起。他们研发的上洛牌分心木茶、核桃油、核桃露、核桃糖、核桃酱、枣夹核桃、野生核桃手玩、野生核桃佛珠串陆续生产并远销国内外。研发的核桃拌木耳、凉拌核桃穗、核桃饼、核桃包子等菜也成为各酒店的必备菜和小吃。

两年后，刚梁的儿子张心木与几位同学加盟王满仁的公司，准备筹备网站，引进美国红仁核桃。张芳园如愿进入上洛剧团成了一名花鼓戏演员。

这是个核桃压枝的季节，80 多岁的王铁栓和郭雪云以及 60 多岁的王根牢郭荣华夫妇，坐在王家庄自己的院内偌大的核桃树下，饮着核桃分心木茶。王核桃、花鼓和香穗时常回王家庄看望几位老人，一家团聚之时，郭雪云、郭荣华、王花鼓、王香穗、张芳园一人一段花鼓戏，唱得倾情悦耳。房前屋后的核桃树覆盖着大院上空，远处的标准化核桃园内几个小姑娘嬉戏着，哼着浓浓地方口音的花鼓戏和《上洛核桃》，不时伸手抓住一串串青皮核桃……

上洛剧团的张刚梁、王花鼓、王香穗、张芳园等人正在讨论由当地著名作家一部长篇小说改编的花鼓戏，演员角色已经确定，王香穗、张芳园将同台演出，该剧将与《月亮之光》一并参加全省乃至全国戏曲大赛……

王核桃继续当撤地设市后的上洛市核桃研究所所长。袁丽娜几次推荐提议让核桃任市林业局局长，王核桃都婉言推辞了。用他的话说快60岁的人了，干了一辈子核桃研究工作，早已经习惯了，挂个林业局副局长已经知足了。他已是核桃专家了，正高职称早已到手了，行政职务让年轻同志干，他不能既占高级职称的位子，又占行政领导职务的位子。他的目标是在已经取得两次国家级科技发明奖的基础上再拿一至两个国家级科技发明奖，接下来就是继续到上洛学院当核桃专业班的客座教授。